오늘이 미래다

오늘이 미래다

MY LIFE MY FUTURE

안남섭 외 21인 지음

educo 동화세상 에듀코

목차

책을 내면서   7

뉴노멀 시대의 미래준비,

진정성 있는 삶의 여정을 이끌어 가는 작은 영웅들 - **안남섭**

추천사   11

미래는 어떻게 만들어지나? 시간의 협업 - **윤정구**

추천사   14

문명 대변혁의 시대, 미래 변화와 미래 준비 전략 - **안종배**

격려사   17

새로운 시대정신, 미래창조정신과 미래창조운동 - **임양운**

미래준비 · 사랑

사람을 향해 - **강수연**   26

내 삶의 나침반 - **권영애**   36

나는 기적입니다, 나의 오늘은 기적입니다 - **남상은**   45

삶으로 답하며 사랑으로 보답하며 - **유현심**   54

미래준비 · 감사

내 삶을 바꾼 한마디 말들 - 서재진　　68

감사하우스의 기적을 꿈꾸며 - 안남섭　　80

그럼에도 불구하고 포기하지 않는 감사 - 최경민　　89

미래준비 · 지혜

변화와 성장을 돕는 질문 - 배명숙　　102

일상에서 의미 안고 살아 보기 - 오수남　　113

행복 방앗간 - 이경희　　122

슬기로운 멘탈생활 - 이영실　　132

내 삶의 북극성 - 이용찬　　141

지금 뭐하는 시스템? - 최동하　　152

미래준비 · 열정

작심삼일의 무한 반복 - 김소이　　166

열정은 영원한 내 삶의 원동력 - 유은숙　　174

무대에 선다는 것은 새로운 삶을 사는 것이다 - 임기용　　184

내 인생 최고의 선택은 매일 책 읽는 습관 - 정진구　　192

미래준비 · 희망

익숙한 것들과의 결별, 그리고 만남 - 김경화   202

인생 4막 - 류승원   211

더 리밋(The Limit) - 이수미   222

다산심부름꾼의 인생 3막 기적 소리 - 진규동   230

그래도 희망을 노래하리라 - 최용균   240

뉴노멀 시대의 미래준비,
진정성 있는 삶의 여정을 이끌어 가는 작은 영웅들

안남섭

(사)미래준비 이사장

올 초 급속히 확산되기 시작한 Covid-19 대감염병 상황으로 우리 모두의 삶은 엄청난 변화를 겪고 있습니다. 그동안 디지털과 인공지능, 빅데이터 등 기술이 가져올 충격으로 너도나도 4차 산업혁명을 주장하며 완전히 다른 세상이 올 거라는 다양한 예측을 하며 요란한 준비를 해왔습니다. 그런데 전혀 예측하지 못했던 생명과 건강 그리고 안전과 환경 분야에까지 영향을 끼칠 만큼 엄청난 전파력을 가진 코로나 바이러스의 또 다른 위협으로 지금까지 경험하지 못했던 새로운 삶의 방식으로의 변화도 같이 체험하고 있습니다.

세계는 지금, 미국·일본·유럽 등 선진국의 환상이 깨지고 미중간의 대결은 가속화되고 있습니다. 각국은 보호주의경제로의 복귀와 국경 봉

쇄로 대감염병으로부터 자국민을 보호하기 위한 생존전략을 펼치고 있습니다. 방역과 의료 인프라의 준비가 덜 된 상태에서 급속히 확산된 코로나 바이러스는 과잉생산과 대량소비 구조의 전 세계 수요와 공급망을 붕괴시키고 국가 간 강력한 이동제한으로 여행, 숙박, 관광, 문화 등 다양한 분야에서 많은 산업과 일자리를 크게 위협하고 있습니다.

우리 사회의 성장과정에서 내재화된 잘못된 신념과 가치 왜곡의 큰 댓가를 치르며 그 위험성을 이제야 제대로 깨닫게 되었습니다. 인간의 지나친 이기심에 근거한 경쟁시스템과 대량생산·대량소비방식은 겨우 지탱해 오던 지구 생태계의 급속한 파괴와 지구온난화를 심화시켜 오래 전부터 있었던 지구생태학자들의 지속적인 경고를 떠올리게 합니다.

그러한 가운데 효과적인 통제와 관리가 어렵게 날로 빠르게 진화하는 바이러스 문제까지 가세하여 엄청난 변화를 가져왔고 갑작스런 고용불안과 실물경제시스템 붕괴 위기로 국민 재난소득을 퍼붓고 기본소득제를 실험하는 가운데 건강 인프라와 심리적 안전망으로서의 공동체의 소중함도 체험했습니다.

우리나라는 저렴하고 우수한 의료 인프라와 디지털 인터넷 기반으로 신속하게 대응하는 질병관리본부의 방역시스템, 그리고 헌신적인 봉사를 해 주신 의료진들과 시민들의 적극적인 협조로 방역의 성공사례를 써 나가고 있습니다. 이러한 성공사례는 K-방역이라는 새로운 방역 표준을 만들며 세계인의 칭송을 받고 있습니다.

사회적 거리두기의 일상화로 재택근무와 디지털 원격교육이 불가피한 상황이 계속 확산되고 있으며 비대면 서비스와 배달문화의 대폭 확대로 기존의 일자리는 급속히 줄고 새로운 일자리가 늘어나고 있습니다. 지금까지와는 다르게 일하고, 배우고, 살게 되었습니다. 그러는 가운데 나타나는 단점은 즉시 동원 가능한 첨단기술과 혁신적 아이디어로 보완하면서 새롭게 펼쳐지는 세상에 어렵게 적응해 가고 있습니다.

우리가 가장 최선이었다고 믿었던 자본주의 체제와 시스템의 붕괴 조짐과 함께 디지털기반사회로의 전환, 인공지능, 빅데이터 기술 등이 급속히 가져올 변화인 온라인·오프라인 융합 세상에 대응하는 새로운 라이프스타일이 자연스럽게 확산되고 있습니다.

개인과 조직, 국가차원에서도 장기적인 생존과 번영을 위한 효과적인 미래준비의 필요성이 더 중요해지고 있습니다. 경계 없는 투명한 세상에서 점점 더 중요해지는 것은 디지털사회로의 전환, 개인과 조직의 진정성과 사회적 책임, 글로벌 스탠다드에 따른 전문성과 실력, 공감과 협업능력을 잘 갖춘 창의적인 인재와 지역공동체 인프라와 문화입니다.

아울러 사회가 급변하고 미래가 불확실한 상황에서도 자신만의 삶의 목적을 찾아 고난과 시련을 통과하고 과감히 도전하며 삶의 현장에서 의미 있는 작은 변화를 이끌어내며, 언행일치와 개인의 과거·현재·미래가 통합된 진정성 있는 삶의 여정을 이끌어 가는 작은 영웅들이 우리 사회에 많이 필요합니다.

　지난해 다양한 분야에서 활동해 온 우리 미래준비 회원들이 자신들의 삶을 성찰하고 불확실한 미래를 준비하려는 이들에게 '미래에게 묻고 삶으로 답하다'라는 제목으로 진술한 삶의 지혜를 담은 책을 출간했습니다. 책을 낸 후 많은 분들에게서 지지와 격려를 받고, 이제 또 다른 관점과 주제로 좀 더 구체적이고 의미 있는 삶을 나누려는 마음에서 두 번째 책을 준비하게 되었습니다.

　첫 출간에 참여하였던 회원들뿐 아니라 지난 번 아쉽게 참여하지 못했던 회원들의 새로운 삶의 스토리를 다시 엮어 보자는 의견이 모아져 '미래에게 묻고 삶으로 답하다' 시리즈 그 두 번째 책을 출간합니다. 참여해 주신 회원들에게 진심으로 감사드리며 다른 분들의 삶의 스토리도 다음 기회에 함께 나눌 수 있기를 기대합니다.

미래는 어떻게 만들어지나?
시간의 협업

윤정구

이화여자대학교 경영대학 교수

미래가 존재하는 이유는 약속이다. 미래는 약속을 통해 지금보다 더 좋은, 더 건강한, 더 아름다운 세상을 보여 줌으로 삶에 지쳐 주저앉은 사람들을 일으켜 세운다. 약속은 우리가 왜 살아야 하는지에 대한 이유를 구성해서 주저앉은 사람들을 일으켜 세운다. 미래는 우리가 왜 살아야 하는지를 설명해 준다. 100년을 열심히 살아도 지금과 똑같은 세상이라면 사람들의 반은 삶을 포기할 것이다. 결국 미래는 우리가 살아서 더 나은 세상을 만들어 내는 차별적 존재임을 증명하는 Why에 대한 이슈를 책임진다.

현재는 이 약속을 어떻게 효과적으로 효율적으로 실현시킬 수 있는지에 대한 더 나은 방법을 실험하는 How의 장이다.

과거는 이렇게 실현한 약속을 후세에게 유산으로 남기는 문제이다. 무엇을 유산으로 남길 것인지가 핵심이다. 남겨진 유산이 없다면 과거는 그냥 사건의 연속일 뿐이기 때문이다. 사건들은 기억 속에 일정 기간 머물다 사라진다. 기억이 사라진다는 것은 과거가 덧없이 죽는다는 것을 의미한다. 유산이 사라진 잘못된 과거는 같은 과거의 망령을 부활시켜 현재와 미래를 붕괴시킨다. 제대로 된 과거는 What을 유산으로 남겼는지의 문제이다. 제대로 된 유산은 과거를 부활시킨다.

결국 역사의 수레바퀴를 돌린다는 것은 미래의, Why와 현재의 How와 과거의 What의 협업이다. 협업이 되지 않는 과거는 현재와 미래의 뒷다리로 작용하고 Why가 사라진 미래는 삶을 생계형으로 세속화시키고, Why와 What의 도움이 사라진 현재는 삶을 똑같은 일상이 반복되는 시지프스의 돌 굴리기로 전환시킨다.

제대로 된 역사는 Why의 미래가 앞에서 방향을 잡아 주고 What의 과거가 뒤에서 밀어 주며, How의 현재가 이 둘을 정렬시켜 제대로 된 동력을 얻는 문제이다.

1980년대 선풍적 인기를 얻었던 질문 『역사란 무엇인가』에서 E. H. 카는 역사란 과거와 현재의 대화라고 규정했다. 하지만 이 명제는 다시 개정되어야 한다고 본다. 그 당시만 해도 미래는 예측될 수 있는 것이라는 생각 때문에 역사에서 미래의 역할을 과소평가했는지 모르겠다. 아니면 과거를 주로 다루는 역사라는 학문을 통해 미래까지 거론한다는 것이 부담스러웠을 수도 있다. 하지만 지금의 역사를 구성하는 주역은 미래다. 따라서 카의 명제는 '역사는 과거·현재·미래가 더 나은 차이를 만들기 위해 서로 대화하고 협업에 나서는 것'이라고 개정될 수 있어야 한다.

이 같은 원리는 국가나 사회의 역사를 만드는 원리이기도 하지만 나의 삶의 역사를 제대로 만드는 나에 관한 자전적 삶의 원리이기도 하다. 내가 역사를 남길 수 있는 삶을 살 수 있는지는 나의 미래, 나의 현재, 나의 과거가 존재의 수준에서 차별적 나를 만드는 사업에 협업하고 있는지에 의해서 결정될 것이다.

본 저서에 기술된 개인들의 한 꼭지 한 꼭지의 아름다운 서사는 개인의 역사 남기기를 넘어 많은 사람들에게 접속되어 우리가 같이 살고 있는 공동체의 과거와 미래의 부활에 기여할 것으로 보인다. 이 글들이 그냥 오는 미래가 아닌, 아름다운 미래의 물꼬가 되었으면 하는 바람을 가져 본다.

문명 대변혁의 시대,
미래 변화와 미래 준비 전략

안종배

국제미래학회 회장 · 한세대학교 교수

코로나19 팬데믹으로 전 세계는 과학기술 만능주의와 물질지상주의를 넘어 휴머니즘이 새롭게 부각되는 뉴 르네상스라는 문명적 대변혁을 맞이하고 있다.

뉴 르네상스시대의 도래란 코로나19 이전과 이후가 다른 새로운 문명적 대전환이 이루어진다는 것이다. 이미 우리는 이런 경험을 하고 있다. 포스트 코로나 뉴 르네상스 시대에 초지능·초연결·초실감의 4차산업혁명이 가속화되고 창의적 인성과 신뢰와 고귀한 가치를 추구하는 영성을 중시하는 휴머니즘이 강화되고 있다.

그리고 이러한 혁명적 변화의 시기는 이전과는 다른 뉴 노멀이 모든 곳에서 등장하게 된다. 우리의 산업과 비즈니스 그리고 삶의 방식도 달라지게 되는 것이다. 산업 관점에서는 4차산업혁명 산업이 가속화되어 이전 전통산업과는 다른 뉴 노멀이 대세가 되고 있다.

비즈니스 관점에서는 비대면 참여로 현존감을 강화하는 비대면 현존감(Untact Presence), 모든 비즈니스의 블랙홀인 스마트 플랫폼(Smart Platform), 첨단기술과 감성으로 개인맞춤서비스를 제공하는 인공지능 개인맞춤(Ai Personal)이 핵심이 되는 비즈니스가 기존 비즈니스와 다른 뉴 노멀로서 대세가 되고 있다.

이러한 변화는 우리의 직장생활, 소비생활, 학업생활, 레저생활, 엔터테인먼트 생활 등 우리 삶의 전 영역에서 뉴 노멀이 대세가 되게 하고 있다. 이러한 미래 변화는 기존 산업의 위축, 기존 일자리 축소와 준비된 자와 미 적응자의 격차 확대 등 어려운 상황이 전개되지만 또 한편에선 새로운 산업과 비즈니스 및 새로운 일자리와 새로운 삶의 경험을 창출하고도 있다. 우리는 미래의 부정적 변화와 긍정적 변화를 동시에 예측하고 이에 대응하여 미래를 준비할 수 있어야 한다.

코로나19로 문명적 대변혁이 일어나 뉴 르네상스 시대가 도래하여 휴머니즘이 강화되고 동시에 휴머니즘 테크놀로지가 발전하며 혁신휴머니즘 경제체제로 변화되고 있다. 이러한 급속한 변화는 모두에게 위기이자 기회다. 특히 코로나19로 기존의 안정적 일자리는 급속히 감소하고 뉴

노멀의 산업과 비즈니스 그리고 뉴 노멀 삶의 형식에 적합한 새로운 비즈니스와 일자리는 계속 창조될 가능성이 더욱 높아지고 있다. 예전처럼 일자리가 있는 곳을 찾아가는 것이 아니라 새로운 비즈니스와 일자리를 스스로 창조해 나가야 한다.

이런 관점에서 누구나 자신의 미래 직업과 미래 삶에 대한 새로운 시각과 준비가 필요하다.

첫째, 스스로의 강점과 미래 변화를 예측해야 한다(Change).
둘째, 자신의 미래 생애 계획을 세우고 도전해야 한다(Challenge).
셋째, 자신의 미래 생애 계획을 구현할 역량 함양 등 미래 전략을 입안하고 실천하여 미래 변화와 위기를 기회로 만들어야 한다(Chance).

이러한 차차차(Change, Challenge, Chance) 미래전략을 통해 미래 역량을 함양하고 준비하게 되면 자신의 생애 미래 계획에 따라 미래는 기회가 된다. 즉 문명적 대변혁의 시대를 맞아 다소 어렵지만 새로운 가능성이 무한대로 펼쳐져 있음을 인식하고 차차차 미래전략으로 미래를 준비하고 실천하는 노력을 통해 위기를 기회로 바꿀 수 있는 것이다.

새로운 시대정신,
미래창조정신과 미래창조운동

임양운

(사)미래준비의 창설자 및 2대 이사장·법무법인 에이스 변호사

"My Life! My Future!" 이 표어처럼 우리 사단법인 미래준비의 모든 것을 요약하는 캐치 프레이즈는 없습니다. 나의 삶과 나의 미래가 가장 소중하여 이를 준비한다는 뜻으로 우리는 사단법인 미래준비 설립 시부터 이 표어를 사용하여 왔습니다.

미래창조운동의 13가지 일상수행 항목 중 독서토론과 기록출판이 들어 있습니다. 우리 법인은 지난 19년 동안 내적충실을 기하여 왔습니다. 독서토론은 2003년부터 450여 회, 역사토론은 2006년부터 연간 40회씩 총 560여 회, 삶의 스승과 제자운동(4기까지 배출)을 전개하는 등 우리 자신을 훈련하는 데 타의 추종을 불허할 만큼 열정적인 노력을 해 왔습니다.

그러한 훈련에 비하여 이를 정리, 출판하는 데는 늦은 감이 없지 않았습니다. 2004년까지 『미래창조사람들』이라는 이름으로 월간지 형식으로 통권 40여 호 발행되다가 계속하지 못하고 소식지로 전환되었습니다. 그런데 지난 해 말 (사)미래준비 회원 28인의 에세이 『My Life My Future - 미래에게 묻고 삶으로 답하다』 1권이 출간되었습니다. 그리고 1년도 채 안되어 이렇게 2권이 나오게 됨을 진심으로 축하드립니다.

이 책이 나오기까지 수고하신 안남섭 이사장님과 22분의 필자 분들께 감사드립니다. 아울러 지난 19년간 (사)미래준비가 태동할 수 있도록 기꺼이 상당한 기금을 출연해 주신 창립 이사님들, 기초를 닦을 수 있도록 수고하신 초대 이사장 고 박봉식 전 서울대 총장님, 3대 이사장 김영철 바인그룹 회장님, 4대 이사장 온종석 전 한국시바비젼 대표님, 5대 현 이사장 안남섭 (사)한국코칭심리협회 회장님과 여러 이사님 및 관계자 여러분께 감사의 말씀을 드립니다.

또한 홈페이지를 개설해 주셨던 김상배 대표님과 사무실을 대여해 주신 김정숙 대표님, 장호연 태능병원 원장님, 김영철 바인그룹 회장님, 당근영어 노상충 대표님, 권경현 전 교보문고 대표님을 비롯해 역대 사무국장님들과 직원들의 노고에도 감사드립니다. 아울러 민간 차원의 미래창조운동을 넘어서 국가 미래연구로 외연을 넓혀간 안종배 교수(국제미래학회회장)님께도 이 자리를 빌려 감사드립니다.

사단법인 미래준비(美來準備)는 2001년 3월 30일 교육부로부터 설립 인가를 받음으로써 21세기 한국을 이끌어 갈 새로운 시대정신으로서 독창적인 '미래창조정신(美來創造精神)'을 제창하였습니다. 미래창조정신은 미지를 개척하여 아름다운 미래를 창조한다는 정신입니다. 5개의 요소가 있습니다. 기본은 개척과 창조입니다. 이를 이루기 위해서는 참학습, 준행, 상생이 필요합니다. 높은 단계의 개척과 창조에는 끊임없는 참된 연구 등의 참학습이 필요합니다. 그 개척과 창조는 지킬 것을 지키면서 정당하게 이루어져야 합니다. 아울러 공동체일원들과의 상생이 필요합니다.

　미래창조운동의 비전은 나와 내 가정과 내 직장과 우리 사회와 우리나라의 아름다운 미래를 창조하는 것입니다. 그 미션은 '미래창조적으로 살기, 미래창조정신의 실천, 미래의 탐구 및 준비, 주변변화의 주도'라는 4가지입니다. 이를 위한 일상수행항목은 창조경영, 독서토론 등 13가지입니다.* (사)미래준비의 기본은 미래창조정신을 실천하는 미래창조운동입니다. 이를 실천하여 나와 내 가정과 내 직장과 우리 사회와 우리나라의 아름다운 미래를 창조하는 것입니다. 이를 터득하고 숙지하고 실천하면 청소년들이 주변에서 이끌어 주는 친척이 없을지라도 스스로의 삶을 헤쳐 나가 성공적인 삶을 향유할 수 있는 나침판이 됩니다.

---

*　일상수행항목 13: 사색연구, 창조경영, 주변관리, 독서토론, 기록출판, 건강관리, 테마기행, 예술감상, 나무심기, 1%기부, 돕기와 봉사, 정리정돈, 솔선수범입니다.

법인명과 미래창조정신이름의 '미래'의 한자는 단순한 '未來'가 아니라 '아름다운 미래'의 뜻으로 '美來'를 사용하였습니다. 설립 등기 5일 후인 2001년 4월 5일 식목일에 양평에 있는 현 안남섭 이사장 집에 전국에서 오신 이사 여러분이 모여 기념식수를 하며 그 마을을 '미래(美來)마을'로 명명하였습니다. 회원들이 강릉과 보성벌교에 두어 차례 여행도 다녀왔습니다. 역사모임정착에 기틀을 잡아주시고 귀촌하신 허주병 선생의 화순 도암면 신축 집 앞에 '도암美來學堂'이라는 표지석도 증정하였습니다.

(사)미래준비가 탄생하게 된 배경

(사)미래준비의 구상은 제가 1998년 강릉지청장 근무 시절에 영감을 받고 안남섭 현 이사장과 수많은 메일 토론 끝에 탄생하였습니다. 지금은 21세기 맞이를 언제 그랬었던가 싶게 잊혔지만 그때는 새로운 밀레니엄이 온다고 온 나라가, 온 세계가 흥분하고 떠들썩하였습니다. 그 때 저는 제 자신에게 물었습니다. '임양운! 모두들 새로운 밀레니엄이 온다고 떠들썩한데 너는 새로운 밀레니엄을 맞이하며 무엇을 하겠느냐?'고 말입니다.

저는 오랫동안 숙고하였습니다. 그리고 답하였습니다. '예, 저는 새로운 천년을 이끌어 갈 한국의 시대정신을 만들겠습니다.'라고 말입니다. 그 결과로서 탄생한 것이 1999년에 강릉지역에 설립된 '재단법인 미래정신'이고, 두 번째가 2001년 3월 30일 서울에서 교육부 인가를 받아 설립된 사단법인 미래준비인 것입니다. 재단법인 미래정신은 강원도 내 중고등학생들 백일장을 매년 시행하다가 지금은 대학 신입생에게 장학금을 지급하는 사업을 하고 있으며, 기금도 3배로 확충되었다 합니다. 사단법인 미래준비는 미래준비의 모든 사상적 기초를 제시하고 이를 실천하는 모체입니다. 이 2개의 법인은 자매법인인 셈입니다.

강릉에서 (사)미래준비의 이념적 토대를 구상하게 된 것은 제가 초임검사시절 청소년선도담당 검사와 법무부 관찰과장으로서 비행소년선도를 담당하면서 태동되었습니다. 비행소년은 일정한 선도와 지도를 받는데 보통 소년들은 누가 가이드해 주는 사람이 없습니다. 범죄 전에 방황할 때 길잡이가 될 수 있는 비전과 미션을 제시해야겠다는 생각이 떠올랐습니다. 또한 부장검사로서 사법연수원 파견교수 시절에 제자들을 가르치면서 리더의 역할과 책임, 쓰임받기운동(영적분별력, 시대통찰력, 강건한 체력)을 위해 경전공부, 독서토론, 스포츠를 전개한 경험이 강릉의 아름다운 환경 속에서 융합되어 태동된 것입니다.

우리가 (사)미래준비를 통하여 새로운 천년을 준비하는 데는 100년쯤 잡아야 할 것이고 이제 20년이 경과되었습니다. 코로나 위기 속에서도 우리나라는 개척과 창조로서 세계의 주목을 받고 있습니다. 이 기조를 꾸준히 이어가서 우리나라가 확고한 선진국의 대열에 자리매김하여야겠습니다.

한 가지 부탁드리고 싶은 게 있습니다. 우리는 초심을 상기하고 추스립시다. 미래창조정신과 미래창조운동의 본뜻을 잊지 말고 이어가야 하겠습니다. 독서토론 등 (사)미래준비의 프로그램에 참여하는 분들 중에 '나는 독서토론은 좋지만 미래준비는 관심 없다'는 분들이 더러 있습니다. 그러나 우리가 독서토론을 하고 출판을 하고 여행을 하는 것은 우리 자신의 발전을 위한 일상수행 항목입니다. 우리는 (사)미래준비 탄생의 모태가 된 미래창조정신과 미래창조운동을 잊지 말아야 하겠습니다.

나의 미래가 기본이지만 끝이 되어서는 아니 됩니다. 나와 내 가정과 우리 사회와 우리나라가 발전하는 데까지 연결되고 이어져야 그 의미가 있습니다. 그리고 우리가 터득한 이 지혜를 내 아들딸과 자라나는 청소년들에게 전수해 주어야 합니다. 먼 길을 가려면 빨리 가는 것보다 충실하게 지속적으로 전진하는 것이 중요합니다.

이제 1천년의 1/50만큼 왔습니다. 더디고 성과가 작게 날지라도 우리는 묵묵히 먼 미래를 보고 초석을 하나하나 놓는다는 자세로 우리 사단법인 미래준비의 미래창조정신과 미래창조운동의 내용을 숙지하고 이를 실천하며 주변에 전파해 나갑시다. 미국은 영국의 필그림 파더 102명이 도착하여 새로운 정신으로 새로운 사회체제를 구축하여 일군 새로운 나라였습니다. 우리도, 지금은 미약하지만, 먼 훗날 21세기 한국을 재창조하는 초석으로 기억될 것임을 믿어 의심치 않습니다. 감사합니다.

미래창조운동의 비전과 미션

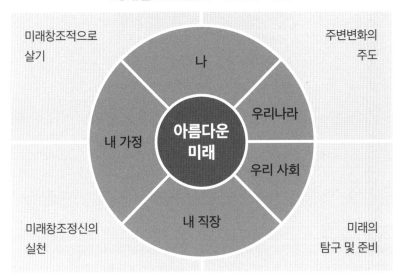

미래창조적으로 살기

주변변화의 주도

나

우리나라

아름다운 미래

내 가정

우리 사회

미래창조정신의 실천

내 직장

미래의 탐구 및 준비

성공의 매카니즘 '미래창조정신'

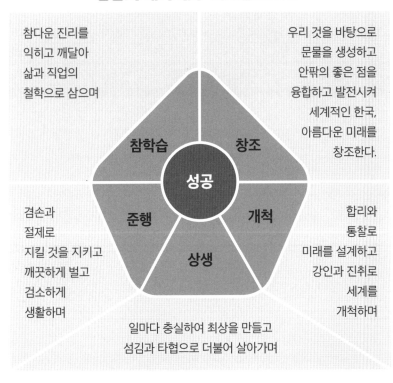

참다운 진리를 익히고 깨달아 삶과 직업의 철학으로 삼으며

우리 것을 바탕으로 문물을 생성하고 안팎의 좋은 점을 융합하고 발전시켜 세계적인 한국, 아름다운 미래를 창조한다.

참학습

창조

성공

겸손과 절제로 지킬 것을 지키고 깨끗하게 벌고 검소하게 생활하며

준행

개척

상생

합리와 통찰로 미래를 설계하고 강인과 진취로 세계를 개척하며

일마다 충실하여 최상을 만들고 섬김과 타협으로 더불어 살아가며

MY LIFE
MY FUTURE

미래준비
·
사랑

사람을 향해

· 강수연 ·

아프리카 우간다에서 일주일여의 의료선교봉사를 마치고 귀국을 앞두고 있었다. 마침 주일이 되어 우리 팀은 현지 한인교회에서 마련해 주신 점심을 먹고 교회 여기저기에 옹기종기 모여 앉았다. 접수와 진료를 도와주시던 선교사님께서 내게 다가와 물으셨다.

"현지인들에게 약 주시면서 기도하셨어요?"

"네?"

"제가 여기 사람들에게 한국에서 오신 분들을 어떻게 느꼈느냐고 물어보았더니 약을 줄 때 기도하는 모습이 가장 인상적이었다고 하더군요. 선생님을 보고 하는 말 같던데요."

나는 선교사님을 가만히 바라볼 뿐 대답을 하지 못했다.

어떤 모습을 보고 현지인들이 그렇게 생각했을지는 단번에 알 수 있었다. 하지만 그건 사실이 아니었다. 나는 기도를 하고 있지 않았다. 하루에 수백 명, 많게는 천 명에 육박하는 환자를 진료하는 상황에서 조제와 복약지도를 맡았던 나는 조제한 약들을 처방전과 함께 넓은 탁자 위에 죽 늘어놓고 환자가 올 때마다 내어주곤 했다. 환자가 밀려들수록 탁자 위에는 수많은 약들이 겹겹이 놓였고 나는 새로 조제한 약을 탁자에 내려놓을 때마다 처방전의 환자명과 약물봉투가 맞게 놓여 있는지, 약을 많이 처방받은 환자의 경우 행여 누락된 약물은 없는지 한 번 더 살피고는 했다. 그때 나도 모르게 두 손으로 탁자를 가지런히 붙잡고, 미동도 없이 고개를 숙여 처방전과 약들을 살펴보곤 했던 것이다. 내가 생각해도 그 모습은 영락없이 기도하는 모습이었다.

나는 조금 당황하였다. 지도 위 어디에 있는지도 모르는 한국이라는 나라에서 멀리 아프리카 오지까지 날아온 이방인들을 현지인들이 어떻게 생각하는지는 나도 궁금했다. 하지만 만약 그들이 고마워할 만한 것이 있다면 그것은 값비싼 의약품과 몇 시간씩 걸리며 해내는 진땀나는 수술이라고 생각했던 터였다. 하지만 그들 마음에 먼저 가 닿은 것은 모양도 흔적도 없는 기도였다. 사람이 사람을 위해 빈손으로 하나님께 드리는 기도를 그들은 가장 소중하다고 생각했던 것이다. 내 가슴에 '쿵!' 하고 무언가가 떨어졌다.

집으로 돌아오는 비행기에서 나는 처음으로 진지하게 '사람'이 궁금해지기 시작했다. 그게 시작이었다.

사람, 뭉클하게 하다

야근으로 지쳐 발걸음에서 터덜터덜 소리가 나던 날, 장을 보러 마트 쪽으로 걷고 있었다. 마트 주차장 진입로에 한 남자 직원이 서서 횡단보도를 건너는 사람들을 통제하고 있었다. 나도 마침 그곳을 지나가야 해서 주변을 살피고는 막 발을 내딛는 찰나, 가늘게 흔들리는 팔이 길게 반원을 그리며 내 앞을 막았다.

"참칸만요!" 어눌하게 들리는 특이한 억양에 고개를 돌려보니 그 남자 직원이 한 팔과 어깨로 나를 막아서고 있었다. 아주 멀리서 차 한 대가 천천히 달려오는 중이었다. 충분히 건너고도 남을 시간이라는 생각에 마음이 조금 불편했지만 가로놓인 그의 가는 팔이 어찌나 강경하던지 나는 말 없이 그 자리에 서서 기다릴 수밖에 없었다. 차가 지나가고 나서야 그의 팔이 빗장을 풀었고 나는 비로소 길을 건널 수 있었다.

얼마나 걸음을 옮겼을까? 나는 문득 멈춰 서서 머뭇머뭇 돌아섰다. 갑자기 그가 궁금해졌다. 엉뚱하게도 '참칸만요!'라는 말을 들으며, 그가 가로막았던 그 자리에 다시 서 있고 싶다는 생각이 들었다. 몸과 언어가 조금 불편한 분인지, 그저 몸짓과 말투가 독특한 분인지는 알 수 없었다. 하지만 놀랍게도 휘적휘적한 몸짓으로 '참칸만요!'를 외치던 그에게서 나의 지치고 힘들었던 하루의 고단함이 가만히 위로받았다는 사실을 깨달았다. 울컥, 나는 딸꾹질처럼 차오르는 눈물을 얼른 삼키고 가던 방향을 향해 다시 돌아섰다.

누군가 나에게 "참칸만요!" 소리치며 길을 막아 세운 게 얼마만인가?

어른이 되고는 오롯이 나 자신만 믿고 걸어가야 하는 시간이 많아지고, 누군가의 팔로 보호받기보다 누군가를 보호하기 위해 숨이 찼었다. 멀리서 오는 차를 눈여겨 볼 시간도 없이 그저 앞으로 내달음을 쳐야 하는 일상은 더 이상 질문거리가 되지 않았다. '네가 걱정돼서 그래……'라고 나를 불러 세운 사람이 참 오랜만이었다. 참으로 오랜만이었다. 그것은 흡사 어린 시절 찻길에서 행여 나를 놓칠 새라 손가락이 으스러지도록 내 손을 꼭 부여잡던 엄마의 느낌을 닮았다.

사람이 사람을 감동시킨다는 것은 그리 많은 노력과 힘이 드는 일이 아닌 것 같다. "참깐만요!" 네 글자를 외치며 팔을 흔드는 데 필요한 아주 짧은 시간, 나는 사람을 위로하는 사람을 만났다.

사람, 뿌듯하게 하다

첫 직장은 전철역에서 높은 언덕길을 올라야 도착할 수 있었다. 그 때문에 직원들은 정문보다는 조금이라도 더 가까운 지하 1층 출입구를 통해 엘리베이터를 이용했고, 늘 그곳에는 젊은 경비회사 직원이 헉헉 숨을 몰아쉬며 출근하는 우리에게 인사를 건네곤 했다.

어느 날 나에게 그 직원이 말을 걸었다. "저는 나중에 결혼해서 딸을 낳으면 강 박사님처럼 키우고 싶어요."

나는 당황한 나머지 헛웃음을 웃으며 왜냐고 물었다. 늘 내 편이시던 엄마도 내가 고집이 세고 말을 안 듣고 사근사근한 맛은 없는 딸이라고 하셨다. 그런데 생뚱맞게 딸을 낳으면 나처럼 키우고 싶다 하시니 칭찬 같아서 기분은 좋았지만 도무지 그 이유를 가늠할 수 없었다.

"박사님은 인사를 잘 하셔서요."

내가 인사하는 모습을 떠올려보았다. 나는 들고 날 때마다 우렁차고 씩씩한 목소리로 인사를 한다. 허리를 깊이 숙이고 인사하기 때문에 처음 인사를 받는 분들은 '아이구, 아이구……' 앓는 소리를 내며 당황해하시기도 한다. 그 직원에게도 마찬가지였다. 때로 그 직원과 나는 다투듯이 서로 더 많이 허리를 굽혀 인사를 하다가 고개를 들어야 할 타이밍에 눈이 마주쳐 한바탕 웃기도 했다. 그게 이유라니, 사실 나는 아직도 믿을 수가 없다.

그럼에도 불구하고 "제가 딸을 낳으면 강 박사님처럼 키우고 싶어요." 라는 말은 내 인생에서 가장 자랑스럽게 기억하는 칭찬 중 하나이다. 이유를 생각하면 사실 너무 과분한 말이기도 하다. 하지만 한 줄짜리 그 칭찬 한마디로 나는 오래오래 강하고 행복하였고, 그 직원은 나의 인사를 기억하며 또 오래도록 강하고 행복하기를 기원하였다.

그리고는 생각한다. 사람을 향해 진심으로 고개 숙이는 마음은 거창하지도, 비싼 품이 드는 일도 아니지만 오래오래 남는 여운이 되어 서로를 지탱하는 힘이 될 수 있다는 사실을.

사람은 원래 그리 많은 것을 바라는 존재가 아니다.

사람, 그저 짠할 뿐이다

나는 성선설을 믿는다. 피그말리온 효과도 믿는다. 그래서인지 사람에 대한 믿음을 좀처럼 버리지 않는다. "그러면 너만 상처받기 일쑤야.", "아직도 그런 헛된 생각을 하며 사냐?"고 친구들은 성화지만 아무리 생각해 봐도 그것보다 더 가치 있고 열심을 부릴 일은 세상에 없는 것 같다. 물론 살다 보면 사람 때문에 상처받는 일이 허다하고, 운이 좋지 않으면 좁은 사무실에서조차 내 고과를 가로채는 상사나 자기 이익만 챙기는 부하직원을 만나기도 한다. 하지만 세상과 연을 끊은 무덤 하나하나에도 서러운 사연 하나씩은 있다는데, 살아 있는 사람들의 말 한마디, 행동 한 자락에 어찌 그만한 이유가 없겠는가 생각하면 큰 잘못을 저지른 이에게도 따뜻한 차 한 잔은 내어 주고 싶은 마음이 든다.

하지만 나도 매번 믿음을 저버리는 사람을 천년만년 기다려 주지는 못한다. 다만 마음이 돌아설 때라도 미움이나 외면보다는 측은지심으로 바라보고 애달프게 여기려고 노력할 뿐이다. 아프지만 상처는 지나간다. 어차피 돌려받으려고 사람을 사랑하고 믿었던 게 아니다. 그저 공기가 되어 떠나간 그 마음이 어디선가 구름으로 변하고 다시 또 누군가를 정답게 다독이는 비로 내린다면 더할 나위 없지 않겠는가? 사람을 향한 사랑과 믿음은 해 보려는 노력만으로도 흔적이 남는다. 어쩌면 그 흔적은 나 자신도 부족한 사람임을 절실히 깨달을 때, 사람다움을 향해 힘껏 손을 뻗어 보지만 힘에 부칠 때 나를 위로할 수 있는 꽤 쓸 만한 위안일지 모른다.

혼히들 사람은 고쳐서 못 쓴다고 한다. 정직하게 말하자면 원래 사람을 고치는 일은 사람의 영역이 아니다. 사람은 그 어떤 순간에도 완벽할 수 없는 존재이기 때문에 다만 사랑하고 믿는 것밖에는 우리에게 허락된 것이 없다. 그래서 사랑하고 믿는 것은 선택이 아니라 필수이다. 그 방법 외에는 이 완벽하지 않음을 살아낼 방법이 없다.

마더 테레사의 시는 이렇게 시작한다.

"사람들은 불합리하고, 비논리적이고, 자기중심적이다. 그래도 그들을 사랑하라."

불완전하기에 사람이다. 키 큰 사람이 무릎을 조금 낮추고, 키 작은 사람이 발뒤꿈치를 조금만 들면 누구나 상대방의 눈을 바라볼 수 있다. 그런 세상에서는 이해 못할 사람이 없고, 용서 못할 사람도 없다. 그러고 나면 사랑할 사람밖에 없다는 것을 알게 된다.

맹목적이어서 불안할 때도 있지만 흔들흔들 갈지자걸음 같던 나의 삶에서 그나마 변치 않고 지켜 온 것이 하나 있다면 사람을 향한 애정이었다.

사람, 사람답다

몽골 카자흐 족은 검독수리를 이용하여 사냥을 한다. 그들에게 검독수리는 절실한 생계수단이자 가족 같은 존재이다. 그들이 검독수리를 길들이고 사냥에 사용하고 또 헤어지는 과정에 대해 들은 적이 있다. 카자흐족은 검독수리를 얻기 위해 부화되어 어느 정도 자란 어린 검독수리를 둥지에서 몰래 꺼내온다. 어린 새끼를 내어올 때 그들은 둥지 근처에 흰 천으로 매듭을 표시해 놓는데 그것은 '이 둥지에서 사람이 새끼를 내어가니 더 이상 이 둥지에서는 새끼를 꺼내가지 말라'는 뜻이라고 한다.

이렇게 꺼내온 검독수리 새끼는 발목에 주인의 표식인 긴 끈을 묶고 사람에게 적응하면서 성장하는데, 사냥 훈련을 받고 실제 사냥에 이용되는 기간은 보통 8년 정도라고 한다. 이 동거기간이 끝날 때면 카자흐 족은 검독수리의 발목에 묶어 두었던 긴 끈을 풀고 검독수리를 자연으로 돌려보낸다. 자연의 일원으로 돌아가 자유롭게 하늘을 호위하며 검독수리 본연의 삶을 살도록 해 주는 것이다. 이때 검독수리의 발목에 다시 흰 천으로 매듭을 묶어 날려 보내는데 이것은 '이 검독수리가 인간을 위해 오랜 기간 사냥에 사용되었다가 자연으로 돌아간 것이니 다시 잡아서 사냥에 사용하지 말라'는 뜻이라고 한다.

생계를 위해 둥지의 어린 새를 몰래 데려왔지만, 카자흐 족은 그 둥지의 어미가 똑같은 슬픔을 다시 당하지 않도록 흰 매듭을 묶었다. 애지중지 훈련시킨 검독수리에게도 생명과 생애가 있음을 인정하고 때가 되면 자연으로 돌려보내며 더 이상 구속당하는 일이 없도록 흰 매듭을 묶었다. 그렇게 매듭을 묶는 그들의 투박한 손이 나는 사람의 품격이라고 생각했다. 아픈 것을 아프게 느끼고, 배려하고, 생명을 존중하며, 약속을 지키고, 감사하는 모습. 한두 마디로는 설명하기 어려운 세련된 사람다움이 거기에 있었다.

나는 사람이 원래 그런 존재라는 것을 알고 있다. 사람답다고 할 때 차오르는 기쁨이 검독수리만큼이나 힘차게 창공으로 날아오른다. 사람의 격은 낮은 곳에 있지 않다.

그리고,

엄마는 예순이 훨씬 넘어 운동이란 것을 시작하셨다. 주로 공원을 걸으셨는데, 어느 날 지나가는 분이 엄마를 보더니 걸을 때 몸이 자꾸만 한쪽으로 쏠리는 것 같다고 말해 주셨다 한다. 신경이 쓰이셨는지 몇 번이나 앞을 보고 똑바로 걷는 연습을 하셨고, 얼마 후 함께 공원에 나갔을 때 나를 향해 걸어오며 물으셨다.

"수연아, 잘 봐봐. 엄마가 똑바로 걸어가는지……."

엄마는 비딱하게 기우는 몸을 곧추세우려고 애쓰시며 만면에 웃음을 짓고 내게로 걸어오셨다. 오랜 시간이 지나고 엄마는 이제 내 곁에 없지만, 나는 아직도 종종 그 모습을 생각한다.

"수연아, 잘 봐봐. 엄마가 똑바로 걸어가는지……."

나는 이제 대답한다. "잘 걷네 뭐, 아무렇지도 않은데 어디 한쪽으로 쏠린다는 거야?"

그리고 또 대답한다. "엄마도 잘 봐봐. 내가 똑바로 걸어가는지……. 그 어느 때라도 사람을 향해 나아가기로 한 길을 내가 똑바로 걸어가는지……."

지나온 모든 길, 사람 때문에 기뻤고 사람 때문에 슬펐다. 사람 때문에 좌절했고 사람 때문에 다시 일어섰다. 그저 사람이어서 족했다. 앞으로 걸어갈 길, 10년이 흘러도 100년이 흘러도 변함없이 희망을 걸어야 한다면 그것은 사람이라는 사실을 믿는다. 그 믿음으로 삶을 완성해 가는 것, 그것이 내게 부여된 이 땅에서의 가장 값진 내 몫이라는 사실이 정말 기쁘다.

.... **강수연**

㈜동국제약에서 상무로 재직 중이다. 서울대학교 약학대학에서 박사학위를 취득하고, ㈜CJ제일제당을 거쳐 ㈜한독, ㈜종근당에서 의약품 연구, 임상개발, 마케팅 및 기획 분야의 임원으로 경력을 쌓았다. 의료기기회사와 바이오벤처기업까지 고루 경험하여 제약의료 전 분야를 폭넓게 이해하고 소통할 수 있는 강점이 있다. 2006년 작은 신문기사 한 조각이 계기가 되어 코칭에 입문하였고, 공익코칭, 비즈니스코칭, 라이프코칭에 경험이 풍부하다. 코칭을 믿으며, 하나님께서 허락하신 좋은 인연의 복이 있어 삶이 늘 새롭고 감사하다고 생각하며 살고 있다.
이메일: callaksy@naver.com

내 삶의 나침반

· 권영애 ·

인생은 사막여행

20대 청년 스티브 도나휴는 추위를 피해 따뜻한 나라로 여행을 한다. 서아프리카의 따뜻한 남쪽 해변에서 겨울을 보내겠다는 막연한 계획을 가지고 출발한다. 돈이 없어 남의 차를 빌려 타고 시작한 여행이었지만, 세계 최대의 사막 사하라를 종단하기에 이른다. 그는 사하라를 여행하며 수많은 위험과 어려움을 만나 몇 달 간 생사를 넘나들었고, 이를 통해 크게 성장했다. 예측 불가한 인생 사막을 건널 때 꼭 필요한 삶의 지혜를 알아차리게 되었다. 그는 나이가 들어가면서 실직, 이혼 등 삶의 아픔을 만나는 고통의 순간에 다시 일어나, 세계적인 컨설턴트로 기업, 사람들의 동기 부여 멘토로 성장한다.

그는 우리 인생을 산과 사막에 비유하여 설명하고 있다. 사람들은 사막처럼 막연한 길, 예측 불가능한 길, 심지어 길을 잃는 일 자체를 싫어한다. 산처럼 성취, 성공이 보이는 명확한 높이, 예측 가능한 길, 가까워질 목적지를 향해 더 빨리 지름길로 가는 것을 원한다. 하지만 인생은 사막처럼 종종 길을 잃기도 하고, 신기루가 나타났다가, 길이 없어지기도 하며, 위험한 일이 나타나기도 한다.

우리가 인생이라는 예측 불가한 사막, 구비구비 새로운 변화의 사막을 건널 때 필요한 것은 무엇일까? 우리는 여행할 때 보통 지도를 들고 출발하지만 그는 '지도를 따라가지 말고 나침반을 따라가라'고 말한다. 인생의 사막을 건너는 여행에서 머지않아 지도가 소용없음을 깨닫게 될 것이기 때문이다. 수시로 바람이 불어와 모래땅의 모양이 바뀌기에 오히려 지도를 따라가다 길을 잃기 쉽다. 앞이 보이지 않는 비바람 속에서도, 모래바람 속에서도 평정심을 잃지 않을 수 있는 이유는 나침반이 있어서다. 인생이라는 길에서 나침반은 죽는 날까지 가져가고픈 내 삶의 가치, 나만의 삶의 의미이다. 그것은 보이지 않는 사막에서 가야 할 곳을 알려주듯, 삶의 방향을 잊지 않게 해 줄 것이다.

내 삶의 나침반

나는 교육학을 전공했고, 상담심리를 전공하며 평생을 한 사람의 삶에 뛰어들어 그의 마음을 일으키고, 힘을 주는 삶을 살아왔다. 자기다움을 회복해 자기실현을 돕는 일, 그래서 내 존재와 그의 존재가 사랑으로 연결되어 공동존재로서 살아가는 삶을 지향한다. 내가 먼저 내 안의 사랑에 꽃을 피워 사랑에너지가 넘치도록 하는 일, 그 사랑의 힘이 나의 나침반이다.

예전의 나는 나침반인 사랑에너지보다는 지도인 역할을 지켜내느라 많이 지치고, 힘들었다. 삶이 열심히 도전해 도달해야 할 산으로 느껴졌기 때문이다. 교육자의 삶 또한 다르지 않았다. 교육자로 어린 영혼을 만났던 시절, 나는 평가시스템에 더 익숙한 사람이었다. 아이들이 이미 달고 온 꼬리표, 문제아, 모범생, 평범한 아이 등 생활태도의 꼬리표나 성적 상위, 중위, 하위권의 성적꼬리표 등 아이들을 나름의 잣대로 분류해 무의식적인 두려움으로 대했다.

나에게 근심, 실망, 피로감을 주는 아이는 두려움에너지로, 나에게 안심, 기대, 기쁨을 주는 아이는 사랑에너지로 평가하며 나도 모르게 반응했다. 교육자라는 역할의 나를 지키고 살리기 위해 자동반응으로 살았다. 역할 속의 나에 집중한 삶의 시간이 계속되면서 나는 한 영혼의 실존을 만나지 못했다. 한 아이가 학생으로서 어느 정도 결과물을 보이는가에 따라 내 에너지가 따라 움직였다.

극심한 문제아를 만났을 때 내 두려움에너지는 더 커졌다. 방어기제가 강력해지면서 삶 전체가 두려움에너지 시스템이 되었다. 그러한 역할이 내가 살고 싶은 나의 실존이었다면 그렇게 힘들었을까? 나의 실존이 내 역할의 결과물이라면 우리의 실존은 도달해야 할 산이 되고, 그 과정에서 끊임없이 평가, 비교의 결과물이 될 것이다. 삶의 기준이 누군가의 평가에 반응하는 경쟁이 될 것이기에 위험을 피하기 위한, 두려움을 피하기 위한 회피동기가 작동할 것이다. 무엇보다 회피동기로 살아갈 때의 기준은 두려움이다.

동생의 투병과 죽음, 아버지의 사고와 죽음, 어머니의 오랜 병, 남편의 사업실패 등 쓰나미 같은 인생 사막 한가운데를 지나며, 역할도, 역할의 결과물도 앞을 예측하지 못하는 앞이 보이지 않는 사막에서 나는 길을 잃고 그대로 무너져 버렸다. 더 이상 삶을 걸어갈 힘이 없다고 포기하던 그 해, 열심히, 성실하게 살아왔는데 왜 나에게 이런 불행을 주는지⋯⋯ '사필귀정은 없다.', '신은 죽었다.'고 울었다. 하지만 그 절망의 나날 속에서 나를 찾아온 전따, 왕따 아이를 포기하지 않고, 쓰러진 나를 돌보듯 끝까지 포기하지 않았을 때, 반전이 일어났다.

내가 내 스스로를 일으킬 수 있는 힘이 내게 있었다는 것, 어떤 상황에서도 무너질 수 없는 한 사람에 대한 믿음, 사랑의 힘을 만났다. 어떤 어려움 많은 사람이라도 그가 가진 힘, 가능성을 믿게 된 것이다. 그 믿음은 나 자신을 어떤 상황에서도 사랑을 품은 위대한 존재로 바라보게 했다. 실수, 실패, 불완전한 나를 내가 사랑하게 되었다.

신기한 것은 내가 나를 사랑하게 되면서, 다가온 아이들의 얼어 있는 마음이 보이기 시작했다. 문제아 꼬리표를 달고, 얼음이 자기 자신인줄 알고 살던 한 아이. 어느 날, 모두가 포기했던 한 아이, 마음얼음이 너무 단단해 안 녹을 것 같던 아이가 60일 만에 스스로 자기 마음얼음을 녹이고, 숨었던 사랑을 드러내어 나를 울렸다. 나도 사랑을 베풀고 싶다고 한 첫 행동이 상처 입고 떨고 있는 같은 반, 장애아를 돌보기 시작한 것이었다. 상처투성이 한 어린 영혼이 사랑을 받고 나니, 비로소 자기 안에 얼음을 녹이고, 숨었던 사랑을 드러낼 때, 나는 아이를 안고 펑펑 울었다. 그게 원래 너라고. 너와 나의 본래 모습은 사랑이었다고, 너를 녹이고 나를 녹인 사랑뿐이라고.

사람은 언제 연결될까?

강의를 나가면 때때로 예상치 않은 편지나 피드백을 받을 때가 있다. 최근 내 강의를 듣고 한 청년이 대학노트에 눈물로 쓴 편지 한 장을 나에게 내밀었다.

"선생님, 저는 고등학생 때까지 문제아였습니다. 주변 사람들에게 정서적 폭력을 당했던 저는 외롭고 힘들었습니다. 오늘 강의를 들으며, 제 9년의 상처가 치유되었습니다. 이제 저처럼 마음 아픈 청소년을 사랑해 주는 일을 하고 싶습니다. 오늘 힘 많이 받았어요. 선생님, 고맙습니다."

나는 청년의 손을 꼭 잡아 주었고 청년의 눈은 다시, 눈물로 촉촉하게 젖었다. 나침반을 찾은 청년의 뒷모습은 나의 가슴을 또 울리고 있다. 상처를 감추면 수치심이 되지만 상처를 용기 내 드러내어 직면할 때 우리는 성장한다는 것을…… 그 성장으로 우리는 상처 입은 치유자가 되어 상처

입은 이를 빨리 알아차리고 안아 주는 사람이 된다. 그 청년의 눈물을 잊을 수가 없다.

몇 년 전 한 온라인연수원에 교사대상 인성교육 직무연수 30강을 개설했을 때, 나는 후기를 읽다가 자주 눈물을 쏟았다.

'인생연수를 만났습니다. 연수를 받는 내내 가슴이 뜨거웠습니다. 선생님 말씀대로 사람을 변화시키는 힘은 어떤 지식도 기술도 프로그램도 아닌 사랑의 힘이란 것을 다시 깨닫게 되었습니다. 그리고 선생님처럼 용기 내 사랑의 마음을 전했을 때 기적처럼 아이가 변하는 것을 보았습니다……(중략)'

또 몇 년 전 첫 책이던 『그 아이만의 단 한 사람』을 읽고 '인생 최고의 책'이라고 후기를 달아주신 것을 보았을 때 내 가슴은 벅차올랐다. 누군가의 가슴에 작은 힘, 작은 소망을 준 것 자체가 웃음이 났다. 평범한 교육자로 24년을 살아오는 동안에 아무도 알아주지 않아도 힘들었던, 아이들이 변해 주었기에 난 이미 최고의 선물을 받았다. 그런데 이 책의 독자들이 따뜻한 선생님과 아이들의 변화에 벅차 하고, 행복해하였다. 눈물의 후기, 또 과일, 병풍 선물까지 보내 주셨다. "참 고생 많으셨어요. 고맙습니다."라고 말해 주는 듯, 보이지 않지만 따뜻한 사랑으로 연결된 느낌, 토닥토닥 위로해 주고 손잡아 주는 느낌이었다. 한 방울 따스함! 한 방울 사랑에너지! 그것이 얼마나 큰 힘인지 모른다. 오직 사랑만이 서로를 만나게 한다.

사람은 언제 연결될까? 얼음된 한 아이가 한결같은 한 사람의 사랑으로 얼음이 녹아 아이 본래의 존재를 찾아갈 때 우리는 눈물이 난다. 왜 눈물이 나는 걸까? 우리 존재의 본질이 사랑이기에 우리는 내가 아닌 누군가의 눈물에도 가슴이 뛰고 내가 아닌 너의 회복에 눈물이 난다. 그래서 사랑 안에 있을 때 우리는 공명을 한다. 네 영혼과 내 영혼이 연결됨을 가슴으로 느낀다. 내 안의 내면아이가 사랑받았던 순간을 다른 아이의 치유를 보며 떠올리고 또 다시 사랑 안에서 가슴이 울리는 순간을 만난다. 그리고 이렇게 사랑의 마음을 내게도 전해 주는 용기를 낸다. 사랑만이 사람을 연결한다. 아무 동력이 없어도 가장 멀리, 가장 빠르게 사람과 사람을 연결한다.

사람은 무엇으로 사는가?

사람은 무엇으로 사는가? 사람 때문에 아프지만 사람 때문에 살아난다. 사람은 무엇으로 사는가? 사람만이 주는 힘, 사람만이 주는 용기, 사람만이 주는 사랑 때문에 산다. 나는 확신한다. 보이는 역할 뒤, 상처 얼음 뒤에 숨어 있는 따뜻한 사랑의 존재를 안아 주는 단 한 사람의 힘이 얼마나 위대한 일인지 말이다. 교육자이며, 상담가이며, 코치인 나의 일로 누군가의 삶에 단 한 사람이 될 수 있어 감사하다. 오랜 시간 수많은 어린 영혼들을 사랑하는 교육자로 살아온 시간이 감사하다. 앞으로도 내 가슴을 먼저 따뜻한 사랑에너지로 넘치게 해 흘러넘친 그 사랑에너지로 한 사람의 존재를 봐주고, 뜨겁게 데우길 소망한다. 나는 이제 안다. 어떤 순간에도 역할 너머 원래의 나, 실존의 나인 존재로 사는 삶이 있음을. 내가 고통 속에 있어도, 아픔 속에 있어도 나는 사랑을 선택할 수 있다는 것을, 나는 인생 사막에서 사랑이라는 나침반을 배웠다.

역할은 각자의 길이지만 존재는 우리가 연결된 사랑의 길이다. 역할을 잘 살기 위해 평가하고 비교하지만, 내 안의 존재는 과정이며 살아 있음 그 자체의 힘이다. 어떤 날은 1이 되고, 어떤 날은 100이 되는 예상치 못하는 인생 사막에서도 결국 찾아가야 할 삶의 나침반은 사랑이다.

나는 앞으로도 사는 날까지 나 자신, 한 아이, 한 교사, 한 코치, 한 사람이 자신의 역할 너머 자신의 존재, 사랑인 자신과 만날 수 있게 안내하는 일을 할 것이다. 작은 힘을 주고, 따뜻한 용기를 주어 회복을 돕는 사람으로 내 존재의 힘, 사랑 나침반을 따라 걸어갈 것이다.

삶의 나침반에 대한 귀한 책, 윤정구 교수의 『황금수도꼭지』를 읽었을 때 큰 감동을 받았다. 나침반을 가지고 걸어간 사례들은 놀라움 그 자체였다. 누구도 알려 주지 않았지만 자신만의 삶의 나침반을 찾아내 그 방향으로 뚜벅뚜벅 걸어갔을 때 개인과 기업이 가져온 삶의 기적들! 한 개인, 한 기업, 한 국가에 있어서 나침반은 실존의 길이며, 삶의 목적, 북극성임을 깨달았다. 내 삶의 변치 않는 행복은 내 삶의 목적대로 사는 것이다. 삶의 보이는 성취 너머 보이지 않는 존재 가치. 삶의 목적이 있기에 나는 세상 유일무이한 특별한 존재다. 그 나침반이 잘 돌아가고 있는지, 잘 반짝이고 있는지 오늘도 내 북극성을 따라 걸어간다.

황금수도꼭지를 찾아 헤매기보다 잃어버린 목적에 대한 믿음과 부러진 나침반을 복원하는 일이다. 이것은 시대의 나팔소리다.

-『황금수도꼭지』, 윤정구, 31p

권영애

사람&사랑연구소(주)소장, 교육학(상담심리)박사. (사)한국버츄프로젝트 이사, 바인그룹(주)교육이사, 버츄천사리더학교 대표, 전 초등교사, 다양한 심리교육프로그램 연구 및 개발로 교육부장관상 4회, 전국현장연구대회 푸른기장상, 행복한교육실천상을 수상했다. 교육심리전문가로 KBS '강연 100도씨' '생방송 토요일입니다' '김홍성정보쇼' '라디오전국일주' SBS '한수진이 만난 사람' 등에 출연했다. 아이스크림원격교육연수원 '버츄프로젝트 적용 30강' '자존감을 살리는 마음충전 30강'을 개발했으며, 저서로『그 아이만의 단 한 사람』,『버츄프로젝트 수업』,『마음에도 옷이 필요해 마음 추운 날, 마음코트』,『미래에게 묻고 삶으로 답하다(공저)』가 있다.
이메일: jjayy@naver.com
블로그: https://blog.naver.com/jjayy
페이스북: https://www.facebook.com/happyssam
인스타: https://www.instagram.com/55happymentor

나는 기적입니다
나의 오늘은 기적입니다

· 남상은 ·

Stop?

서른다섯.

하고 있던 일에서 더 이상 기쁨을 찾을 수 없음을 알게 되었다. 주변의 인정도, 일의 성과도 의미가 없음을 느꼈다. 답답함이 가슴을 억눌렀다. 답답함을 쌓으며 세 개의 해를 흘려보냈다. 10년 가까이 하고 있던 일이 내가 좋아하는 일도, 잘하는 일도, 기쁜 일도 아니었음을 깨달았다. 그렇게 서른다섯의 나이에 처음으로 질문하기 시작했다.

나는 누구인가.

나는 어떤 인생을 살고 싶은가.

나는 무엇을 즐거워하는가.

내가 즐거워하는 것으로 세상도 즐겁게 할 수 있는가.

나는 잘하는 것을 즐거워하는가, 즐거워하는 것을 잘하는가.

내가 잘하는 것이 나에게 어떤 의미가 있는가.

내가 즐거워하는 것이 나에게 어떤 의미가 있는가.

나의 의미가 세상에는 어떤 의미를 줄 수 있을까.

그렇게 멈췄다. 무섭고 두려웠다.

'잘할 수 있을까. 바보 같은 짓은 아닐까. 괜찮을까.'

여전한 두려움으로 나를 공부하기 시작했다. 본연의 나를. 내가 속한 세상에서의 나를.

한 번의 멈춤은 나에게 '진짜 나'를 선물해 주었다. 사실은 멈춘 것이 아니었다. 가장 격렬하게 움직이고 있었다.

Today is miracle

"안녕하세요. 남상은입니다. 여러분의 오늘은 어떠신가요? 여러분의 오늘은 어떤 날이에요? 제게 오늘은 기적입니다. 오늘도 저는 눈을 뜨고 숨을 쉬며 아침을 맞았습니다. 그렇지 않을 수도 있었는데 말이죠. 누군가에겐 허락되지 않은 날이 바로 오늘일 수도 있잖아요. 그래서 제게 오늘은 참 기적입니다. 오늘이 다시 주어졌다는 게 참 선물 같아요. 이렇게 기적 같은 오늘을 매일매일 사는 저 역시 기적입니다."

몇 년 전인가, 대학원 첫 수업에서 으레 있는 자기소개 시간에 이렇게 소개했다. 실은 많은 원우들 앞에서 어떻게 나를 각인시킬까 고민하던 차에 다른 사람의 소개도 제대로 듣지 못하고 즉흥적으로 짜낸 각본이었다. 그러나 각본은 순간 이동을 위한 Shift Key가 되어 삶이 되어 버렸다. 자기소개를 하는 내내 기적 같은 나의 삶에 대한 설렘과 감사로 인해 벅차올랐다. "나의 오늘은 기적입니다. 기적 같은 오늘을 매일 사는 나라는 존재 역시 기적입니다."라는 두 개의 문장은 내 삶에 깊이 파고들었고, 그날 이후, 아니 그 순간 이후 나의 삶의 모토가 되었다. 각인 효과 역시 분명했었던지 며칠 후 다른 수업 시간에 뒤에서 누군가로부터 "기적 선배~" 하고 부르는 소리가 들렸다. 그 후배는 그날의 자기소개가 인상적이었다면서 한참을 '기적'에 대한 이야기를 했다. 그렇게 나는 기적 언니, 미라클(miracle)이라는 부캐(주로 사용하는 캐릭터 이외에 그와 더불어 사용하는 캐릭터)를 갖게 되었다.

Miracle coach

"지난 학기 학사경고를 받았습니다."
"군 입대 전 학사경고를 받았어요."
"1학년 1학기 때 학사경고를 받았어요."

대학에서 학사경고를 받았던 학생들을 코칭하게 되었다. 흔히 학사경고를 받았다고 하면 공부를 안 한 불성실한 학생들, 반항아들, 철없는 애들이라는 등의 편견을 가지고 있다. 이러한 편견은 교직원들이나 교수, 또래 대학생들 할 것 없이 비슷하다. 그러나 학사경고라는 동일한 현상을 경험한 학생들 개개인이 가지고 있었던 속내는 다 달랐다.

사실은.

갑작스레 어려워진 가정의 경제에 보탬이 되고자 학교 수업을 제대로 못 들었던 것이고.

사실은.

내가 지금 가는 길이 맞는 길인지 자신을 되돌아보느라 수업에 참여할 수 없었던 것이고.

사실은.

대학에 오면 꼭 해 보고 싶었던 것들을 하느라 학교 성적은 과감히 포기했던 것이고.

사실은.

또래의 다른 대학생들과는 조금 다른 속도로 가고 있었던 것이다.

"자신을 돌아볼 용기를 내셨던 거네요."

"학업을 포기하고 가정을 돌아볼 정도로 헌신하셨던 거네요."

"학사경고를 당한 게 아니라, 주도적으로 선택하셨던 거네요."

"자신만의 속도로 담담히 인생의 여정을 걷고 계셨던 거네요."

정말 그랬다. 마치 실패의 이름 같아 보이는 '학사경고'라는 포장 속에서 청년들은 자기 속에 숨어 있는 가장 용기 있는 나를 대면하기도 했고, 어딘가 깊이 처박아 둔 가장 힘 있는 나를 발견하기도 했다. 다만 자신이 얼마나 용기 있었는지, 얼마나 헌신했는지, 얼마나 주도적이었는지 깨닫지 못했을 뿐이다. 그들에게 질문했다.

　"성적 대신 얻은 것은 무엇이었나요?"

　"학업 대신 시도한 것은 무엇이었나요? 그것을 통해 얻은 것은 무엇인가요?"

　"목표로 했던 것이 무엇이었나요? 그것을 통해 무엇을 알게 되었나요?"

　한 번은 영문과 4학년으로 졸업을 앞둔 한 청년이 코칭을 받으러 왔다. 수줍었던 첫 모습이 여전히 생생한 걸 보면 이 청년에 대한 애잔함이 남달랐나 보다. 그녀는 영문과에서 4년이나 공부했지만 여전히 자신이 무엇을 좋아하는지, 무엇을 잘 하는지 모른다고 했고, 영문학을 좋아하지도 않으며 꾸역꾸역 버텨 온 4년이라고 했다. 그녀에게 물었다.

　"자신이 좋아하지도 않는 공부를 4년 동안이나 할 수 있었던 힘은 어디에서 나왔나요?"

　이 질문을 받은 그녀는 잠시 생각을 고르더니, 한참을 울었다. 그리고는 대답했다.

　"저는 제가 바보라고 생각했어요. 좋아하지도 않는 공부를 4년 동안이나 했던 내가 너무 미련하다고만 생각했어요. 그런데 코치님의 질문을 받으니, 제가 대단합니다. 좋아하지도 않는 공부를, 답답하기만 했던 공부를, 따라가기 버거웠던 공부를 저는 4년 동안이나 묵묵히 해 왔네요.

사실 성적이 나쁘지도 않아요."

그녀는 이후 1~2주에 한 번씩 꾸준히 코칭을 받았고, 이 시간을 통해 자신의 꿈과 좋아하는 일, 사명과 소질, 강점 등을 발견해 갔다. 마지막에는 이런 말을 남겼다.

"좋아하지도 않는 것을 이렇게 꾸준히 할 수 있는 힘이 있는 나라면, 좋아하는 것을 할 때는 어마어마한 에너지를 낼 수 있다는 것을 깨달았습니다."

2020년. 여전히 그때의 그 청년들에게 연락이 온다. 그때의 질문들이 자신을 다시 살게 했다고. 그때의 그 질문들이 내 안의 숨겨졌던 보석을 발견하게 했다고. 코치님을 만난 그때 그 해가 기적인 것 같다고. 내 안의 탁월함을 발견할 수 있는 힘, 탁월함도, 그것을 발견할 수 있는 힘도 내 안에 있음을 알게 되었다고. 그렇게 청년들에게, 대학생들에게 기적코치가 되었다.

Fear

많은 청년들의 삶과 함께 하면서 이들에게도 꽤 묵직한 두려움이 있음을 보게 된다. 막 대학에 입학했을 때, 새로운 학과로 전과를 했을 때, 큰 시험을 앞두고 있을 때, 큰 시험에 실패했을 때, 내가 감당할 수 없을 것 같은 큰 아픔을 겪고 있을 때, 취업을 준비할 때 등등. 그때마다 이들과 함께 이들의 삶 속에 있는 두려움에 직면해 보기를 시도하곤 한다.

1단계: 두려움을 인정하고 수용하기

"아, 내가 지금 두려움을 느끼는구나."

2단계: 두려움에 질문하기

"이 두려움은 어디로부터 왔을까? 두려움이 나를 찾아온 까닭은 무엇일까? 두려움 대신 내가 갖고 싶은 감정은 무엇일까?"

3단계: 두려움과 소통하기

"나는 지금 ○○○으로 인해 두려움을 느낍니다. 그러나 이 두려움은 내가 아니며, 잠시 내게 머무는 감정입니다. 나는 두려움 대신에 안전하기(혹은 평안하기, 따뜻하기 등 다른 것)를 원하며, ○○○을 하는 것을 통해 평안함이 내 안에 거할 수 있습니다."

열여섯 살이 되던 해 2월, 아빠가 돌아가셨다. 그때 참 많이 슬펐고, 참많이 무서웠다는 것을 어른이 되고 나서야 깨달았다. 홀로 남은 엄마가 많이 슬퍼하고 아파하는 모습을 보며 나도 모르게 나까지 슬퍼하고 무서워하면 안 된다고 생각했던 모양이다. 내게 온 모든 무서움과 슬픔을 거부했다. 거울을 보며 웃는 연습을 했고, 고등학교에 가서는 중학교 때보다 훨씬 더 밝아졌다. 그렇게 나는 가면을 썼다. 무서움이라는 나의 감정을 인정하고 수용하는 것이 안 되었다 보니 당연히 질문도, 소통도 할 수없었다.

누가 봐도 밝고 명랑한 소녀였던 나는, 어느 누구도 내가 아빠 없는 아이라는 걸 눈치 채지 못하게 했던 나는, 서른 살을 한참이나 넘겨서야 아빠를 잃어 슬프고 무서웠던 열여섯 살의 나를 안아 줄 수 있었다.

"아, 나 그때 슬펐구나. 정말 많이 무서웠겠구나."

나의 두려움을 인정하고 수용한 순간, 그 당시 쏟아내지 못했던 모든 눈물이 솟구쳐 나왔다. 그리고 좀 더 깊은 곳으로 들어갈 수 있었다. 사실 자신의 두려움이 어디에서 기인했는지, 두려움 대신 갖고 싶은 것이 무엇인지, 그리고 가장 중요한 것, 내가 지금 두려움을 느끼고 있다는 사실을 알아차리고 받아들이는 순간, 두려움은 우리의 성장을 위한 매우 중요한 Key로 변신한다. 이는 비단 두려움에만 해당하는 것은 아니다. 피하고 싶은 어떤 감정이든 인정하고 수용하며 질문하고 소통할 수 있다.

당신이 기적입니다. 당신의 오늘이 기적입니다.

하늘을 원망하던 소녀는 이제 없다. 아니, 하늘을 원망할 만큼 무섭고 두려운 죽음을 경험했기에, 삶이 주는 기적을 또한 경험한 소녀가 있다. 아침마다 눈을 뜨고, 또 하루의 생을 살고, 기적 같이 주어진 시간 속에서 내게 주어진 소명을 묵상하며 그 소명을 따라 학습하고 연구하고 행동하는 여정을 담담히 걸어간다. 웃음으로 두려움을 포장하는 것 대신에, 두려움과 소통하며 두려움이 느껴지는 '삶'이 오늘도 변함없이 주어진 것에 진심으로 감사하기를 선택한다. 감사는 다시 사랑이 되어 세상을 향해 뻗어 간다.

'살리는 사람'

꿈꿀 수 없어 무너진 사람들의 가슴에 푸르른 꿈이 다시 돋아나는 것을 돕고, 가정을 살리며, 회복을 꿈꾸는 '살리는 사람'으로 매일 다시 살기를 소망한다.

사랑이다.

당신에게도 삶은 그러하다.

당신의 오늘이 기적이며, 기적 같은 오늘을 매일 사는 당신 역시 기적이기에.

·· **남상은**

TLP교육디자인의 연구소장이며, 고려사이버대학교와 교육부가 주관한 '커리어코칭' 강의를 개발하여 현재는 KOCW에서 본 강의를 제공하고 있다. 대학에서 다양한 코칭 프로그램을 운영하였고, 대학생들의 커리어와 학습에 관한 연구를 지속하고 있다. '꿈과 비전을 살리는 사람, 가정을 살리는 사람, 회복을 꿈꾸는 사람'이라는 소명을 가지고 '살림과 회복'이 필요한 곳으로 나아가는 삶을 살고 있다. 저서로 『한국형 커리어코칭을 말한다』(공저, 2020)가 있다.
이메일: miraclecoach.se@gmail.com

삶으로 답하며 사랑으로 보답하며

· 유현심 ·

상처를 극복한 삶으로 인생 3막을 열다

극심한 큰아이의 사춘기 방황으로 길을 잃었던 나와 가족은 하나님을 만나고 부모 교육을 만나 극적으로 수렁에서 탈출하게 되었다. 부족한 나를 연단시켜 사용하기로 하신 하나님은 내 부족함을 채워 줄 크고 원대한 계획을 계속 마련하셨다. 다시는 우매함에 빠지지 않도록 하시기 위해, 일개 주부에 불과했던 나를 진성리더십아카데미 수장 윤정구 교수님과 만나게 하셨고, 부족한 나의 역량을 끌어올리기 위해 지금의 동료 서상훈 작가를 만나게 하셨다. 두 분과의 만남을 통해 하나님은 교육 사업을 하면서 하나님이 이 길로 이끄신 목적을 잊지 않도록 하셨고, 내가 하고 싶은 이야기들을 엮어 세상에 펼쳐 내는 작가가 되도록 인도하셨다.

부모교육 강사로 거듭난 나는 전국을 누비며 학교나 여러 단체에서 학부모님들을 만나 큰아이를 키우며 좌충우돌하며 절치부심했던 내 이야기를 들려 드렸다. 단순히 어떤 이론을 전달하는 강사가 아니라 내 경험에서 우러나온 진실 된 이야기를 들려 드리고 싶었다. 부끄럽기만 했던 과거이지만 엄마의 욕심이 얼마나 심각하게 아이를 망가뜨릴 수 있는지를 이야기하고 싶었다. 부모의 욕심과 자녀에 대한 무지는 어떤 아이에게는 정신적인 문제를 야기하기도 하고, 또 어떤 아이에게는 스스로 목숨을 끊게 만드는 심각한 일이 된다는 걸 먼저 그 길을 갔던 사람으로서 알려 드리고 싶었다.

어떤 부모님은 나와 아이의 스토리를 들으시며 '중학생 아이 때문에 골치를 썩어 왔는데 그래도 우리 집 아이는 착한 편인 것 같아 위안이 된다'는 분도 계셨고 어떤 분은 '아이 문제로 최근에 마음 수련원까지 다녀왔는데 강사님 이야기를 들으니 자신을 강하게 표현하고 있는 아이가 건강한 거였구나' 하고 깨닫게 되었다는 분도 계셨다. 어떤 어머니는 '큰아이와 작은 아이의 관계에 있어 항상 큰아이에게 미안했었다'는 고백을 하다가 울음을 터뜨려 강의를 듣던 많은 분들의 눈시울이 붉어지게 만드신 분도 계셨다. 나는 부모교육을 통해 나와 같은 고민을 하는 이 땅의 많은 부모님, 많은 어머니들을 만나면서 내가 입었던 상처와 그 상처를 극복해 낸 과정 모두가 누군가에게 큰 위안이 되고 그들의 상처를 어루만지는 힘이 있다는 것을 깨닫게 되었다.

그 과정 속에서 내 마음 속 깊이 응어리졌던 상처들도 그와 함께 더 깊이 치유되는 것을 느꼈고, 그런 경험은 마음 열고 아이를 더 받아들이게 하는 계기가 되었다. 또한 강의를 할 때마다 많은 사람들로부터 받는 경험치가 누적되면서 점점 더 내 마음의 그릇이 이전보다는 넓어져 감을 느꼈다. 예전보다 웬만한 작은 일들에 크게 동요하지 않고 수용할 수 있는 마음의 밭이 되어 간다고나 할까?

아이들은 사랑을 먹고 자란다

지역사회교육협의회는 지역사회운동으로 시작된 단체여서 사회의 소외계층인 다문화가정이나 저소득층 자녀들에 대한 교육도 활발히 펼치고 있는 단체이다. 그런 이유로 강사가 된 이후, 협의회 주관으로 지역아동센터나 복지관에서도 교육을 할 기회가 많이 주어졌다. 지역아동센터 아이들을 만나면서 나는 내가 하게 된 부모교육, 청소년 교육에 대해 특별한 보람과 감사를 느끼게 되었다. 만약 큰 아이가 온실 속 화초로 자라주었다면 그 정도로 절절한 마음을 느꼈을까? 아마 이 아이들에게 어떻게든 조금이나마 좋은 경험을 줘야겠다는 사명감을 크게는 못 느꼈을지도 모른다. 하나님이 나에게 제일 중요한 대상이었던 사랑하는 내 아이를 통해 나를 깨어나게 하셨기에 그런 긍휼의 마음도 생기게 되지 않았을까?

지역아동센터 아이들은 대부분 저소득층, 조손가정, 한 부모 자녀 등이 많았다. 그래서인지 아이들은 생각한 것보다 더 상처가 많은 듯했고 언행이 거칠었다. 그런 아이들과의 만남은 나를 또다시 더없이 겸손해지도록 만들고, 내가 하고 있는 일에 대한 사명감을 크게 느끼게 해주었다. 일반 학교 아이들을 만나거나 부모교육으로 많은 부모님들을 만날 때도 내가 하고 있는 일이 정말 중요한 일이라는 생각이 들었지만, 특히 용인 변두리 지역에 있는 향○지역아동센터에서의 8주간의 교육 경험은 내 강사 경력을 통틀어 두고두고 정말 소중한 체험, 소중한 생애 사건 중 하나가 되었다. 그곳에서 아이들을 만나면서 '아! 하나님이 나를 이렇게 쓰시려고 연단 시키셨구나!' 싶어 전율이 느껴졌다.

8주 진로 수업의 첫째 날, 아이들과 만나기 위해 교실로 들어가니 시작 시간이 되었는데도 총 10명이라던 아이들 중에 두 명의 중학교 1학년 여자아이만 자리에 앉아 있었다. '아이들이 다 어디로 갔을까?' 선생님께 여쭤 보려던 순간 교실 뒤에 켜켜이 쌓여 있던 강의용 책상 밑에서 두 녀석, 책상 꼭대기에서 한 녀석, 피아노 뒤에서 한 녀석, 커튼 뒤에서 세 녀석이 깔깔 웃으며 튀어나왔다. 그때 교실 문을 발로 걷어차며 자그마한 남자아이 한 명이 거무스레한 얼굴에 땟국물이 흐르는 모습으로 차마 입에 담지 못할 욕을 입에 달고 교실로 들어왔다.

어느 정도 예상은 했었지만 대략 난감이었다. 순간 아이들에게 선생님이 만만해 보이거나 거칠게 나오는 아이들 모습에 겁을 먹고 당황해하면 게임 끝이겠다는 생각이 들었다. 그래서 문을 발로 차고 들어온 녀석에게 아주 차분하게 "친구야~ 앞으로는 문을 손으로 조용히 열고 들어와 주면 좋겠다. 네가 문을 발로 차고 들어와서 친구들 만나는 첫날인데 선생님 기분이 좀 안 좋네?"라고 이야기했다. 아이는 다시 화면을 가리키며 "저 ○새끼는 뭐에요?"라며 정면 도전을 해 왔다. 나는 표정 하나 바뀌지 않고 아이 눈을 똑바로 바라보며 "그러게~ 저 쓰방새가 누군지는 선생님 도 잘 모르겠네~ 자리에 앉아 줄래?"라고 이야기했다. 아이는 이전 선생 님들과는 뭔가 다른 느낌이 들었는지 어리둥절한 표정을 짓더니 가만히 자리에 앉았다.

첫날 수업은 정신이 하나도 없었다. 문을 발로 걷어차고 들어온 창현 (가명)이는 잠시 후 수업 도중에는 다른 아이가 자기를 놀렸다며 갑자기 일어나 주먹으로 한 아이의 머리를 내리쳤다. 누가 손을 써 볼 틈도 없이 벌어진 일이었다. 결국 불안감에 주변을 서성이던 선생님이 들어와 전통 적인 방법(소리를 지르며 윽박지르며 혼내는)으로 제압을 해 버리셨다. 이런 식으로 하는 수업은 정말 원하던 방법이 아니어서 수업이 끝난 후 선생님께 다음부터는 알아서 할 테니 믿으시고 수업 시간에 들어오지 않 으셨으면 한다고 정중하게 말씀드렸다.

2회차 수업 때는 자기 자신의 장점 적기와 듣고 싶은 말, 듣고 싶지 않 은 말 적기를 했다. 자신의 장점을 적으라고 하자 교실이 갑자기 물 끼얹 은 듯 조용해졌다. 한두 명의 아이가 뭔가를 적기는 했지만 거의 대부분 의 아이들이 아무것도 적지 못하고 있었다. 장점이라는 말이 너무 거창 하게 들리나 싶어 "우선 자기 얼굴 중에 가장 자신 있는 부분을 적어도 되 고, 부모님이나 가족 중에 '예쁘다, 멋있다'라고 표현해 주신 부분을 적어 도 돼~ 그리고 가장 자신 있는 과목이 있으면 나는 ○○과목을 잘한다고 적어도 된단다." 하는 식으로 세밀하고 구체적으로 이야기를 해 주었다.

몇몇 아이들은 힌트를 듣고 생각이 났는지 한두 줄이라도 써 내려 갔다. 그런데 창현이는 여전히 백지를 앞에 두고 머리만 긁적이고 있었다. 옆에 앉은 친구에게 "네가 평소에 봤던 이 친구의 칭찬할 점이나 잘하는 것을 이야기해 줘도 좋아." 했더니 "창현아, 너 오버헤드킥 잘하잖아~" 하는 것이었다. 땀이 나도록 뛰길 좋아하는 창현이는 특히 축구를 잘한다고 했다. 친구의 응원에 힘입어 한 줄 적고 나더니 창현이는 이제 도저히 쓸 게 없어서 못 쓰겠다고 했다.

다 그런 건 아니지만 대다수의 아이들은 지금까지 칭찬을 들은 기억이 별로 없다고 했다. 그래서인지 자존감이 많이 떨어져 있었던 것이다. 창현이는 '오버헤드킥을 잘한다'는 한 줄을 덜렁 써놓고 수업이 끝나기 무섭게 밖으로 나가 버렸지만, 나는 그것도 큰 수확이라고 생각했다. 그렇게 한 뼘 한 뼘 아이들과 친해져 갔다. 아이들이 지루하지 않도록 8회차 중 3회차 때는 대학가요제 출전 경력이 있는 성가대 집사님 한 분을 모시고 가서 함께 기타 치고 노래를 불렀다. 집사님은 바나나를 사 들고 와서는 능숙하게 아이들과 어울렸다. 노래 가사를 아이들 이름을 넣어 개사해 부르기도 하면서 아이들과 소통했다.

세상에 나쁜 아이는 없다

창현이의 행동이 눈에 띄게 달라진 건 4회차부터였다. 4회차 수업 때 '꼭 이루고 싶은 나의 꿈'을 주제로 간절히 꿈을 꾸고 꿈을 이룬 사람들의 영상을 보여주었다. 아이들이 좋아하는 박지성 선수 스토리도 들려주었고 좌절을 딛고 우뚝 선 영화감독 이야기도 들려주었다. 그러면서 간절히 꿈을 꾸고 꿈을 시간과 함께 적어 놓으면 목표가 되고 목표를 잘게 나누어 매일 매일 작은 실천을 하다 보면 꿈을 이룰 수 있게 된다고 이야기했다. 그러고 나서 아이들의 특성에 맞게 자기 꿈을 글로 쓰거나 표어로 만들거나 그림으로 그리거나 어떤 방법이든 좋으니 마음껏 꿈을 표현하는 시간을 갖도록 했다.

창현이는 꿈이 없다고 했다. 그래서 크레파스, 색연필, 사인펜 등과 함께 흰 도화지를 앞에 두고 한참 동안 고민에 빠졌다. 그러다가 자신이 골대 앞에서 오버헤드킥을 하는 장면을 멋지게 그렸다. 옆 친구가 말해 줬던 자신의 장점이 떠올랐나 보다. 그런데 아이가 그린 그림을 보니 섬세하면서 색감도 무척 좋았다. 총천연색으로 울긋불긋한 축구복과 축구 양말, 심지어 골대 색깔까지도 다른 색으로 멋을 냈다. 나는 창현이 귀에 대고 속삭였다. "창현아, 선생님이 원래 누구한테 '너 이런 특기가 있는 것 같다'는 말 잘 안 하는데 우리 창현이, 그림 솜씨도 완전 수준급이네? 선생님 깜짝 놀랐어~~" 그러자 아이는 내 얼굴을 흘끔 보더니 씩~ 웃었다. 그러더니 열심히 그림을 그리고 색칠하고 나서 맨 위에 '나의 꿈: 축구선수'라고 자랑스럽게 써 넣었다.

창현이는 유난히 인정욕구가 강했다. 처음으로 무언가를 완성했다는 뿌듯함을 선생님이 알아주기를 바랐다. 나는 창현이를 아이들 앞에서 특별히 칭찬했다. 꿈을 발견하지 못했다가 꿈을 찾게 되었는데 그게 나중에 정말 이루게 될 꿈이 아니더라도 이렇게 곰곰이 내가 잘하는 것, 좋아하는 것, 내 이 다음 모습이 어떨까를 생각해 보고, 그 생각을 그림으로 표현해 낸 건 정말 대단한 일이다. 그것도 선생님이 시켜서 대충 한 것이 아니라 끝까지 성의를 갖고 스스로 완성했다는 건 정말 중요한 일이라고……. 창현이는 처음으로 친구들 앞에서 칭찬을 받은 듯했다. 첫 날 문을 박차고 들어왔던 그 용맹하던 모습은 어디로 가고, 선생님이 내리쬐는 따뜻한 햇살에 몸을 맡기고 노곤해진 듯 수줍어하는 6학년 남자아이가 앉아 있을 뿐이었다.

칭찬은 고래도 춤추게 한다고 했던가? 창현이는 시키지도 않았는데 그날부터는 남아서 끝까지 교실 정리며 쓰레기 버리는 일까지 도맡아 했다. 마지막 회차까지 계속되었던 아이들의 '장점노트'도 제법 많은 이야기로 채워지고 있었다.

마지막 시간에 자신의 장점 중에 베스트 5를 소리 내어 읽게 하고, 듣고 있는 다른 친구들은 장점 발표가 끝나면 큰 박수를 치며 환호해 주기로 했다. 자신의 장점을 자기 입으로 말하는 게 쑥스러울 텐데 의외로 아이들은 밝은 표정으로 발표를 잘해 주었고 다행히도 한 명도 야유하는 아이가 없었다.

나는 아이들이 자신의 장점을 소리 내어 읽으면서 자신감과 자존감이 조금이나마 회복되었을 것이라 믿는다. 수업을 마치고 아이들에게 연필 같은 작은 선물을 하나씩 주었다. 그리고 선생님을 가장 많이 도와준 창현이에게 '봉사상'으로 책을 한 권 주었다.

창현이는 거의 울 것 같은 표정이었다. 수업이 끝나고 신발을 꺼내고 있는데 "선생님, 정말 다음 주부터 안 오세요? 우리는 여기 계속 있을 거니까 또 오셔도 돼요~"라고 수줍게 말했다. 그 말은 자기를 문제아, 욕쟁이, 말썽쟁이가 아닌 있는 그대로의 창현이로 봐 준 선생님에 대한 최고의 선물이었다.

타인에 대한 사랑이 더 큰 축복이 되어 돌아오다

나는 아동센터 아이들과 수업을 하면서 '왜 내 아이에게는 이렇게 참지 못하고 일일이 대응했었으며 작은 실수조차 용납하지 못했던가…….' 많은 반성을 했다. 이 아이들은 내 아이가 아니기에 심지어 욕을 해도 슬기롭게 넘기게 되었고, 자신의 장점을 보지 못하는 그 아이가 가엾기까지 했는데, 세상 누구보다 사랑했던 내 아이는 욕심에 눈이 가려 잘한 것은 보이지 않고 잘못한 것만 두드러지게 눈에 띄어 늘 화가 났었다. 그러다 보니 잘못한 것으로 보이는 하나하나가 갈등 요소였고 관계를 멀어지게 만든 원인이었음을 다시 한번 깨닫게 되었다. 그래서 남을 가르치는 것이야말로 제대로 공부하는 것이라는 말이 있나 보다. 이 아이들을 통해 배운 것들을 다시 내 삶에 적용하다 보니 거꾸로 내 아이가 보였다.

부모교육 강사가 되고 나서 많은 부모님들에게 내가 배운 것을 전하고 많은 아이들에게 배운 것을 적용하면서 '참된 부모 됨'에 대해 하나씩 깨달아 가던 어느 날, 나는 진심을 다해 큰 아이에게 용서를 빌었다. "○○야. 그동안 엄마가 정말 잘못한 일이 많다. 너를 미워해서가 아니라 모르고 너에게 잘못했던 일이 많았어. 누구보다 잘 키우고 싶은 욕심에 너를 내 마음대로 휘둘렀었다. 정말 미안해." 아이도 함께 울었다. 그러면서 자신의 성향도 독특해서 엄마가 아마 자기를 키우기 힘들었을 거라고 했다. 가슴까지 뜨거워지는 순간이었다.

그러나 이렇게 화해를 했다고 해서 어린 시절부터 서서히 벌어져 왔던 부모-자녀 관계가 그 한마디로 드라마틱하게 완전히 회복되거나, 응어리졌던 모든 상처가 눈 녹듯 다 없어지지는 못할 것이다. 하지만 아이는 아이대로 나는 나대로 '중2병의 깊은 수렁' 속에서 허우적거리다가 구사일생으로 목숨을 건진 사람들답게, 그 뒤로는 서로에게 큰 상처가 될 만한 일은 되도록 하지 않으려 노력하며 살게 되었다. 얼마 전까지도 서로의 강한 성격 때문에 이따금 충돌할 때가 있긴 했었지만, 아이도 이제는 성인이 되어 한 발 뒤로 물러설 줄도 알게 되었고 나 역시 어른이라는 이름으로 횡포를 부리거나 엄마라는 이름이 권위가 되지 않도록 때로는 입을 다무는 지혜를 조금이나마 갖게 된 것 같다.

앞서 말한 대로 나는 너무나 부족하고 보잘것없는 사람이지만, 내가 겪은 골 깊은 상처는 그것을 극복한 순간, 오히려 타인을 치유하는 힘이 있음을 알았다. 그래서 나는 남은 생애 동안 하나님이 주시는 능력 안에서, 하나님이 주신 사명을 실천하며 살아가려 한다. 이제는 나 혼자 그 길을 걷는 것이 아니라 각자의 삶의 스토리를 통해 세상을 변화시키고자 하는 많은 사람들과 함께 손잡고 내가 받은 사랑에 보답하며 여정을 함께 걸을 것이다.

모쪼록 나의 부끄러운 고백이 많은 부모들에게 타산지석으로 작용하여 청소년기 자녀의 특성을 이해하고 기다려 주며, 자녀를 그가 갖고 있는 특성대로 존중하고, 사랑과 격려로 가르치는 건강한 가정이 되는 데 작은 도움이 되길 바란다.

·· **자공 유현심**

부모교육 전문가, 하브루타 독서토론 전문가이자 '한국형 하브루타 ZINBOOK 독서토론' 개발자로 하브루타 독서코칭 지도사, 메타인지 진로 학습코칭 지도사를 양성하는 (주)코리아에듀테인먼트, 진북하브루타 연구소 대표를 맡고 있다. 큰 아이와의 사춘기 갈등을 신앙과 하브루타식 대화법으로 치유한 경험을 토대로 '부모의 변화', '우리나라의 교육 방법 변화'를 통해 '청소년이 행복한 나라'를 만들겠다는 힘찬 포부를 안고 전국을 뛰어다니며 교사연수, 학부모강좌, 청소년 교육 등에 매진하고 있다. 저서로는 『유대인에게 배우는 부모수업』, 『하브루타 일상수업』, 『진짜 독서를 위한 ZINBOOK 독서토론』, 『메타인지 공부법』, 『진로독서 인성독서』, 『독서토론을 위한 10분 책읽기 1~2』, 『진로독서를 위한 10분 책읽기 1~7』, 『꿈에 날개를 달아주는 창의독서』, 『누구나 따라 할 수 있는 독서동아리』, 『미래에게 묻고 삶으로 답하다』 등 10여 권을 썼다.
이메일: yhs2231@naver.com
홈페이지: www.zinbook.co.kr
카페: http://cafe.naver.com/zinbook
페이스북: https://www.facebook.com/hyunsim.yu
유튜브: 진북 하브루타 - 자공 유현심의 소소한 TV

MY LIFE
MY FUTURE

미래준비
·
감사

내 삶을 바꾼 한마디 말들

· 서재진 ·

생각을 바꾸면 행동이 바뀌고, 행동이 바뀌면 습관이 바뀌고, 습관이 바뀌면 운명이 바뀐다. 100여 년 전에 제임스 앨런이 한 말이지만, 내가 『성공하는 사람들의 7가지 습관』 책을 읽으면서 알게 된 것이기도 하다. 코칭이 힘이 있는 것은 바로 문제적인 행동을 바꾸기 위해서 생각을 바꾸어 주는 프로세스로 구성되어 있기 때문일 것이다. 즉, 생각이 바뀌면 행동이 바뀌기 때문이다. 일체유심조(一切唯心造)라는 말이 바로 그 말이다. 생각의 결정론이다. 어떤 마음을 먹느냐, 어떤 생각을 하느냐가 모든 것을 만든다는 말이다.

지금까지의 내 삶을 이끌어 온 것이 나의 의지가 아니라 내 삶의 구비 구비마다 나에게 던져진, 지나가는 말 한마디였다는 것을 요즘에 들어서 새삼 절감하게 된다. 내 스스로 결심해서 여기까지 온 것이 아니라 주변 사람들에 의해 던져진 말 한마디가 나의 뇌리에 박혀서 나의 신념이 되고 내 삶의 목표가 되고 행동 에너지가 되더라는 사실이다.

최근 「미스터트롯」이라는 TV 프로그램에 출연하여 결승까지 진출하고 4위에 올랐지만 1등보다 더 인기를 끌고, '국민 사위'라는 별칭을 얻은 가수 김호중을 만든 한마디 말이 많이 회자되고 있다. 김호중의 노래를 듣고 "너는 노래로 평생 먹고살 수 있을 것 같다"는 고등학교 음악 선생님의 말 한마디. 그것이 김호중의 삶의 길잡이가 되고 에너지가 되어, 힘들고 어려운 시기를 버티며 노래를 향해 달려왔다고 하지 않는가!

또 내가 어릴 때부터 들었던, 미국 국회의사당 앞에서 구두닦이 하던 소년 이야기가 생각난다. 구두닦이 소년이 어떤 국회의원 구두를 닦아주고 있는데, "너도 열심히 공부하면 나중에 국회의원이 될 수 있어"라는 말 한마디를 듣고 고무되어 열심히 공부하고 노력하여 나중에 검찰총장이 되었다는 내용이다. 이처럼 생각이라는 것이 자기 내면에서 불현듯 떠오르기도 하지만, 외부에서 누군가가 지나가듯 던진 한마디가 섬광 같은 자극으로 접수되어 뇌리에 박히는 경우가 많다.

펜대 잡고 하는 일을 해라

유년기 때 우리 어머니가 하신 말씀은 나의 양쪽 겨드랑이 밑을 추켜들고 아래위로 키질을 하면서 하신 말, "땅에서 솟아났나 하늘에서 떨어졌나 우리 종재~"라는 리듬 있는 말이 아직도 귀에 맴돈다. 종재는 종자의 사투리로 우리 가족의 씨앗이라는 의미로 한 말일 것이다. 나는 우리 어머니께 특별한 존재라는 자아인식이 일찍이 형성되었던 같다. 그리고 "손톱 밑에 흙 묻히지 않는 일을 해라, 펜대 잡고 하는 일을 해라"라는 말도 아직도 귀에 울린다. 우리 마을에 면사무소 부면장을 하면서 곤색 바지에 하얀 와이셔츠를 입고 자전거를 타고 면소재지로 출퇴근하는 먼 친척을 모델로 생각해서 한 말이다. 평생을 농사짓고 힘들게 사는 우리 어머니의 로망이었다. 실제로 나는 그 이상의 꿈을 이루어 드렸다.

내가 오늘에 이르게 된 결정적인 사건이 아마도 내가 고향 의령의 시골 중학교가 아니라 마산에 있는 중학교로 진학한 사건일 것이다. 당시에 우리 정남초등학교에서 마산으로 중학교를 가는 경우는 몇 년 만에 1명이 나올까 말까 한 상황이었다. 나는 고향의 시골 중학교로 진학하는 것이 거의 기정사실이었다. 그런데 내가 마산으로 중학교를 진학했다. 바로 안만길 담임 선생님 덕분이다. 그분이 어느 날 저녁에 우리 집에 가정 방문을 오셔서 우리 아버지에게 "재진이를 마산에 있는 중학교에 입시원서를 넣을 수 있게 허락해 주세요"라고 간청하셨다. 그런데 우리 아버지는 단호하게 거절하셨다.

"안 됩니다. 농촌에서 그럴 형편이 안 됩니다. 등록금에다가 하숙비까지 내야 하는데 감당을 못합니다."

우리 안 선생님께서는 "어르신, 그건 걱정하지 않으셔도 됩니다. 허락만 해 주시면 등록금과 하숙비는 제가 내 드리겠습니다"라고 말씀하셨다. 그래서 나는 '마산동중학교'에 입시를 보고 진학하였다. 당시 선생님은 그 정도 부자가 아니었는데 어떻게 그런 말씀을 하셨는지 의아한 마음은 아직도 가지고 있기는 하다. 어쨌든 내 기억에 선생님은 그렇게 말씀하셨고 그 말씀이 나의 운명을 바꾸었다.

그런데 곧 우리 정남초등학교에서 난리가 났다. 마산의 중학교를 진학하는 것은 수년에 1명 있을까 말까 하는데 그해에 9명이 마산으로 진학한 것이다. 그러니 의령군 교육청에서 당장 안 선생님을 의령읍의 의령초등학교로 전근 발령을 내었다. 당시의 군수인지 교육감인지 누군지는 모르지만 자기 자녀의 담임교사로 모시기 위한 것으로 추정된다. 안 선생님은 우리의 졸업식도 보지 못하고 전근을 가셨다. 이 사실을 알게 된 우리 아버지는 망연자실하셨다. 마산으로의 진학을 허락만 하면 등록금과 하숙비를 다 지원해 주신다는 선생님이 멀리 읍내 학교로 가셨기 때문이다.

그런데 다행스럽게도 다른 대안이 생겼다. 우리 학교의 교장 선생님의 따님 집에서 하숙을 하게 된 것이다. 교장 선생님의 아들도 나랑 같이 마산동중학교를 가게 되었는데 여고를 졸업하고 집에 있던 따님을 마산으로 보내어 자기 동생과 나를 밥해 주고 돌봐 주라고 하셨기 때문이다. 나는 돈 대신에 약간의 쌀을 매달 하숙비로 내면 되었기에 중학교를 다닐 수 있었고, 얼마지 않아서 우리 형이 대구 제일모직에 취업을 하여 나의 학비 문제가 해결되었다. 우리 아버지는 그런 나를 보고 학운이 좋다고 자주 말씀하셨다. 나는 정말 학운이 좋은 사람이다. 1975년에 전기가 들어온 가난한 시골 농촌 출신이 미국에 유학까지 하게 되었으니 말이다.

서울대를 나와야 출세합니까

 마산에서 중학교 2학년 무렵 어느 일요일, 하숙집 마루에 앉아 있는데, 책 외판원이 왼쪽 팔에는 책 홍보 카탈로그를 걸치고, 오른쪽 손으로는 책 꾸러미를 들고서, 우리 하숙집 대문으로 불쑥 들어오면서 던진 말이 나의 뇌리에 꽂혔다. "사람이 서울대를 나와야 출세합니까, 좋은 책을 읽어야지─." 사실 뒤의 말은 정확히 기억나지 않는데 앞의 말은 나에게 깊이 파고들었다. "아, 서울대를 나오면 출세하는구나!" 그 당시 중학교 2학년이 무슨 대학을 생각했겠는가? 그 당시 나는 서울대라는 이름도 몰랐었다. 그런데 나는 서울대를 가면 출세라는 것을 하는구나, 거기를 가야겠구나 하는 생각이 나의 마음속에 자리 잡았다. 출세라는 말은 사실 무슨 말인지는 몰라도 「회전의자」라는 노래가 당시에 유행하고 있었다.

 "빙글빙글 도는 의자, 회전의자에 임자가 따로 있나, 앉으면 주인이지, 아아 억울하면 출세하라 출세를 하라~"

 나랑 같이 마산으로 간 초등학교 동기가 9명이었는데 나 외에는 아무도 인문계 학교인 마산고등학교를 진학하지 않았다. 공부 잘하면 마산상고, 또 다른 뜻이 있으면 마산공고로 진학하던 것이 관례였다. 나는 공부를 잘하는 편이었으니 친구 따라 마산상고에 갔을 가능성이 많았다. 그런데 나는 서울대를 가기 위하여 인문계 고등학교인 마산고에 들어갔다. 그리고 서울대에 입학시험을 쳤는데, 첫해는 낙방했다. 지금도 그렇지만 지방에서 서울대 가기가 만만치 않았다. 낙방하면 선택은 후기대학에 시험을 보든지 아니면 재수하여 다시 도전하는 것이었다. 후기대학을 지원하여 합격하면 그 대학을 다니고, 후기시험에도 떨어지면 재수를 하는 것이 보통이었다. 그러나 나는 후기시험은 추호도 생각하지 않았다. 바로 재수 준비를 하였고 이듬해 서울대에 들어갔다. 가슴에 스며들고 머리에 박힌 그 한마디 말이 그렇게 나의 삶의 결정자 역할을 한 것이다.

유학하려면 하와이로 오너라

군에 입대하여 군복무를 하다가 첫 휴가를 나와서 시골집에 왔는데, 10년 전에 하와이로 이민을 갔던 재종형이 한국에 다니러 와서 혼자 덩그러니 우리 집 마루에 앉아 있었다. 우리 어머니 아버지는 모두 논밭에 일하러 나가시고 없었으니. 그 형이 나를 반기며 근황 이야기를 하다가 아직도 귀에 생생한 한마디를 던졌다.

"네가 서울대를 들어갔구나. 그럼 나중에 유학하려면 하와이로 오너라."

이 한마디가 또 나의 운명을 바꾸어 놓았다. 그 당시 나는 군복무 첫해였고 아직 대학 졸업하려면 몇 년이나 남았던 때이니 무슨 결심을 하거나 한 것은 아니었고 그냥 머릿속에 장기저장되어 남아 있었다. 뜻밖의 이야기였기에 나에게 섬광같은 자극으로 느껴졌던 것 같다.

그런데 대학 3학년 때 전두환 정권이 들어서면서 휴교를 하고, 사회학과 친구들끼리 그룹 스터디를 하다가 책 읽고 토론하는 과정에서 나는 학문의 길을 선택하게 되었다. 책 읽고 토론하는 것에서 공허하던 가슴이 충만하게 채워지는 것을 느꼈다. 나는 학문을 하는 것을 나의 미래 진로로 결정하게 되었다. 사실 당시에 학문을 한다는 것은 유학을 갔다 오는 것을 의미했으니, 내가 학문을 한다고 결정하게 된 배경은 하와이로 유학을 간다는 것을 전제로 한 것이었을 것이다.

나에게 유학은 곧 하와이대학교로 가는 것을 의미했던 것 같다. 왜냐면 유학 준비를 하는 사람들은 대체로 4~5개의 대학에 전형서류를 내서 먼저 결정되는 학교나 장학금 등의 조건이 좋은 곳으로 결정하는 것이 통례였다. 그런데 나는 하와이대학교에만 입학지원서를 냈고, 다른 어떤 대학에도 내지 않았다. 떨어지면 학문을 포기하고 취업을 한다는 의미인지 지금 내가 생각해 보면 아찔한 생각이 드는데, 나는 그때 그렇게 했었다. 다행히 합격하여 유학을 가게 되었다.

통일국가가 미래에 성취되는 그때에도

그리고 학위를 마치고 귀국했는데, 당시 우리 사회가 민족주의 바람이 거세어서 일반 대학은 국내에서 학위를 받은 사람들로 빈자리가 거의 다 차 있었다. 그래서 지도교수들은 나를 국방연구원이나 국방대학교에 자리가 있으니 취업하라고 했다. 일반 사회학을 전공했던 나에게 국방 관련된 일은 너무 낯설어서 나는 내키지 않았다. 나의 의사만 있으면 결정될 것이라 하였으나 나는 연세대학교 국제학대학원에서 시간 강의를 하면서 기다리겠다고 하고 거절하였다. 그런데 그 무렵, 나의 학위논문을 우리말로 번역하여 『한국의 자본가계급』이라는 책을 출간하였는데, 하와

이대학 사회학과에 한국인 구해근 교수가 계셨는데, 그분에게 번역된 내 책의 서문을 부탁드렸었다. 구해근 선생님이 서문에 쓰신 말 한마디가 또 나의 운명을 바꾸었다.

"지난 20여 년간 급속도로 성장한 한국의 자본가 계급은 남한뿐만 아니라 앞으로는 우리가 염원하는 '통일국가'가 미래에 성취되는 그때에도 필경 막강한 계급으로 존재하지 않을까 생각된다."

나는 내 책의 서문에 '통일국가'라는 단어가 들어간 것이 뜻밖으로 느껴졌지만, 그 단어가 나에게 꽂혔다. 바로 그때 통일연구원이 새로 생겼으니 거기에 들어가겠느냐는 지도교수의 말씀이 있었다. 나는 기꺼이 가겠다고 했다. 통일 연구를 하고 통일이 되면 통일한국의 자본가계급을 연구하겠다는 생각으로 통일연구원을 선택한 것이다. 그 후 통일연구원에 입사하여 북한 및 통일 연구로 반평생을 보내게 되었다. 나의 반평생에 영향을 미친 것이 나의 책 서문에 적힌 구해근 선생님의 '통일국가'라는 한 단어였던 것이다.

통일연구원에서 북한 사회 연구가 내 천직이라 생각하면서 연구에 여념이 없던 어느 날 동료 연구원 몇 명이 문을 두드리며 내 방에 들어왔다. "이번에 신임 원장을 공모하는데, 서 박사가 출마를 하여야 한다"는 것이다. 나는 뜻밖의 말에 놀랐고, 나는 그럴 뜻이 전혀 없다고 손사래를 치며 거절했다. 나는 더 연구해야 할 과제가 남아 있고, 원장을 하고 나면 규정상 바로 퇴직을 해야 하는데, 내가 가장 행복한 연구 일을 버리고, 골치 아픈 원장 일을 맡지는 않겠다고 응답했다. 전임 원장들 중에서 별것 아닌 건으로 중도 하차한 원장, 정권이 바뀌었다고 바뀌는 원장이 여럿 있었기 때문이기도 하고, 더구나 내가 원장을 한다는 것은 한 번도 생각해 본 적이 없었던 사안이었다. 단호한 나의 거절에 그들은 알겠다고 하면서 내 방을 나갔다.

그런데 며칠 뒤 그들이 또 찾아와서 더 강력히 권유했다. 새로운 설득의 요지는 우리 연구원 원장에는 외부 사람이 아닌 우리 연구원 출신이 해야 한다는 논지이고, 이번에 외부 사람이 원장으로 선임되어 들어올 가능성이 있다는 것이고, 그래서 내부에서 당선이 유력한 사람이 원장 공모에 지원해야 한다는 것이다. 그때 비로소 나는 그 문제를 신중하게 검토하기 시작했다. 내부 연구자 출신이 원장을 해야 연구원이 발전한다는 그 말에 나의 마음이 움직였고, 내가 원장을 하면 어떤 연구원을 만들고 싶은지 생각을 정리해 보기도 했다. 결국 나는 첫 내부 연구원 출신으로 원장이 되는 관례를 만들어야겠다는 생각으로 원장직에 도전했다. 나는 연구원 내부 출신의 첫 원장이 되었고, 그 이후에 내부 후배가 네 명이나 원장으로 선임되었다. 내가 원장이 된 것은 나의 주도적 선택과 의지가 아니라 다른 사람의 권유로 된 것임을 이 글을 쓰면서 새삼 알아차리게 되었다.

코칭이 인생 이모작에 좋습니다

내가 원장에 취임하고 1주일쯤 되었을 때 나의 운명을 바꾸는 '한마디 말' 사건이 또 발생했다. 「CEO 저널」인지 정확한 명칭은 기억나지 않는

데, 'CEO' 자가 들어가는 저널의 기자로부터 나와 인터뷰를 하자는 전화가 왔다. 나는 내가 CEO도 아닌데 왜 나랑 인터뷰를 하자는 것이냐고 시큰둥한 반응을 했다. 그 기자는 국책기관의 원장이면 CEO라는 것이다. 1980년대 후반에 '한국 자본가계급'이라는 주제로 학위논문을 쓴 나는 CEO라면 이병철, 정주영, 김우중 같은 사람을 떠올린다. 그런데 날 보고 CEO라니! 나는 의아한 표정을 지으면서 그러면 무슨 내용으로 인터뷰를 할 것인지 질문지를 미리 보내라고 요청했고, 질문지를 받아 보니 내가 어떻게 성장했고, 어떤 철학으로 연구원을 경영할지 등 내가 대답해야 할 질문들이었다. 그래서 인터뷰를 하게 되었고, 인터뷰를 준비하는 사이에 나는 "그렇구나, 나는 CEO구나"라는 생각을 하게 되었고, CEO라는 정체성을 가지게 되었다.

그것이 내가 한국리더십센터에 자발적으로 리더십 교육을 받으러 가게 된 사연이다. CEO를 위한 리더십 교육이었는데 가 보니 '성공하는 사람들의 7가지 습관'이라는 프로그램이었다. 그 교육의 3일차 오후에 김경섭 회장이 강사로 들어오셔서 7 Habits의 마무리 강의를 하고, 남은 시간에 코칭을 소개해 주셨다. 그 내용들이 너무 흥미가 있고 쏙쏙 가슴에 스며들었다. 나는 쉬는 시간에 질문을 했다. 이 강의 내용들이 너무 가슴 깊이 와닿는다고 하자 김 회장님이 "원장님 내면에는 이미 그런 소지가 많이 들어 있어서 그런 거예요. 원장님의 그동안의 경륜에다 코칭 스킬을 공부하여 접목하면 좋은 코치가 될 수 있고, 인생 2모작으로 좋아요." 그 한 줄의 말이 내가 코치가 된 이유다.

나는 북한통일 분야에서 20여 권의 저서와 단행본을 냈고 나름대로 전문가 반열에 있었는데, 퇴직 후의 재충전 정도로 생각하고, 시작한 것이 이제 본업이 되었다. 사실상 나는 북한통일 분야를 은퇴했고 코칭을 나의 본업으로 선택했다.

말빚을 코칭으로 되돌려드리겠습니다

이 글을 쓰면서 돌이켜 보니 내 삶에서 내가 진짜 적극적으로 고심하여 주도적인 선택을 한 부분이 많지 않다. 학문을 나의 업으로 선택한 것을 제외하고는 사실이다. 학문을 하기로 선택한 것도 사실은 재종형이 하와이 유학이라는 아이디어를 주었기 때문이다. 대부분이 지나가는 한마디 말이 내 가슴에 스며들고 기억에 박혀서 내 인생의 길잡이가 되고 추진해 나가는 에너지가 되었다.

코칭으로 업을 바꾼 지도 어언 10년째다. 이제 나의 일상은 사람들을 만나서 과거와 현재의 삶의 프로세스를 펼쳐놓고 이야기를 나누는 일이다. 코칭은 지나가는 한 마디가 아니라 집중해서 몇 회기에 걸쳐 대화를 나누는 일이니 엄청 영향력이 있는 프로그램이다. 대상자의 마음이나 생각에 주는 영향이 매우 클 수 있다. 코칭 대상자의 인생을 바꾸어 놓기에 충분한 시간과 콘텐츠로 무장된 것이 코칭인 것이다.

이제는 내가 주변 사람들에게서 받은 한마디 말로 된 꿈과 희망의 에너지를 되돌려주는 사람이 되어야겠다고 다짐하게 된다. 내가 한마디 말의 힘을 이렇게 절감하기에 내가 만나는 코칭 대상들에게 코치로서의 자세를 잘 여미고 임해야 한다는 것을 알아차리게 된다. 코칭 세션 중에서 내가 한 말, 질문 한마디가 당장은 아니더라도 언젠가는 나의 코칭 대상자들에게 삶의 씨앗이 되고 에너지가 될 것임을 믿으며 임해야 한다는 것을 알아차린다. 미래를 꿈꾸게 하고 에너지를 주는 영향력 있는 코치가 되기를 다짐하게 된다.

·· **서재진**

(재)미래인력연구원 원장, Adler리더십코칭원 대표코치, 하우코칭 파트너코치. 정부출연기관인 통일연구원 원장 재임 시 리더십과 코칭 교육을 받은 것을 계기로 북한전문가에서 리더십 전문코치로 변신, 현재 KPC, 아들러 심리학 기반 코치로서 CEO 및 임원 리더십 전문코치로 활동 중이다. 서애학회 부회장으로서 서애 류성룡 리더십의 연구와 확산에도 힘쓰고 있다. 저서로 『아들러 리더십 코칭』(박영스토리, 2020); 송복·서재진 공편, 『서애 류성룡의 리더십』(법문사, 2019); 논문으로 「류성룡의 유연 리더십」, 「서애 류성룡 리더십의 학문적 연원」 등의 논문이 있다.
이메일: jjsuh888@naver.com,
블로그: blog.naver.com/jjsuh888

감사하우스의 기적을 꿈꾸며

· 안남섭 ·

변화 그리고 새로운 기회

갑작스레 닥친 IMF로 잘 나가던 독일에서의 환경기술컨설팅 사업이 올 스톱 되자 1998년 초 결단이 필요했다. 10년 동안 유럽 격변의 현장 수출 전선에서의 엄청난 성공과 성취감을 느끼며 활약했던 종합상사맨 시절 과 환경기술 이전사업을 하면서 경험했던 순간이 지금도 생생하게 떠오 른다. 돌이켜보면 그 당시 바쁘고 치열하게 살면서도 늘 붕 떠 있는 느낌 으로 깊은 뿌리를 내리지 못하는 나무 같았다. 한시적인 타국생활을 언 제 마무리할지 결단을 내려야 하는 숙제로 늘 남아 있었다. 그때는 사춘 기에 접어든 두 아들이 미래에 대한 불안과 정체성에 대한 혼란이 생기고 있던 시기였다. 가족회의를 거쳐 귀국을 결정하고 나니 마음이 편안해졌고 그해 7월 이삿짐을 싸고 너무 오래 떨어져 있었던 고국에 약간은 불안하고 설레는 마음으로 귀국했다.

지금 사는 동네의 지인을 우연히 서울에서 만나 넓은 정원이 딸린 셋집을 구하게 되고 독일 생활 10년 동안 크게 변한 한국에서의 적응을 위해 많은 것을 처리하고 정리하며 일단 생존모드로 들어가야만 하는 상황이었다. 다시 시작하는 두려움이 없던 건 아니었지만 당시 95년 된 동네교회가 있어 귀국 1년 전부터 세례 받고 시작한 신앙생활을 이어갈 수 있어서 그나마 큰 위안과 도움이 되었던 것 같다.

푸른 숲과 강이 있는 자연은 유럽 못지않게 아름다운데 꼭 필요한 대중교통망과 병원, 약국, 식품점 등 생활 인프라가 없었다. 새로 만나는 사람들과의 일상은 우리 가족에게 도시와 농촌, 해외와 국내의 3중 문화충돌의 연속이었다.

걸어 다닐 수 있는 거리에 있는 동네 초입의 중학교에 두 아들을 입학시키고 '인생은 마라톤이다. 대학을 마치고 사회에 나왔을 때 경쟁력이 중요하니 천천히 가자.'고 다짐하고 설득하며 불안한 마음이 없진 않았지만 학업성적에 대한 스트레스를 주지 않으려 노력했다. 학교에도 우리의 특수한 상황을 알리고 성적 스트레스를 주지 않도록 협조를 요청하고 급변하는 시대에 필요한 미래인재상 등 자원봉사 교사와 학부모 특강을 하며 지원하기도 했다.

미래가 불확실한 상황에서 간절히 원하는 모습이 이루어졌을 모습을 그려보며 느린 호흡으로 살기로 한 그때의 결정이 지나고 보니 탁월한 선택이었다고 생각하며 감사하다. 연고가 전혀 없는 곳에서의 전원생활이었지만 가장 힘든 건 두 아들의 진로가 달려 있는 이 나라의 변하지 않는 교육시스템과 교육내용이었다. 새로운 형태의 미래교육은 어떤 모습이어야 하는가? 이 화두를 붙들고 살면서 새로운 천년을 맞아 다음 세대를 제대로 잘 준비해 보자는 마음이 모여 미래준비 회원들이 2001년 미래나무를 함께 식수한 감사하우스가 미래준비모임의 태동지가 되었다. 마침 그때 처음 접한 존재사랑 코칭에 관심을 갖게 되고 인간의 잠재력을 깨우고 자기다운 삶을 살도록 도우며 우리사회 다양한 분야에 적용 가능한 코칭문화 확산을 위해 지금까지 한 방향으로 달려온 이유가 아니었을까 생각해본다.

미래마을 이야기

전원에서의 3년 셋집에 살며 적응과정을 거치며 근처에 땅을 구해 모든 자산을 정리하였다. 그리고 하늘과 땅이 만나는 곳, 사람과 자연이 만나는 곳, 기초가 튼튼하고 실용적인 집이라는 기본 콘셉트로 자연 상태를 그대로 살려 빔 철골 위에 새집 같은 붕 뜬 집을 지었다.

남한강이 내려다보이는 배산임수의 경치 좋고 기분 좋은 땅을 택해 2001년 가장 먼저 집을 짓고 나니 2~3년 동안 이웃에 전원생활을 꿈꾸는 다양한 세대의 집들이 들어서고 작은 마을이 형성되었다.

전원생활에서의 외로움과 불편함을 해소하기 위한 생활정보도 수시로 교환하고 서로 도움과 협조가 필요한 상황이 하나씩 생기자 반장을 자원하여 격월로 반상회를 소집했다.

'아름다운 사람들이 오는 마을'이라는 뜻의 미래마을로 마을 이름을 짓고 만남을 정례화하여 서로의 안부를 전하고 정보를 교환하며 내 집이 1백냥이면 이웃이 8백냥이라는 말처럼 이웃공동체의 소중함을 서로 도우며 깨닫게 되었다.

이웃마을 복포리에 사시던 우리나라 다도의 1세대 원로 화정다례원 신운학 선생님을 남한산성모임에서 우연히 만나 우리 마을에 화심정이라는 아름다운 차실을 만들고 화정다락회 차모임을 15년째 하고 있다. 이웃 마을 복포리의 산야초 농장의 최선장에게 산마늘 축제를 해 보도록 코칭으로 도왔고 목왕리의 비밀의 정원인 산귀래별서의 박수주 선생님의 꽃이 가장 아름다운 날 가장 아름다운 수필가에게 상을 주는 산귀래문학상 행사를 마담백일홍과 함께 10년째 돕고 있다.

또 초창기부터 비가 오나 눈이 오나 추우나 더우나 3년 반 이상 쉬지 않고 세계에서 가장 아름다운 수제품 마켓이며 인생학교인 북한강변 문호리 리버마켓에 참여하여 함께 했었고 지금도 그 마켓을 잘 즐기고 있다. 이것은 양평지역에서 지속적인 새로운 라이프스타일 행복실험이다. 더불어 사는 삶의 공동체 가치를 발견하고, 공감한 다양한 셀러들과 함께 자연·사람·문화가 어우러진 만남의 문화공간을 우리 삶의 터전 가까운 곳에 지속적으로 확산하는 의미가 있는 행복한 시간이다.

존재사랑 코칭과의 만남

한국리더십센터의 7 Habit 프로그램을 수료하며 국내에 처음 소개되는 코칭교육 프로그램에 참가하게 되고 마침 홍콩의 유리타가 한국에 코칭프로그램을 소개하러 온 김에 초창기 1세대 코치들과 함께 우리 동네에서 Self Management Leadership이라는 코칭프로그램 워크숍에 참가하게 되었다.

자연 속에서 지식교육이 아닌 몸과 마음의 감정과 감각을 느껴 보고 명상의 시간을 통해 서로 연결되는 체험하며 계속되는 'Who am I?'를 찾아가는 시간이었다. 이때부터 국내에 소개되는 모든 코칭프로그램에 참여하며 코칭의 매력에 푹 빠져들었다.

감사하우스에 코칭 1세대 코치들과 수시로 모여 우리나라에 새로 도입된 코칭을 학습하고 코칭실습을 해 보았다. 그러면서 감사하우스에는 그동안 수많은 코치들이 다녀갔다. 2005년부터 코치협회 사단법인화 작업을 진행했고, 코치협회 이사회와 워크숍 모임도 수차례 열면서 그동안 지금 고문코치로 봉사하고 있는 바인그룹 연수원이 자연스레 이웃에 생기기도 했다.

4년 전에 윤정구 교수님과 이창준 대표가 운영하는 진성리더십아카데미를 수료하며 삶의 목적이 분명해졌고 진성도반들과 연결되어 서로 지지하고 함께 배우며 진정성의 여정에 함께하고 성장하고 있어 몸과 마음이 조화롭고 행복하다.

최근엔 양평에 사는 진성리더 도반들이 자주 쉽게 모일 수 있어 참 좋다. 2년 전 시작된 양평의 인문학모임에도 참여하여 지역의 미래를 함께 생각하고 꿈꾸는 일도 하고 있다. 최근 우리 동네 입구에 생긴 뜰, 꽃, 차, 책으로 공간을 꾸민 인문학 사랑방 '꽃, 책으로 피다'를 통해 많은 연결이 일어나고 소중한 우리 삶의 공간을 더욱더 가치 있고 풍요롭게 하는 멋진 만남과 일들이 일어날 것이다.

아울러 세계 속에 당당히 영향력을 끼칠 글로벌 코치 육성의 꿈과 함께 K-Coaching을 펼칠 한국 코칭의 밝은 미래를 생각하면서 언제가 이 마을이 역량 있는 많은 코치들이 모여 살며 전원에서 다양한 코칭프로그램이 진행되는 진성존재코칭의 메카가 되기를 기도해 본다.

감사하우스 라이프스타일

그동안의 많은 코칭 경험을 통해 현대인들은 과거를 후회하고 소중한 지금 현재를 두려움으로 미래를 염려하면서 자기답게 살지 못하고 멘탈 후두염에 걸린 삶을 살고 있다는 것을 알게 되었다. 코치로서 고객들을 잘 돕기 위해 코.감.기.주.사 존재사랑 THANKS 코칭모델을 만들고 나와 내 주변부터 적용하면서 조금씩 삶의 변화를 꾀해 왔다.

감사한 것들을 수시로 떠올리며 마음의 평화와 에너지를 얻고, 일상에서 작은 것이라도 나와 주변을 기쁘게 할 수 있는 일을 주도적으로 만드는 습관을 키우고, 잘 주고 잘 받는 공감을 바탕으로 한 긍휼감에 기초한 관계력을 강화하고, 사랑에너지 넘치는 삶의 방식인 감기주사 라이프스타일이 널리 확산되기를 바란다. 나 자신은 매일 아침에 감기주사를 떠올리며 하루의 활력을 얻고 시작하는 좋은 습관이 되었다.

그동안 우리 사회는 자기성찰의 여유 없이 앞만 보고 달려오느라 더불어 잘사는 공동체문화와 인간의 존엄을 서로 지켜 주고 자기다운 삶을 마음껏 살도록 돕는 상대존중의 문화가 부족했다. 미래긍정, 자발성 촉진의 코칭문화 확산을 위해 가장 효과적인 방법과 라이프스타일은 무엇일까를 늘 생각해 본다.

코칭으로 감사와 기쁨을 주고받는 사랑에너지 넘치는 삶의 방식을 확산하기 위해 누구나 쉽게 자주 초대할 수 있는 다양한 모델의 공감식탁을 확산해 보면 어떨까?

일상이 바쁜 현대인들은 서로가 연결되어 서로에게 삶의 에너지와 활력소를 나누는 시간이 필요하다. 더욱이 요즈음 음식 홀로서기는 맞벌이로 바쁜 현대인의 삶의 기술이며 은퇴 후 남자들에게는 삼식이라는 놀림으로부터 자존을 지킬 수 있는 필수역량이 된 새로운 세상이다. 이웃과 친지가 맛있는 식사를 함께하는 것은 다양한 주제로 각자의 삶을 나누고 성찰하며 자기이해와 타인이해를 통해 공감을 확대하며 친밀한 관계가 형성되는 지름길이다.

가장 좋은 방법은 영양가 있고 쉽게 할 수 있는 자기만의 필살기 요리 한두 가지를 만들어 사람들을 초대하고 이들과 조리법을 공유하는 것부터 시작하는 것이다. 조리에 자신이 없다면 한두 가지 반찬이나 과일을 가지고 모여 포틀럭 공감식탁을 주최할 수도 있고 그마저 여의치 않으면 잘 아는 가까운 곳의 맛집에 초대하여 진행할 수도 있다.

자신이 할 수 있는 부담 없는 방법으로 나부터 초대를 시작하면 공감식
탁 운동이 도미노처럼 확산되어 공감과 치유가 일어나 서로에게 힘이 되
는 사람 살 만한 세상이 될 것이다.

삶의 작은 변화로 기적을 꿈꾸며

향후 10년 후를 오늘도 선명히 떠올리고 감사하우스의 기적을 꿈꾸며
앎과 삶이 일치되고 과거 현재 미래가 통합된 진성존재코치로서 "나는 누
구인가?"를 다시 한 번 정리해 본다.

- 매일매일 나아지는 삶을 사는 평생학습자유인으로
- 나와 주변의 작은 변화를 통한 더 나은 세상을 꿈꾸는 사람들의 변화
  와 성장 촉진자로 살며
- 자연의 순리에 따라 신앙생활과 다도를 즐기는 차인으로 평화롭고
  조화로운 삶을 살며
- 주변의 소중한 자원과 경험을 발굴하고 연결하여 풍요로운 삶의 공
  동체를 키워 가는 리더로서의 삶을 살며
- 글로벌 코치양성과 글로벌 기업으로 성장을 코칭으로 돕는 진성존
  재코치로서의 삶의 목적을 매일 되새기며 미래를 준비하는 후회 없
  는 삶을 살고 싶다.

미래마을 감사하우스의 기적은 다녀간 사람들의 삶의 작은 변화를 통해 하나씩 멋지게 지속적으로 이루어질 것이다.

안남섭

(사)미래준비 이사장, (사)한국코칭심리협회회장. 삼성물산 독일주재원으로 10년간 동유럽 시장개척 및 환경기술컨설팅. 온라인 교육사업을 하였다. 귀국 후 코칭을 접하고 감사와 기쁨을 주고받는 사랑에너지 넘치는 삶의 방식 확산을 위해 양평지역에서 다양한 행복실험을 해오고 있다. (사)한국코칭협회 부회장을 역임하고 KSC로서 바인그룹 동화세상 에듀코, 캐럿글로벌 등 중소·중견기업 고문코치로서 코칭형 리더 육성과 코칭조직문화를 확산하고 코치들을 돕는 코치로 활동하고 있다.
이메일: atcahn@empas.com
페이스북: Http://www.facebook.com/namsup.ahn391

그럼에도 불구하고 포기하지 않는 감사

· 최경민 ·

The hardships and deep sorrows of life are noble experiences that make us realize humility and the precious values of life.

인생의 고난과 깊은 슬픔은 겸손과 삶의 소중한 가치를 깨닫게 하는 고귀한 경험이다.

인생곡선을 공감, 지지하며

삶의 수많은 인생곡선에서 스무 살에 겪었던 나의 생애 큰 아픔이 경험적 성숙으로 지나가듯, 이번 코로나19 사태 역시 내 안의 나를 다시 온전히 회복하기 어려운 시기지만 "그럼에도 불구하고, 포기하지 말라 Nevertheless, Never give up!"를 외친다. 4년째 몸담고 있는 경기과학기술대학교 1학년의 '진로탐구 및 코칭상담 관련 실습이론' 수업을 코로나19 사태로 인해 비대면 강의로 진행할 수밖에 없었다. 마지막 주차 수업에 '나의 인생곡선과 비전계획 세우기'를 과제로 부여하면서, 교수인 나부터 학생들에게 솔직한 나의 인생 굴곡과 험난했던 삶의 여정에 대해 고백했고, 학생들이 제출한 그들의 인생곡선을 보면서 그들의 삶에 대해 깊은 공감과 지지를 하게 되었다.

비대면 강의로만 만나던 학생들을 몇 달 만에 시험장에서 처음으로 만났다. 학생들은 나를 보고 "영상에 나오신 그 교수님이 맞느냐"며 물었고, 난 태연하게 "실물이 더 별로라 못 알아보는 것 같아 기분이 좋다"고 긴장을 풀어 주었다. 세상에서 가장 소중한 제자들을 아이 컨택트하며 몇 개월 동안 보지 못한 제자들의 이름을 한 사람 한 사람 크게 불러주었다.

비록 마지막 수업이 기말 시험으로 끝났지만 조금이라도 여유 있는 시험장 분위기를 만들어 학생들의 부담을 덜어 주고자 하는 내 안의 나를 성찰해 보니 16살에 천국으로 간 동생을 대하는 마음이었다. 학생들 한 사람 한 사람이 살아 있다는 자체만으로도 너무나 고마웠다. 코로나19에도 제자들을 볼 수 있는 것에 하나님께 깊이 감사하며, 시험감독 2시간 동안 아무런 사고 없이 잘 마무리되어 뿌듯했다.

소중한 남동생을 잃은 고통과 깊은 죄책감

대학생이던 스무 살, 친구들과 이대 앞, 신촌, 강남을 다니며 옷, 신발, 머리핀을 사며 멋도 내고, 아르바이트도 하던 어느 날 부모님이 갑작스럽게 지방 발령을 받으셨다. 나만 기숙사나 원룸을 얻어 살고 동생들은 모두 부모님을 따라 지방으로 내려가야 할지 고민하다가 당시 중학교 3학년 남동생과 고등학교 3학년 여동생의 전학 문제가 쉽지 않았기에 삼형제는 그대로 남고 부모님만 내려가시기로 결정했다.

당시 남동생은 중이염을 심하게 앓고 있었는데 의사 소견이 20세 이후에나 수술을 하라고 해서 이비인후과를 계속 다니며 치료만 받던 터였다. 그러던 어느 날 남동생은 서울랜드로 가을 소풍을 갔다. 그날 여러 친구들과 즐겁게 시간을 보내며, 360도 양방향으로 회전하는 우주관람선을 10번 이상 탔다고 한다. 부모님께 늘 사랑받던 남동생은 사춘기의 외로움과 자아정체성의 스트레스 등을 마음껏 해소한 듯했다. 여동생과 나에게 소풍의 즐거운 추억을 생생하게 들려주던 남동생은 귀에서 고름이 더 심해지고 기운을 차리지 못했다. 병원에 가야 할 것 같고, 여동생과 나는 감당할 자신이 없는 상황이지만 남동생은 계속 부모님께서 걱정하시면 안 되니 괜찮다고만 했다. 결국 우리는 전화를 드렸고, 다급하게 올라오신 부모님은 남동생 상태를 보자마자 바로 병원으로 데리고 갔지만 이미 온몸에 퍼진 독성바이러스로 몸을 못 가눌 정도가 되었다. 남동생은 화장실을 가겠다며 가족들의 부축을 받고 일어선 모습을 마지막으로 보여주고 다시 침실로 돌아와 잠들듯이 천국으로 유학을 떠났다.

20살, 그 충격으로 나는 한동안 큰누나로서 동생을 잘 돌보지 못해 동생을 먼저 하늘나라로 보냈다는 큰 죄책감과 상처 속에 나를 깊이 가두었다. 가슴에 대못이 박히듯 너무 아프고 괴로워서 늘 못해 주고 안쓰럽게 했던 상황들만 떠올라 슬픔 속에 고통으로 몸부림쳤다. 그해 봄 학기에 몸살이 나서 그만 교복 딱 한 번 못 빨아 준 것이 떠올라 얼마나 슬펐던지 마음을 가다듬을 수 없이 상처는 날이 갈수록 깊어졌다.

어느 날 남동생 방에서 물건을 정리하던 중, 중학교 3학년 생일선물로 남동생에게 나의 마음을 적어 다이어리를 선물했을 때 필요했던 선물이라고 기뻐하던 그 모습이 떠올라 다이어리를 품에 안고 하염없이 슬픔에 잠겼다. 하나님께서 왜 우리 가족에게 이런 아픔과 시련을 겪게 하시고, 동생을 무슨 일로 그리 급하게 먼저 천국으로 보내셔야만 했는지…… 내 인생은 하나님의 뜻과 절대적 신앙의 대 혼란의 위기로 인해 너무나 깊은 고통과 감당하기 힘든 상처로 하루하루 죄책감과 후회의 날들로 많이 괴로웠다.

교회 봉사로 상처를 치유하며

그 시절, 유일하게 교회에서 유치부 영아부 교사로 처음 봉사를 시작했다. 서툰 손길로 아기들에게 분유도 먹이고 기저귀도 갈고, 업어서 재우며, 부모님과의 분리불안으로 우는 아기들도 돌보았다. 어떻게든 아기와 친밀감을 쌓고 눈을 맞추고 기도하는 마음으로 한 영혼 한 영혼을 축복하는 마음이었다. 아기들이 하루하루 성장한 모습을 주일마다 보는 것은 상처가 많은 나를 치유하는 계기가 되었으며 생명의 소중함과 인간의 존엄성을 깊이 헤아릴 수 있게 되었다.

다만 나의 삶에 항상 무언가 빠진 듯한 허전함을 채우기 위해 나는 캐나다에서 돌아오자마자 홍대 부근 유치원에 취직하여 아이들을 가르치기 시작했다. 그 다음해 지금의 남편을 우연한 계기로 만나게 되었는데 같은 중학교를 다닌 사실을 알고 너무나 신기하고 놀라웠다. 결혼을 하고, 육아에 몰두하며 외국으로 자주 출장 가는 남편을 기다리며 산후우울증에 걸리기도 했으나 사이버대학에서 영문학을 공부하는 것으로 탈출구를 삼았다. 그리고 지금까지 인연이 되어 주신 지도교수님을 몇 해 전 경기과학기술대학 통합예술심리상담자격과정 중에 뵙게 되어 한국산업기술대학 인문소양강좌까지 맡게 되었다. 감사하게 살아온 스스로의 삶에 뿌듯하며 부족하지만 스스로 당당하고 분초마다 푸른 초장으로 나를 온전하게 이끄는 주님께서 지금 이 시간까지 보호하시고 비전의 항로로 이끄시니 그 평온한 안정감에 너무나 감사하다.

내 안의 나도 모르던 열등감, 신앙으로 극복

나는 사람의 운명과 영·혼·육은 하나님께서 주관하신다고 한 번도 의심해 본 적 없는 모태신앙을 가지고 믿음의 가정에서 태어난 첫 번째 자녀였다. 내가 태어날 당시만 해도 지방에서는 제사를 지내야 하는 유교

사상과 큰아들은 조상을 모시던 장손으로 귀히 대접받는 남존여비사상
이 조상 대대로 뿌리 깊게 박혀 있던 시기였다. 8남매 장손의 장녀로 태
어난 나는 어린 시절 너무나 소심하고 내성적인 아이로 자랄 수밖에 없었
다.

　나의 열등감의 원인이 탄생 이후부터 시작되었음을 한참 후 고대부고
상담교사 시절 음악치료 ICM 수련과정 훈련 중 알게 되었다. 최근에 열
등감에 대해 극복하게 된 정서를 살펴보니 예전에 유일하게 마음을 열고
피아노를 배워서 봉사를 하던 반주도 그렇고, 교회 중고등학교 문학의 밤
하이라이트인 만담과 각자의 개성 있는 비주얼로 연극의 배역을 맡아 공
연하던 중학생 시절에는 많은 부끄러움으로 공연을 편안하게 할 수 없었
다.

　하지만 열등감이 치료된 지금은 어느 곳에서 강의를 하거나 공연을 할
때면 나의 개성이 묻어나는 공연이 되고자 노력하고 있다. 스스로의 자
존감이 회복이 되다 보니 작년 카르멘 귀부인 역에 우연히 캐스팅되어 예
술의 전당 오페라하우스에서 이태리 전문 감독의 지도 아래 처음으로 큰
무대에 서게 된 뮤지컬 공연은 내 생애 영광스러운 합창공연에 이은 첫
오페라 데뷔작이 되었다.

　어린 시절 할아버지는 학당을 운영하시며 학생들을 지도하시고 농촌
계몽운동에 지역주민들의 신임을 받는 분이셔서 자랑스러운 할아버지의
자전거 뒤에 올라타고 읍내까지 신나게 따라가던 옛 기억이 아직도 생생
하다. 그 시절 중절모를 쓴 친할아버지는 180cm의 훤칠한 키에 늘 인사
성이 밝으신 멋진 신사여서 지역에서 항상 존경받으시며, 가족들에게도

항상 따스하셨다. 나는 우리 할아버지 손녀라는 게 늘 자랑스러웠다. 어쩌다 환갑이나 행사가 있을 때마다 큰 손녀인 나를 무릎에 앉히시고 잔치를 치르실 정도로 예뻐하시고 귀히 여겨 주셨다.

하지만 나도 알지 못했던 열등감의 원인을 음악치료에서 태아기, 영아기 체험 시 알게 되었다. 아들을 기다리던 친가에서 딸을 출산한 큰며느리인 엄마의 괴로움과 큰 손자로 환영받지 못한 탄생의 분위기가 아기인 나에게 열등감을 준 것이다. 정말 상상도 하지 못한 원인이었다.

어린 시절 장손은 아니지만 그래도 나를 예쁘고 사랑스럽게 바라봐주시는 할아버지와 할머니 덕분에 늘 방학이 기다려졌다. 그러나 사춘기 이후 부모님과 제사를 지내는 친가 사이에 많은 갈등이 있었고 나는 그 사이에서 상처를 받기도 했지만 늘 하나님께 기도하며 우리 가문을 예수 그리스도를 영접하여 천대가 복을 받는 가문으로 만들어 주시도록 간절히 기도했다.

신앙적 가치관에 큰 이변을 맞게 되어 이 부분이 항상 걱정되고 기도가 되는 청소년 시기를 보내다 결국 할아버지 댁에 가는 횟수가 어린 시절보다 급격히 줄어들었다. 그러다 남동생을 스무 살에 천국으로 보내고 친가에 가게 된 동기는 큰고모의 딸인 고종 사촌언니의 결혼식을 광주에서 한번 서울에서 한번 하게 되어서 나와 여동생들이 들러리로 도와드리며 늘 제사 문제로 섭섭해 하시던 큰고모의 혼사를 즐겁게 도와드린 게 계기가 되었다. 다시금 고종사촌들과 어린 시절처럼 편안한 마음으로 행사 때마다 이따금 서로 시간 내어 왕래하기 시작하였다.

30대에 접어든 어느 날 음악치료전문가 수료를 받던 ICM 세션 이후 뒤늦게 엄마와 나의 태어난 날의 상황에 대해 대화를 나누던 중, 태아기에 경험했던 그 열등감의 순간과 장손을 낳지 못한 어머니의 깊은 상처는 당시 상황 그대로라는 것을 모녀간의 대화를 통해 다시 한 번 확인하며 소름이 돋았다. 하지만 이미 그때는 내가 성인이 된 후였다.

방학 때마다 늘 정감 있고 편안하게 함박웃음으로 우리를 맞이하시던 할아버지와 할머니가 가끔은 우리 아들들을 세심히 살펴 주시고 기도해 주시는 아버지의 모습에서 느껴질 때마다 두 분이 너무 보고 싶다. 서울에서 외숙모님과 한복집을 운영하시며 큰 소녀에게 늘 아낌없이 용돈을 쥐어 주시고 슬프거나 고민이 있을 때 언제 가더라도 늘 사랑의 눈으로 항상 웃어 주시고 믿음을 주시며 항상 맛있는 밥상을 기대하게 하셨던 따스한 외할머니, 그리고 멋진 신사이셨던 할아버지와 할머니는 늘 내 기억 속에 언제나 헌신적이며 사랑스러우신 분들로 살아 계신다.

지금은 나를 성찰하며 성장할 수 있는 소중한 시간

요즘 코로나19 사태로 멀리 사는 가족들과 웃으며 얼굴 보러 가는 것도 많이 힘들게 되었고, 사랑하는 가족, 소중한 친구들, 귀한 지인들과의 만남도 조심스러운 상황이 되어 버렸다. 2020년도가 어느새 이렇게 훌쩍 지나고 있다. 늘 바쁘게 살아야 인정받을 수 있다고 믿는 디지털시대의 불행한 현대인들이 옛날 정 많고 서로 예의를 갖추고 용서의 미덕으로 살던 그 시절 아날로그를 지향할 수밖에 없는 지금의 현실이 너무 안타깝다.

가고 싶은 곳에 마음껏 숨 쉬며 돌아다니고 곁에서 함께 바라보며 살아갈 수 없는 불편한 상황들까지 모든 것이 정지된 듯 삶을 부정해 버리고 싶은 현실이지만 한편으로는 내가 그동안 걸어온 나의 삶의 발자취를 통찰하며 성찰적으로 회고해 볼 수 있는 시간이기도 하다.

인생설계의 가장 중요한 부분에 대해 심도 있는 가치적 의식이 내면의 가치관으로 정립되도록 스스로의 인생을 보다 건강하고 윤택하며 소중하게 설계하여 하루하루를 생애 의미를 깨닫고 감사하며 함께 나누며 서로를 지지하고 격려하며 살아갈 수 있도록 매일 새벽 하나님께 기도한다. 우리는 이 통찰의 시기를 결코 가볍게 여겨서는 안 된다.

우리가 그동안 무관심하고 나태하고 나 중심적인 삶을 정신없이 각박하게 살아오는 동안 수많은 상처와 슬픔을 지나쳐 보지 않은 사람들은 과연 얼마나 될까? 모두 각자의 말 못할 고민과 상처와 아픔으로 지칠 대로 지쳐 버린 우리들에게 이번 코로나19 바이러스의 확산은 스스로에게 조금 더 천천히 삶을 누릴 수 있는 가치성장에 대해, 진정 우리 스스로 바라고 원하는 삶에 대해 제대로 인지하며 긍정적으로 살고 있는지 진지하게 묻고 있으며 대 재앙 앞에서는 결코 한 인간도 자유로울 수 없는 피조물임을 심오하게 고찰하게 된다.

우리에게 주어진 생애가 얼마간의 시간이 될지 모르지만 더 사랑하고 서로를 이해하며 공감하고 지지하며 각자의 긍정적인 강점을 살려주는 가족과 이웃과 우리나라가 된다면 이번 코로나19 사태에서 교훈을 얻어 숨 쉬는 것부터 행복해지지 않을까?

숨 쉬고 하늘을 보고 사랑하는 사람들을 보는 모든 시간에 감사합니다!

God bless with us!

** 서로를 위한 기도 **

주님

우리는 지쳐서

서로를 향해 더 품어 주며

오랫동안 사랑하지 못한 오늘을 살았고

더 많이 갖지 못한 모든 것들을 늘 갈망하고

정작 우리 곁에 있는 소중한 것들을 잃어버리며 살아가는

어리석은 삶이 정말 인생에서 가장 원하는 가치 있는 삶이라 여기고

살았습니다.

세상은 지금 암흑과 혼돈 속에 갇혀

상상을 초월하는 코로나19 바이러스와의

사투로 하루하루 힘겹게 세상은 돌아가고

불안한 삶을 살아가고 있습니다.

주님께서 우리의 삶 속에 언제나 지지자가 되어 주시고

날마다 불꽃같은 눈으로 우리를 언제나 보호하시며

갈급한 영혼육이 오직 주님의 사랑과 깊은 은혜로

온전한 기쁨을 누리게 하시고

연약하고 지쳐 있는 우리들의 삶 속에

언제나 생명수 같은 진리의 말씀 안에

깊은 혜안과 놀라운 통찰력을 주서서

날마다 주님께 감사하며

기쁨으로 충만한 오늘을 감사하게 살아가게 하소서

아멘

최경민

벗바리통합예술심리성장연구소장(前호서통합예술심리상담건강연구소대표). 호서벤처대학원 노인복지학 Ph.D., 대신대학원 복지상담학 박사과정 수료 후 온누리 심리 상담센터 총무 역임. 기관 전문상담봉사 및 초중고 상담교사, 교육청 교권보호 전문상담 및 교육청 직무연수 프로젝트 연구로 공기관 상담전문가로 10년 이상 재직했다. 인성심리상담 전문교수로 활동 중 KCA에서 코치자격증을 취득하고, 아주대학교 진로코칭을 시작으로 중앙신학대학 대학원 상담과목 외래교수 및 세종사이버대학 사회복지 외래교수로 활동했다. 현재 한국열린사이버대학교 상담심리학과 특임교수이며, 주)플레로오 상무 및 한국산업기술대학 인문소양교육전담 외래교수로 경기과학기술대학에서는 통합예술심리상담사코칭 수련감독 및 컴퓨터모바일융합과 강의교수로 재직 중이다.
이메일: remon1211@nate.com

MY LIFE
MY FUTURE

미래준비 · 지혜

변화와 성장을 돕는 질문

· 배명숙 ·

질문의 중요성

이 세상에 많은 가치 있는 일 중의 하나는 '다른 사람의 성장을 돕는 일'이다. 멘토링, 컨설팅, 티칭, 카운슬링, 트레이닝, 코칭…… 방법은 다르지만 상대방의 변화와 성장, 성과를 목표로 하는 것은 크게 다르지 않다고 생각된다. 그러나 그러한 변화와 성장, 성과를 내는 일은 쉽지 않다. 30여 년간 초등학교에 근무하면서 많은 학생들을 만났다. 자신의 성장을 위해 노력하고 다른 사람들과도 원만한 관계를 가지며 자신의 꿈을 키워가고 있는 학생들의 모습은 정말 대견스럽고 사랑스럽다. 그러나 종종 학교생활의 부적응과 청소년기 방황의 모습이 발견될 때는 정말 안쓰럽고 어떻게 도와주어야 할지 많은 고민이 된다.

"어떻게 하면 더 좋은 방향으로 변화될 수 있을까?"
"어떻게 해야 더 성장할 수 있을까?"
"무엇이 변화와 성장을 촉진하는가?"

많은 고민을 하였다. 일반적으로 훈계를 하는 경우가 많지만 코치답게 여러 가지 질문을 하면서 '질문'의 강력함을 맛보았다. '좋은 질문, 임팩트가 있는 질문'은 사람을 변화시키고 성장을 촉진한다는 것을 확인하게 되었다. 질문은 생각을 자극하고 스스로 '답'을 찾도록 촉구한다. 질문이 중요한 이유 중의 하나는 바로 '자기 결정권'이다. '지시'가 갖지 못한 '자발성', 그것은 질문을 받았을 때 답을 스스로 찾아내고 스스로 찾은 답에는 책임이 따르기 때문에 강력한 힘을 발휘할 수 있다는 것이다.

답이 무엇인지를 알려 주는 교육이 아니라 스스로 답을 찾을 수 있도록 질문하는 것, '좋은 질문'은 학생과 교사 간, 자녀와 부모간의 역동적인 상호작용을 이끌어 낼 수 있고 이들이 성취동기를 갖게 되며 자신의 성장을 위해 도전을 하게 된다.

질문은 학생들의 생각을 자극하고 동기부여가 되며 자신의 잠재적 가치를 발견할 수 있고 더 나은 선택과 실행의지를 다지는 데 매우 유용한 도구가 된다. 이러한 가능성을 끌어내는 질문을 우리는 '코칭질문'이라고 한다. 자라나는 학생들에게는 코칭질문이 더욱 유용하다.

"좋은 관계를 유지하면서도 도울 방법은 무엇인가?"

"지시 말고 질문! 질책 말고 질문! 충고 말고 질문!"

어느 해 2학기 말쯤 6학년 담임 선생님의 요청으로 한 학생을 면담하게 되었다. 이 학생은 다른 학생들에게 거칠게 대하고 돈을 꿔 달라고 하고는 갚지 않으며 공포감을 조성한다는 것이다.

담임 선생님이 생각한 그 학생의 장점은 신체가 건장하고 운동을 잘하며 말을 조리 있게 잘하는 것이라고 했다. 그 학생을 만나서 반갑다는 말과 함께 첫 질문을 했다.

"자기 자신의 자랑과 함께 자신을 소개해 주시겠습니까?"

그 학생은 자기 자신의 자랑을 해 보라는 질문에 쑥스러워하면서 대답했다.

"저는 운동을 잘하고요, 수학, 과학도 잘해요."

몇 번을 "또 다른 자랑은?", "또 다른 자랑은?"이라는 질문에 "친구들도 많아요.", "어려운 일도 잘 참아요." 등의 이야기를 듣고 그 학생이 사용한 키워드를 사용하여 공감하는 피드백을 주었다.

두 번째 질문은 카드로 준비하였다.

"자신이 되고 싶은 사람은 어떤 사람입니까?"라는 질문이었다.

학생은 머뭇거렸다. 예시 자료를 주면서 마음에 드는 것을 골라 보게 하였다.

커다란 꿈과 희망을 가지고 목표를 정하여 열심히 노력하는 사람	어려움이 있더라도 정직하게 행동하는 사람	옳고 그른 것, 사리를 잘 분별할 수 있는 사람
다른 사람에게 피해를 주지 않는 사람	상상력이 풍부하고 창의성이 있는 사람	긍정적이고 유머가 넘치는 사람
힘들어도 맡은 일을 잘 처리하는 책임감이 있는 사람	능력이 있고 쓸모가 있는 사람	상상력이 풍부하고 창의성이 있는 사람

여러 장을 골라도 된다고 하자 학생은 3장의 카드를 골랐다.

"이 카드를 보면서, 네가 어떤 사람이 되고 싶은지 하나의 문장으로 말해 볼 수 있겠니?"

"저는 옳고 그른 것을 잘 분별하고, 다른 사람에게 피해를 주지 않으며 유머가 있고 책임감이 있으며, 능력이 있고 쓸모 있는 사람이 되고 싶습니다."

"그래, ○○이는 옳고 그른 것을 분별할 수 있고 다른 사람에게 피해를 주지 않으며, 유머와 책임감도 있고, 능력이 있고 쓸모가 있는 사람이 되고 싶구나!"

"옳고 그른 것이란 어떤 것일까?"

"옳은 것은 좋은 일, 그른 것은 나쁜 일 같아요."

"능력이 있고 쓸모 있는 사람이란 어떤 사람일까?"

"능력이 있는 사람이란 일을 잘하는 사람, 회사에서 필요한 사람인 것 같아요."

"아 그렇구나! 그런 사람은 다른 사람에게는 어떤 도움이 될까?" 등의 후속질문이 이어졌다. "유머가 있으면 다른 사람이 좋아하고 즐거워요. 능력이 있으면 일을 잘해요."

"그런 사람이 되기 위해서 어떤 노력을 하고 있고 더 필요한 노력은 무엇인가요?"

(중략)

"혹시, 그런 사람이 되기 위해서 지금 고쳐야 할 습관 같은 것은 있나요?"

잠시 망설이더니 "다른 사람에게 화내지 말고 피해를 주지 않아야 할 것 같아요."

"예를 들면 어떤 것인가요?"

"음……. 꾼 돈은 빨리 갚아야 하고 친구들에게 친절하게 대해야겠어요."

"또 어떤 생각이 드나요?"

"반 아이들한테 화를 낸 것이 미안해요."

"앞으로는 친구 말도 잘 들어주고 사이좋게 지내야겠어요."

나는 잠시 놀라기도 하고 고맙기도 했다. 내가 특별히 한 것이라고는 몇 가지 질문밖에 없었는데 자신이 무엇을 고쳐야 할지 스스로 말하다니……. 이후 그 학생에 대해 관심을 가지고 지지와 응원을 해 주었으며 담임 선생님께도 '능력이 있고 쓸모가 있는 친구'를 지켜봐 주실 것을 당부하였다.

'사람들이 그들의 가장 바람직한 모습이 될 수 있도록 도와주어라. 그리고 그들이 이미 가장 바람직한 모습이 된 것처럼 대하라.' 그때 내게 떠오른 괴테의 말이다. 그 후로 담임 선생님은 "그 학생은 친구들과 잘 지내며 밝게 생활하고 더 이상 다른 아이들을 괴롭히지 않는다"고 하였다. 자기 스스로 선택한 '옳고 그른 것을 구별할 줄 아는' 사람으로 성장하려는 아이가 기특하기만 했다.

가끔은 학창시절의 호된 질책이 성장의 계기가 되었다고 회고하는 사람들도 있다. 물론 그럴 수 있다. 그러나 그것은 최선의 방법은 아니라는 생각이 든다. 지시가 아닌 질문, 꾸중이나 질책이 아닌 질문, 충고가 아닌 좋은 질문이 청소년들이 행복하면서도 성장하는 삶을 선택할 수 있도록 돕는 것이다. 우리 어른들은 학생에게, 자녀에게 그들 스스로 선택할 수 있는 기회를 주며 지지와 인정을 해 주고 기다려 주는 태도가 더 필요하다고 생각된다.

좋은 질문을 위한 출발

좋은 질문으로 내가 원하는 답이 아닌 상대방 스스로가 원하는 것을 찾을 수 있게 도와야 한다. 그러기 위해서는 몇 가지 코칭 마인드로의 전환이 필요하다.

1. "내가 어른이고 경험이 많으니까 내 말 들어!"
   ⇒ 너도 충분히 생각할 수 있어. 너의 이야기를 귀담아 들을게.

2. "다 너를 위해서 그러는 거야!"

⇒ 너는 소중한 사람이야. 너의 선택이 중요해.

3. "너는 어리니까 잘 몰라, 내가 가르쳐 줄게!"

⇒ 혹시, 도움이 필요하다면 무엇을 도와줄까?

Don't throw A PIE!

⇒ Advising(충고), Probing(탐색), Interpreting(해석), Evaluating(평가, 판단)

'파이를 던지지 말라!', 도대체 누가 파이를 던지기에 이런 말이 나왔을까? 생각해 보면 교실에서는 교사가, 집에서는 부모들이 충고하고, 캐묻거나 탐색하고, 경청하기 전에 해석하고, 평가·판단하는 말들을 얼마나 많이 했는가? "왜 내 말 안 들어? 너 그럴 줄 알았어.", "그만해. 그래서 잘했다는 거야?"라고 하며 상대방의 말을 듣기도 전에 속단하거나 평가하는 말을 쉽게 하지는 않았던가?

"오늘 숙제는 했니? 너 지금 뭐 해야 하니?"이런 질문들은 질문이라기보다는 지시에 가깝다. 때로는 질문 형식을 빌려서 질책을 하기도 한다. 좋은 질문을 하기 위해서는 먼저 상대방을 존중하는 태도가 바탕이 되어야 한다. 누구라도 상대방을 무시, 비난, 질책, 의심하는 태도로는 좋은 질문을 할 수가 없다. 질문을 했는데 질문 받은 사람이 꾸중, 비난받은 느낌을 가졌다면 좋은 질문이라고 할 수 없다. 1971년, UCLA 캘리포니아대학교 교수, 엘버트 메라비언은『침묵의 메시지』라는 책에서 '메라비언의 법칙'을 발표하였다. 한 사람이 상대방으로부터 받는 이미지는 시각적 요소가 55%, 청각적 요소가 38%, 언어의 콘텐츠는 단지 7%만을 차지한다고 하였다. 아무리 좋은 내용의 말을 한다고 해도 표정이나 목소리에서 느껴지는 것에 따라 좋은 커뮤니케이션이 되기도 하고 서로 미워하고 관계가 나빠지기도 한다. 이 법칙은 일반 대화에서는 물론 질문에서도 적용이 된다는 것을 알 수 있다.

평소 생활 속에서 자녀를, 학생을 존중하고, 인정하는 코칭적 마인드로 대하는 것이 좋은 질문을 위한 출발점인 것이다.

사례로 살펴본 질문의 유형

1) 발견 질문(Discovery Questions): being과 Who에 관심을 갖는 임팩트가 있는 질문으로 해결책을 스스로 발견하게 도와준다. 예를 들면 "자신이 바라는 모습은 어떤 모습입니까?", "그런 사람이 되고 싶은 이유는 무엇입니까?, "어려움이 있더라도 이것을 이루고 싶은 이유는 무엇입니까?", "(이것은) 자신의 성장에 어떤 도움을 줍니까?" 등.
가능성, 가치, 비전, 사명에 관한 질문, 미쳐 자녀가 깨닫지 못한 자신의 내적 욕구를 발견하게 하는 질문, "아 하!" 모멘트를 일으키는 질문. 교사나 부모가 이띠한 대안을 제시해 주는 것은 아니다. 답은 그 사신이 찾을 때 더욱 강력한 도구와 자원이 되기 때문이다.
2) 긍정 질문(Resourceful Questions): 예를 들면 "지금 무엇이 부족하다

고 생각하나요?"와 같은 부정적 질문은 좌절감을 느끼고 자신감을 떨어뜨리는 질문이라면 "잘 할 수 있는 일은 무엇입니까?", "(   )을 잘할 수 있었던 자신의 자원은 무엇입니까?"와 같은 긍정질문은 자존감을 높이고 에너지를 느끼게 하는 질문이다.

3) 열린 질문(Open Questions): '예, 아니오'로 답하는 것이 닫힌 질문이라면 열린 질문은 다양하게 탐색하고 자유롭게 의견을 말할 수 있게 한다. 열린 질문은 상대의 의견, 관점, 감정까지 파악할 수 있는 확산적 질문, "어떻게"가 포함된 질문이다. 예를 들면,

"공부하기 힘들지?" ⇨ "공부할 땐 어떤 점이 힘드니?"

"나쁜 습관은 무엇이지?" ⇨ "혹시 바꾸고 싶은 습관이 있다면 어떤 것이지?"

"숙제 왜 안 했어?" ⇨ "숙제를 못할 만한 어떤 일이 있었는지 궁금하구나."

우리는 자주 '왜?'라는 질문을 많이 한다. '왜?'라고 질문하면 상대가 방어기제를 일으키게 되어 에너지를 상실하게 된다.

4) 상승 질문(Elevating Question): 넓은 시야와 다양한 관점에서 상황을 볼 필요가 있을 때 유용하다. 단기적인 문제에 집중하다 보면 미래를 예측하거나 큰 그림을 놓치기 쉬운데 이때 문제를 한 발짝 물러서서 전체를 볼 수 있는 눈을 길러 주는 질문, 자신의 문제점과 해결책을 스스로 발견하게 해 준다. "진짜 원하는 것은 무엇입니까? 무엇인가 바꾸어 볼 수 있다면 그것은 무엇입니까? 5년 후를 생각한다면 무엇이 중요합니까?"

좋은 질문에 유용한 몇 가지 스킬

1) Resourceful 기법: 상대방이 좋아하는 주제, 자신 있는 주제를 화제로
   꺼내기, 상대의 전문성 존중하는 질문하기, 말할 에너지를 높여 주는
   분위기를 조성하기, 주제에 몰입하기, 긍정, 지지 feed-back 주기.
2) back tracking 기법(key word로 되물어보기): 상대가 사용한 단어를
   사용하여 반응하거나 연결질문 또는 집중질문하기, 질문에 질문 꼬리
   물기.
3) paraphrasing: 상대가 한 말을 자신의 언어로 바꿔 이야기함으로써 상
   대로 하여금 말하는 내용을 완전히 이해했음을 확인할 수 있는 기법.
   "지금 말한 것이 (이런) 뜻이 맞나요?"
4) Humble Inquiry(겸손한 요청): 상대방을 인정해 주기. "혹시, 고치고
   싶은 습관이 있다면 어떤 것입니까? 내가 도와줄 것은 없을까?", "혹시,
   어떤 것에 더 집중을 해야 한다면 그것은 무엇일까?" 등.

   이러한 질문들과 스킬에 진심을 담아서 학생들을 지도하는 데에 전문
코치로서의 훈련이 큰 도움이 되었다. 이제 상급학교에 진학을 한 친구
들, 사회에 발을 디딘 친구들, 모두 각자의 삶에서 자신의 가치를 발견하
고, 목표를 가지고 노력하며 다른 사람과 더불어 가치를 나누는 행복한
사회인이 되길 기도한다. 더불어 교실에서 선생님들께서 학생들을 지도
할 때나 각 가정에서 부모님들께서 자녀를 양육할 때 바람직한 변화와 큰
성장을 돕는 '좋은 질문'을 많이 하였으면 하는 바람이다.

좋은 질문을 많이 받은 청소년은 어른이 되어서도 좋은 질문을 잘 할 수 있으며 개인의 잠재력을 높이고 미래를 준비하는 삶에도 많은 도움이 되리라 믿는다. 나아가 사회가 더 나은 사회로 변화되는데 좋은 자원이 될 것이다.

나는 오늘도 나 스스로에게 질문한다.

'미래의 자신이 감사할 일을

오늘, 하고 있는가?'

······· **배명숙**

마중물코칭심리연구소 소장. 한국코치협회 전문코치(KPC), 약 30년의 교직경력 중 2009년부터는 서울초중등교수학습잠재능력개발연구회를 통하여 교육현장에 '코칭'을 적용하고자 노력해왔으며 2017년, 정년퇴직 이후에는 서울교육연수원의 직무연수 콘텐츠개발, 2019서울시교육청 온라인학부모연수 내용전문가 자문활동, 인싸이트심리검사연구소와 함께 RAINBOW질문카드 개발, 각급학교 학부모연수(자녀의 성장을 돕는 코칭 스킬), 강동송파교육지원청 학교폭력대책심의위원(2020~2021), 노원휴먼라이브러리 휴먼북 봉사활동 등을 하고 있다.
이메일: msbae5@naver.com

일상에서 의미 안고 살아 보기

· 오수남 ·

삶의 의미 탐색을 위한 여정의 시작

바쁜 일과의 늪에 빠져 있을 때는 등한시하며 살아왔지만, 요즈음 나에게 점점 실감나게 다가오는 질문이 하나 있다. 그것은 내 삶 또는 행위의 의미가 무엇인가? 하는 것이다. 이것은 의미라는 개념이 내가 깊이 빠져들고 있는 코칭에서 가장 무게 있게 사용되는 용어 중의 하나이기 때문이기도 하다. 코치는 고객에게 그가 지향하는 것의 의미를 탐색하도록 질문한다. 고객은 그 질문을 받고 자신이 소중히 여기는 핵심 가치가 무엇인지, 자신이 진실로 원하는 것이 무엇인지, 자신이 그것들로부터 얻게되는 것은 무엇인지 등을 성찰함으로써 답을 찾아가게 된다. 사고 확장과정을 통해 찾아낸 의미는 고객이 목표를 명확히 하고, 목표 달성에 대한 의지를 공고히 하며, 목표 달성을 위한 구체적이고 창의적인 실행 계획을 도출하기 위한 공고한 기반이 된다.

그러나 내가 아쉬움을 느끼는 것은 그러한 의미를 어떻게 탐색할 것이냐에 대한 기초적인 안내가 있었으면 하는 것이다. 사실 나는 내가 코칭을 받을 때 의미가 무엇이냐는 질문을 받으면 그때그때 머리에 떠오르는 것을 언급하면서 지나왔고 코칭 후 일상에서는 그러한 내용을 거의 의식하지 않은 채 지내왔다. 그런데 언제인가부터 의미를 탐색할 때 조금 더 체계적으로 접근하는 방법이 있지 않을까, 그리고 빠뜨리지 말고 우선적으로 점검해 보아야 할 요소들이 있지 않을까 하는 호기심이 생겨나 내 머리에 계속 맴돌게 되었다.

필리핀 마닐라에 가면 2000개 이상의 상점이 들어 있는 그린힐스 쇼핑센터라는 곳이 있다. 우리나라 관광객에게는 진주 쇼핑 장소로 잘 알려진 곳으로 다닥다닥 줄지어 붙어 있는 조그마한 가게들이 진주를 현란하게 진열해 놓고 있다. 아마도 처음 가는 관광객은 상품을 고르는 데 대부분의 시간을 보내고 흥정에 다시 한 번 기운을 소진한다. 그러나 그렇게 어렵게 진주를 구매한다 하여도 돌아온 후 한참 동안 자기 결정에 대한 찝찝한 느낌이 마음 한 구석에 남아 있음을 알게 될 것이다. 반면에 그곳을 자주 찾는 단골들은 진주를 구매하는 요령을 가지고 있다. 그들은 바로 집중해서 관찰해야 할 핵심요소 ― 즉 크기와 색깔은 물론 색의 희귀성, 광택, 흠결, 가격 등 ― 를 알고 있고 또 그것을 식별할 줄 알기 때문에 취향과 예산에 맞는 의사결정을 용이하게 내리고 높은 사후 만족도를 가진다고 한다.

우리 개개인도 매우 다양해서 의미를 각기 다른 측면에서 바라볼 수 있기는 하겠지만, 그럼에도 불구하고 각자가 늘 주목해야 할 핵심요소가 존재하지 않을까? 만일 그것을 찾아낼 수 있다면, 그것을 단초로 사고를 확장해 나가면 누구나 보다 쉽게 그리고 나름대로 일관성 있게 자기가 추구하는 것의 의미를 탐색해 낼 수 있을 것이다. 또한 그러한 의미의 핵심요소는 코칭 대화에서도 유용하게 활용할 수 있을 것이다.

나는 내가 늘 주목하면 좋을 의미의 핵심요소를 도출해 낸 후 그것들을 염두에 둔 생활을 해 보고 그에 따른 효과를 체험까지 해 보는 실험을 해 보고 싶어졌다. 이것을 실험이라고 부르는 이유는 여러 가지 핵심요소 후보를 계속 탐색해 나가고, 체험도 다양한 방법으로 해 나가면서 나에게 맞는 것들을 가려내 보고자 하기 때문이다. 다음은 그 실험의 첫 보고서이다.

내가 찾은 의미의 핵심요소─자·나·깨·나

삶의 의미가 갖는 중요성 확인은 긍정심리학 교과서를 필두로 해서 행복과 코칭에 관한 문헌, 온라인공개강좌(MOOC), 유튜브 등을 찾아다니며 진행하였다. 여러 주장 중에서『죽음의 수용소에서』의 저자 빅터 프랭클은 프로이드 학파의 쾌락 추구 또는 아드리안 학파의 권력 추구와 대비시켜 삶에서 의미를 찾으려는 노력을 삶에서 근본적으로 우러나오는 것이며 인간의 원초적 동력이라고 보았다. 그는 홀로코스트의 가혹한 삶

속에서도 삶의 의미를 찾은 사람은 살아남을 수 있었다고 하였다. 긍정심리학의 아버지인 마틴 셀리그만은 의미를 긍정정서, 몰입, 관계, 성취와 함께 행복한 삶을 위한 다섯 가지 요소의 하나라고 보았다. 한편 의미 있는 삶이 가져다주는 보다 직접적이고 구체적인 효과도 많이 연구되어 있다. 즉 회복력, 수면의 질, 항체, 식습관을 비롯해서 소득과 수명 등이 향상되고, 다른 한편으로는 갈등, 두려움, 우울감, 피로감, 혈관질환을 비롯해서 알츠하이머 가능성 등은 줄어드는 것으로 입증되어 있다. 의미는 실로 몸과 마음의 건강을 위한 명약, 그것도 금전적 대가를 치르지 않고 얻을 수 있는 명약이라고도 할 수 있을 것이다.

의미의 중요성을 확인하고 난 다음의 내 도전 과제는 의미를 '어떻게' 찾을 수 있을 것인가에 대한 해답을 찾는 것이었다. 많은 경우 의미라는 것은 누구나 조금만 자신을 들여다보면 쉽게 찾아낼 수 있는 것으로 암묵적으로 전제하고 있으며, 더구나 기대했던 빅터 프랭클도 삶의 의미를 찾는 법을 가르쳐 주지 않고 각자가 스스로 찾아야 한다고 했다. 결국 내가 낸 문제에 대해, 그 해답을 찾는 것도 나의 몫임을 알게 되었다.

나는 앞에 언급한 대로 의미를 그 핵심요소를 통해 파악해 보기로 하였는데 그것을 도와줄 수 있는 여러 단서 중에서 몇 가지가 나의 관심을 끌었다. 인본주의 심리학자 아브라함 매슬로는 인간은 궁극적으로 자기실현, 즉 자신의 잠재력을 충족시키는 과정을 추구한다고 보았다. 어떤 활동이 자기실현을 구현하는 데 도움이 된다면 그 활동은 의미 있다고 할 수 있을 것이다. 마틴 셀리그만은 의미는 자신보다 더 큰 것과의 관계에서 발견될 수 있다고 하였다.

사회심리학자 로이 바우마이스터는 의미의 역할로 네 가지를 제시하였다; 삶의 목적과 방향의 발견 지원, 추구하는 가치의 정당화, 효능감과 통제감 함양, 자신의 가치감 증진. 하버드대학교에서 행복학 강의를 맡고 있는 탈 벤-사하르는 행복을 즐거움과 의미의 포괄적 경험이라고 정의하고, 선택한 일이 자신의 가치와 정열에 부합할 때 즉 소명과 연결될 때 의미가 있다고 보았다. 최인철은 의미 있는 삶이란 인간의 네 가지 의식 영역 — 일, 사랑, 영혼, 초월 — 의 목표를 달성하기 위해 사는 삶이라고 하면서, 의미를 경험하는 경우를 첫째, 개인적으로 중요하고 가치 있다고 느낄 때; 둘째, 자신의 행위가 유용하다고 느낄 때; 셋째, 자신을 둘러싸고 있는 일들을 이해하게 될 때; 넷째, 자신의 행위가 자신의 정체성과 관련이 있을 때로 정리했다.

몇몇 유명인사의 구체적인 경우도 살펴보았다. 성녀 마더 데레사는 무조건적 사랑, 스티브 잡스는 현실에 도전하고 다르게 생각하기, 김용 전 세계은행 총재는 세계의 어려운 사람 돕기 등을 삶 또는 일의 의미로 생각하고 있었다. 또한 자주 들어 본 이야기로 미국항공우주국(NASA) 청소부가 자기가 하는 일의 의미를 인류를 우주에 보내는 일에서 찾았고, 어느 대성당의 석공은 그것을 단순히 돌을 깎는 것을 넘어 건축가와 마찬가지로 하느님을 위한 대성당의 건설에서 찾아내고 즐겁게 일하고 있었다는 일화도 있다.

그 외 다양한 자료를 종합하여 본 결과 내가 선택하게 될 목표나 행위를 향하여 의미를 찾기 위해 던져 볼 질문을 네 가지로 축약할 수 있게 되었다. 그들은,

첫째, 내가 변화하고 성장할 수 있게 해 주는가(자라남; 학습, 수행 등);

둘째, 나의 자원을 타인과 나누게 해 주는가(나눔; 이웃에 대한 사랑, 헌신, 공감 등);

셋째, 나 이상의 존재와 나와의 관계에 대한 통찰을 주는가(깨달음; 자연 또는 신과의 교감 등);

넷째, 나다움을 긍정적으로 발현시켜 주는가(나다움; 덕성 또는 강점의 발현 등).

나는 이 네 질문의 키워드 즉 의미의 핵심요소를 '자·나·깨·나'로 축약하고 일상에서 손쉽게 호출해 낼 수 있도록 가슴 안쪽에 위치시켰다.

의미 안고 일상 살아 보기

의미의 핵심요소는 장기적인 관점과 단기적인 관점에서 활용해 볼 수 있겠는데, 나는 일차적으로 매일 매일의 평범한 일상에서 의미의 핵심요소를 찾아보고, 그것에 주의를 기울이면서 생활해 보았다. 그 이유는 행복 추구에 있어서의 지금-여기(Here & Now)의 중요성을 수용하면서, 의미를 중시하는 삶의 효과를 빨리 확인하고 향유해 보는 실험을 해보고 싶었기 때문이었다. 내가 의미의 핵심요소에 주의를 기울였던 아주 단순한 일상의 예를 몇 가지 들어 보자.

어느 날 오후 나는 두 달 만에 맞이하는 친구 두 명과의 점심 약속이 있었다. 약속 장소에 나가기 전에 이 모임의 의미를 생각해 보았다. 나는 이 모임에서 친교를 다질 뿐만 아니라 경제 건강 등에 관해 새로운 정보를 교환함과 동시에 코칭 대화를 통해 그들의 은퇴 후 생활에 대한 계획에 아이디어를 보탤 수 있겠다고 생각했다(자라남, 나눔). 아울러 나의 공감 능력 및 유머를 가지고 모임에 활력을 불어 넣어 친구들의 에너지를 높여 줄 수 있겠다고 생각했다(나다움, 나눔). 한 발 더 나아가 모임을 보다 의미 있게 하기 위한 방안을 생각해 보았다. 우선 친구들을 언어적, 비언어적으로 경청하고 공감, 인정, 칭찬하는 한편 나의 덕성과 강점을 활용하여 나의 긍정정서가 그들에게 스며들도록 노력하겠다고 다짐했다(나다움, 나눔). 같은 날 오후에는 계곡을 끼고 북한산 중턱에 올랐는데, 이어폰을 빼고 그 대신 자연의 색, 소리, 풍광에서 아름다움과 경외감을 느끼고자 하였다(깨달음). 저녁 식사 후의 설거지와 쓰레기 처리는 대체로 나의 몫인데, 그 일을 아내에 대한 사랑의 발현에 연결지었다(나눔).

이와 같이 크든 작든 일상의 활동 하나 하나에 의미를 부여하자 나 자신에게서 점차 사고의 전환과 변화가 감지되었다. 하는 행동과 일에 대한 재미가 배가되었고, 신중성이 증가되었으며, 책임감과 몰입도도 크게 증진되었다. 접촉하는 사람들에 대한 관심이 높아졌으며, TV 보는 시간이 현저히 줄어 든 대신, 새로운 것에 대한 호기심이 늘어 책을 붙들고 있거나 노트북 앞에 앉아 새로운 지식을 쌓는 시간과 집중력이 늘었다. 숙면시간이 길어졌고, 감사나 희망 등의 긍정정서의 질과 양도 늘어났다. 반면에 일의 우선순위를 보다 쉽게 파악할 수 있게 되어 멀티태스킹이 줄어들면서 그로 인한 스트레스도 따라 줄어들었고, 투덜거림이 감소했고,

몸과 정신 건강을 위한 일일 루틴을 빠뜨리는 날도 뜸해졌다.

　대부분의 경우 각 목표 또는 행위는 의미의 네 핵심요소 중 하나 이상을 충족하게 되는데, 여러 가지 과제가 동시에 주어질 때는 의미의 핵심요소를 가지고 종합적으로 판단하여 우선순위를 자신 있게 파악할 수 있게 되어 높은 우선순위 과제에는 보다 열성을 보일 수 있고, 그렇지 않은 과제는 포기할 수 있는 용기도 생겨났다. 우선은 일상에서의 단기적인 의미에 관심을 두고 출발하였지만, 장기적인 의미에 대한 관심도 자연스럽게 증가되었다.

찾을수록 커지는 의미

　당초에 본 실험은 하고 있는 또는 하고자 하는 일이나 행동을 대상으로 일상의 소소하고 확실한 의미를 손쉽게 찾아보려는 호기심에서 출발하였다. 그런데 실험을 진행하면서 어떤 일의 의미를 찾고 나니까 그 일에 접근하는 태도가 달라졌고 일의 범위와 형태가 달라졌으며 새로운 아이디어도 떠오르게 된다는 것을 알게 되었다. 그에 따라 당초의 의미가 양적으로 질적으로 확장되었다.

　이렇게 의미 깊이와 의미 탐색 간의 선순환 구조가 확인되면서, "일상에서 의미를 찾으면 찾을수록, 일상의 의미가 더욱 커진다."라는 것을 깨닫게 되었다. 일상에서도 그러하다면 장기적인 일 또는 원대한 목표에 있어서는 선순환이 어디까지 확장될 수 있을까 하고 생각해 보면 가슴이 설렌다. 장기적 관점에서 보면 이것이 소명을 찾아 가는 과정이 아닌가 싶기도 하다. 앞에 언급한 과학적으로 입증된 의미가 가져오는 다양한 효과도 시간이 지나면서 내가 직접 맛볼 수 있게 될 것이라는 확신이 들기 시작했다.

나는 요즈음 다음 날 할 일 하나하나에 의미를 부여하면서 하루를 마무리하는 것을 습관화해 가고 있다. 이것은 제임스 클리어가 『아주 작은 습관의 힘』에서 너무나 사소해서 하찮게 느껴질 정도의 작은 반복이 인생 혁명을 가져온다고 한 주장에 대한 믿음을 반영한 것이기도 하다. 내일 일정도 성북천 걷기, 명상과 기도, 옛 직장 동료와의 인사동 점심, 오후 개인 코칭하기, 저녁 설거지와 쓰레기 버리기, 코치 동아리 화상회의 등 특이하다기보다는 평범한 일상으로 구성되어 있다. 각 활동의 의미를 내가 찾아낸 핵심요소인 '자·나·깨·나'에 따라 점검해 보고 그 의미를 확장시킬 방안도 궁리하다 보면 어느새 평범한 일상이 비범한 일상으로 변환되고 행복감이 충만해짐을 느낀다.

··· **오수남**

코칭경영원 협력코치, 플로리쉬코칭센터 전문코치. 피츠버그대학교 경제학 박사, 광운대학교 교육학(코칭심리 전공) 석사. KPC, 코칭심리사, 미국 갤럽 인증 강점코치. 한국은행과 아시아개발은행에서 이코노미스트로 인생 1막을 마쳤고. 인생 2막에 들어서면서 고려대학교 경제학과 초빙교수와 서울시정책수출사업단 단장을 역임했다. 2013년에 주관심을 경제학에서 코칭으로 전환하였으며, 특히 긍정심리학 기반 라이프 코칭을 통해 자신과 고객의 행복한 일상을 만들어 가기 위해 노력하고 있다.
이메일: soonamoh5@gmail.com

행복 방앗간

· 이경희 ·

선을 잇다

요즘 나의 생활은 여러 개의 선과 연결되어 있다. 스마트폰과 노트북 컴퓨터, 블루투스 스피커와 헤드셋에 충전기를 잃어버리거나 선이 엉키지 않도록 잘 관리해야 한다. 밖에서 여러 시간 동안 이동하며 일하는 날 배터리가 떨어지면 스마트기기는 무용지물이 된다. 무선의 편리를 누리기 위해서는 미리 충전을 하고 선을 잘 챙겨 두어야 하지만 어디다 두었는지 깜빡 잊고 여기저기 찾아다니며 진땀을 흘릴 때가 있다. 문득 이 선들을 다 매달고 다닌다면 어떤 모습이고, 선이 하나도 없다면 생활이 어떻게 바뀔까. 현대인으로 살아가기 위해 전선에 의지를 하지만 진정한 생명선은 과연 무엇일까. 생명이 다하는 날 중환자실에서 갖가지 선과 관을 연결하여 연명하는 것이 바람직한 삶은 아닐 터이다.

보이는 선뿐 아니라 사람의 생명을 선으로 비유하기도 한다. 인생곡선을 그리거나 가계도를 그릴 때 어떤 선을 긋는가 하는 것으로 한 사람의 인생과 가족관계를 일목요연하게 관찰하고 자신의 삶을 성찰할 수 있다. 인생곡선은 기억나는 중요한 사건을 꼭짓점으로 연결하여 삶의 능선을 그리고, 가계도는 실선과 점선, 흐린 선과 굵은 선, 단절된 선과 파상적인 갈등의 선으로 상호관계를 드러낸다. 사람과 사람 사이의 경계가 어느 정도 유연한지, 경직되어 있는지도 경계선으로 상징할 수 있다. 견고하고 질긴 선 안에 머물며 상호의존하는 가족이 친밀감과 유대가 깊은 것 같지만 자율적으로 드나들 수 있는 유연성이 있어야 건강한 경계선이라 할 수 있다.

살다 보면 가족 간의 선이 때로는 팽팽해지고 느슨해지기도 한다. 특히 아기가 태어날 때 탯줄을 즉시 분리를 해야 하고, 사춘기에 이르면 심리적인 탯줄을, 장성하여 가정을 이루면 과감하게 줄을 끊고 떠나보내며 독립을 축하해야 한다.

그런데 결혼과 함께 분가를 하여 살고 있는 아들과의 사이에 새로운 선이 이어지고, 여러 해 기다리던 아기가 태어나면서 조손관계라는 경이로운 연결고리가 생겼다. 자녀를 키운 지 30년이 훌쩍 넘는 집안에 느닷없는 생명의 바람이 불어왔다. 갓 태어난 아기의 표정과 눈빛 하나에 온 식구가 감탄을 하며 기쁨을 누리게 되다니 처음으로 경험하는 신선한 충격이었다. 젊은이들이 결혼을 하지 않고, 결혼을 해도 아이를 낳지 않는 세

태 속에서 신생아실 아기 침대마다 갓 태어난 아기들이 20명 이상 누워 있는 장면을 보며 얼마나 대견하고 장했는지 모른다.

아기들은 부모를 선택하지 않았지만 사랑하는 부모를 통해 태어난 아이들은 선택의 여지없이 양가의 유전정보를 이어받고 가족나무 또는 가계도의 일원이 된다. 아기의 얼굴에는 부모뿐 아니라 친가 외가의 모습이 오버랩 되고 할미인 나의 얼굴도 스쳤다. 앞으로 또 어떤 모습과 자신만의 개성을 드러낼지 궁금하고 기대가 된다. 이와 같이 생명의 릴레이가 이어지고 세상에 단 하나뿐인 존재가 자라나는 것은 숙명일까, 섭리일까. 우연의 외투를 입은 필연이 나와 우리 가족에게 찾아와 신세계를 열고 있다.

사남매를 통해 일곱 손자와 손녀를 둔 어머니께는 지금까지 세 명의 증손이 있었다. 나의 손녀가 태어남으로써 어머니는 네 명의 증손을 보셨다. 88세 미수를 맞으며 얻은 선물이고 보배다. 손자들이 아기를 낳으면 목욕을 시켜 주고 싶다고 하셨지만 이제는 손에 힘이 없다면서 내게 며느리가 아기 키우는 걸 도와주라고 하셨다.

내가 아이들을 낳을 때 어머니는 47세의 젊은 할머니였기에 모든 것을 믿고 의지했는데 늦깎이 할머니가 되고 보니 사랑하는 마음만큼 육아의 기술이 노련하지 못하다. 새삼스레 유모차를 끌고 가거나 어린아이들을 데리고 다니는 젊은 엄마와 세상의 모든 어른들이 눈에 들어오기 시작한다. 어떻게 모태에 있다가 탯줄을 끊고 세상에 나와 저렇게 당당하게 성장을 했을까. 모든 부모는 어리둥절한 상태에서 자녀를 만나고 시행착오를 거치며 양육을 한다. 완벽한 부모는 없지만 아이들은 창조주 하나님이 부여한 생명력을 발휘하여 성장해 나간다. 아마도 보이지 않는 선이 우리를 붙잡고 살아갈 힘을 주고, 부모에게는 책임감을 조부모에게는 사랑의 소명을 주며 아이들을 돌보고 보살피는 동역자로 부르신 게 아닐까. 나의 어머니, 부모님의 부모님, 조부모님의 부모님으로 이어진 생명의 선을 가늠하며 초보 할머니로 첫걸음을 뗀다.

열린 비밀

찻집 탁자에 놓인 선인장을 유심히 바라보았다. 어린 선인장에서 돋아난 가시가 얼마나 섬세하던지 사진을 찍어서 한참 관찰했다. 원래 선인장의 몸체에 작은 메추리알 모양의 선인장이 자라 나오는데 일정한 거리를 두고 돌아가며 가시가 난 모양이 질서정연하고 조화롭다. 만약에 눈이 보이지 않는다면 나는 그것을 어떻게 알 수 있을까. 더듬어서 만지고, 냄새를 맡으며 그것을 얼마나 충분히 느낄 수 있을지 상상이 되지 않는다.

말 못하고, 듣지 못하고, 눈이 보이지 않았던 헬렌 켈러는 앤 설리반 선생의 개인지도로 구화와 지화로 말을 익히고 발성법을 통해 '나는 벙어리가 아닙니다!'라고 외쳤다. 시원한 물을 뒤집어쓰며 'W.A.T.E.R.(물)'라는 말의 개념을 깨달았다. 「리더스 다이제스트」가 20세기 최고의 수필이라고 한 헬렌 켈러의 글 『사흘만 볼 수 있다면』에서는 세상이 얼마나 보고 싶은지 간절한 마음을 표현했다.

첫째 날은 사랑하는 선생님 앤 설리반과 사랑하는 사람들의 얼굴을 보고, 책을 읽고, 숲을 산책하며 석양이 펼쳐지는 것을 보겠다고 했다. 둘째 날은 밤이 낮으로 변하는 여명에 황홀한 빛의 장관을 보고, 박물관과 미술관에 가서 예술을 통해 인간을 탐구하며 만져서 알게 된 것들을 눈으로 확인하고, 저녁에는 극장에서 공연을 보거나 영화를 보고 싶다고 했다. 셋째 날은 대도시에서 활기차게 살아가는 사람들의 모습과 그들의 패션을 눈여겨보고 비참하게 살아가는 사람들의 모습까지 삶의 일부이므로 눈 감지 않고 지켜보겠다고 했다. 눈을 감는 것은 마음과 정신을 닫아 버리는 것이기 때문이다. 눈 뜬 사람으로 사흘간의 상상 여행을 마친 그녀는 우리에게 내일이면 눈을 사용하지 못할 것처럼 눈을 소중히 사용하라고 충고한다.

그녀의 책『사흘만 볼 수 있다면』을 읽고 동명의 연극을 관람했기 때문일까. 중복장애를 가진 헬렌이 하나의 말을 하기 위해 남은 감각을 동원하여 얼마나 피나는 노력을 했는지, 수화, 구화, 지화로 대사를 구사하는 연극을 보며 큰 감동이 밀려왔다. 보지 못하는 것들을 이해하고 각각의 사물과 현상이 가지고 있는 개념에 따라 말을 익힌다는 것이 얼마나 어려운 일인지, 그동안 미처 눈여겨보지 않았던 것들이 눈에 들어오기 시작했다.

눈을 뜨고 있으면서도 스쳐 지나갔던 많은 것들, 다양한 색으로 물든 감나무의 잎맥, 해바라기 꽃판에 촘촘하게 영글어 가는 씨앗들, 겹겹이 치마를 차려입은 꽃배추의 다양한 색과 조화, 솔방울의 패턴, 왕소라의 나선형 껍질과 다양한 디자인의 조개껍질, 새와 곤충마다 입고 있는 아름다운 색깔의 깃털과 세련된 각양각색의 옷들, 헤아릴 수 없이 많은 것들이 보이기 시작했다. 열려 있으나 보고 듣고 깨닫지 않으면 닫힌 세계에 사는 것, 열린 비밀은 도처에 숨은 그림으로 존재한다.

우주 속의 나선은하와 태풍의 소용돌이, 토끼와 꿀벌의 번식 비율, 빠지거나 겹치지 않고 일정하게 펼쳐지는 꽃잎의 수, 거기에 최적의 조건과 효율성까지 계산이 되어 있다는데, 다 드러나 있으나 자연의 비밀을 일일이 알아채지 못할 뿐이다. 곳곳에 숨어 있는 1, 1, 2, 3, 5, 8, 13, 21, 34, 55, 87……의 수열은 뒤의 수를 앞의 수로 나누면 1.618이라는 숫자가 나온다. 이 비율이 가장 안정되고 아름답기에 우주와 자연뿐 아니라 우리 몸의 DNA도 피보나치 수열과 황금비율과 일치하는 이중나선구조로 되어 있다고 하니 놀라운 일이다.

중요한 것은 우리의 생각과 마음이 그와 같은 물질세계와 조화를 이루거나, 휘저어서 흔들어 놓을 수도 있다는 사실이다. 적어도 마음의 위로와 격려를 받거나 좋은 친구들과 맛있는 음식을 먹으며 즐겁게 대화를 나누면 소화도 잘 되고 기분이 좋다. 반대로 몸을 억압하고 괴롭히거나 자유를 구속하면 무기력해지고 황폐해진다. 지나친 분주함이 몸의 균형을 깰 수 있다는 걸 몸으로 알아챘기에 격일로 외출하기, 반나절씩만 일하기, '내 맘대로 요리'로 '집밥 한 번 더 먹기', 친구들과 계절마다 만나기, 수박으로 물김치 담기, 순무와 으름으로 깍두기 담기, 마당에서 딴 감으로 감말랭이와 홍시 만들기를 하며 나름의 황금비율로 조화로운 삶을 시도하고 있는 중이다.

행복 방앗간
- 코로나 블루를 이기는 '생활백신'

방앗간에 가는 날은 즐거운 날이다. 시루떡이나 가래떡을 하고, 참기름을 짜거나 고추를 빻으러 가는 날은 어머니를 따라서 시장구경 가는 날이었다. 방앗간에 가는 것이 명절을 맞이하고 잔치를 준비하며 시간을 잘 맞추어야 하는 일이라 전날부터 쌀을 씻어서 불리고 새벽에 집을 나서기도 했다. 특히 설날을 앞두고 가래떡을 할 때는 쌀을 담은 양푼 옆에서 어머니 대신 순서를 기다려야 했다.

군이 방앗간에 가지 않고 집에서 떡을 만들기도 했는데 찰밥을 쪄서 절구에 찧어 미리 볶아서 장만한 콩가루에 묻혀 별미 인절미를 만들었다. 맷돌에 엿기름을 갈아서 식혜를 만들고, 녹두를 갈아 녹두전을 부치거나 불린 콩을 갈아 콩국을 만들어 먹기도 했는데 많은 양을 기계로 갈고 믹서를 쓸 때보다 미묘한 맛의 차이가 있다. 지금은 온라인으로 신청만 하면 전국 어디서든 떡과 식품을 받아볼 수 있는 시대라 손이 많이 가는 음식은 집에서 만들지 않지만 방앗간은 빵집과는 다른 정취가 있고 가정식을 위한 소규모 공장 역할을 톡톡히 했었다.

코로나19 바이러스 사태로 외출을 삼가고 삼시 세끼를 집에서 해 먹으며 방앗간이 떠오르는 건 대부분의 장을 인터넷으로 본다고 해도 손의 수고와 정성이 없이는 집밥을 해낼 수 없기 때문이다.

감염예방을 위해 아이들이 학교에 가지 않고 부모들은 재택근무를 하며 가족들은 생전 처음 좁은 공간에서 24시간을 보내며 고충을 토로한다. 어린이집, 유치원, 학교, 직장에서 점심을 먹고 오던 가족들의 세 끼 식사를 챙기는 30~40대 주부들은 아이들의 공부와 놀이까지 책임지는 것이 직장생활을 할 때보다 힘들다고 한탄하고, 재택근무와 자녀양육의 두 마리 토끼를 잡아야 하는 부모들은 코로나 블루(우울증)를 호소한다.

그러나 같은 일을 하면서도 스트레스를 덜 받고 즐겁게 하려면 모든 집안일을 손수 하거나 방앗간 정도의 도움을 받던 어머니 세대로 돌아가서 배워야 할 지혜가 있다. 그 지혜는 몸과 마음의 헌신, 사랑의 수고라고 해도 과언이 아니다.

전혀 예측하지 못한 사태로 인해 전력질주 하던 시간이 뒷걸음치는 것을 생활 전반에서 경험하며, 이 수상한 시대를 넘어가려면 추구하던 가장 소중한 것부터 지켜야 할까 자문자답을 한다. 중년세대는 저마다 일을 열심히 해서 저축을 하고, 먼 나라에 비행기를 타고 가거나 평생에 한 번이라도 장기간의 크루즈 여행을 하고 싶다는 포부를 가졌었다.

하지만 그것이야말로 가장 위험해서 피해야 할 일이 되어 버렸다. 청년들의 학업과 축제, 배낭여행과 워킹홀리데이도 멈추고, PC방과 만화방, 카페와 클럽 출입도 금기시 될 뿐 아니라 아르바이트가 끊기는 일도 비일비재하다. 동네 편의점에서 한 달 동안 일할 아르바이트생을 뽑는데 30명이 신청했다는 얘길 들었다.

청춘남녀가 직업을 갖고 데이트를 해야 결혼을 하고 아기도 낳을 텐데 결혼식마저 무기한 연기가 되고 있는 현실이니 안타깝기 그지없다. 3월로 잡았던 조카의 결혼식을 연기했는데 그때는 꼭 직접 축하해 주고 오랜만에 일가친척들을 만나고 싶은 마음이 가득하다.

며칠 전에는 해외여행을 다녀온 코로나19 바이러스 확진자가 자주 가는 우리 동네 수퍼마켓에 다녀갔다는 안전문자를 받고 화들짝 놀랐다. 시간을 확인해 보니 내가 장을 보고 불과 한 시간 후에 해외여행에서 돌아온 확진자가 다녀갔다는 정보가 있었다.

가족이라 해도 사회적 거리를 유지하며 고독한 시간을 보내야 하는 환자들의 입장도 안타깝지만 모든 것을 포기하고 이 시간을 견뎌 내고 있는 대부분의 국민들도 힘들기는 마찬가지다. 부지중에 위험에 노출되는 것을 피하기 위해 그동안 최소한으로 줄여 외출도 금하고 웬만한 쇼핑은 온라인으로 하고, 작은 방앗간을 운영하는 마음으로 식사를 준비하며 나와 가족의 안전을 지키고자 한다.

태어난 지 5개월 되어 쌀미음으로 이유식을 하기 시작한 손녀와, 연로하신 어머니를 위해 한 주일에 한두 번씩 찾아가서 시간을 나누고 음식을 만드는 일은 이 견디기 힘든 시기에 용기를 주는 비밀의 에너지원이다.

나 자신을 위해서는 그동안 교통비나 외식비를 종이책을 사서 읽는 데 쓰고 매일 짧은 글을 쓴다. 문화예술에 관심이 많은 분들과 온라인 카페를 통해 글, 그림, 음악과 문화계 소식을 나누며 협업으로 릴레이 소설을 쓰는 것도 흥미로운 일이다.

업무상 소통은 온라인 화상회의나 다자통화로 하고, 개인코칭은 온라인으로 하고 있으며, 코로나19 바이러스 감염으로 심리적 재난을 당한 분들과 가족을 위해 마음백신 코칭의 창을 열어놓았고, 사회적 동반자들과 더불어 공감식탁을 나누기 위해 준비 중에 있다.

연락이 뜸한 분들과 음성통화를 하거나 작은 선물을 택배로 보내는 것도 행복 방앗간을 운영하는 하나의 방법이다. 이렇게 노력을 하며 작은 것을 소중히 여기는 마음으로 기다리면 막 쪄낸 떡을 맛있게 나눠 먹을 수 있는 날 속히 오리라 믿는다.

●●● **진화 이경희**

생애설계코칭연구소 소장, 서울사회복지대학원대학교 부설 평생교육원 라이프코칭 지도교수, 한국사회적코칭협회 명예회장, (사)한국코치협회 인증전문코치(KPC)로 코치활동을 하고, (사)한국수필가협회 감사, (사)국제PEN클럽한국본부 회원, 한국수필작가회 편집주간으로 문단활동을 하고 있다. 월간 '주부편지'와 '행복한 우리집'에 코칭에세이를 고정 집필 중이며, 인생설계코칭에세이 『두 개의 의자』 외 다수의 저서가 있고, 『코칭의 역사』를 공동 번역했다.
이메일: khgina@naver.com
블로그: khgina.blog.me

슬기로운 멘탈생활

· 이영실 ·

구해줘! 나의 멘탈

한 치 앞을 내다볼 수 없을 만큼 급속도로 변해 가는 환경 속에서 일상에 대한 점검을 너무 오랫동안 등한시했음을 새삼 느낀다. 최근 몇 달 사이에 아주 많은 것이 변했다. 어디에서나 일할 수 있는 환경으로 변한 덕분에 강의와 코칭을 진행하는 방식에도 생각지 못한 변화가 일어났다. 늘 바쁘게 열심히 달려오느라 잠시라도 멈춰서 반복되는 일상이 주는 소중함을 돌아볼 겨를이 없었다. '인생'이라는 그라운드에서 작전 타임 없이 계속 경기를 치러야 한다면 내가 진짜 원하는 경기를 풀어 가기는 어려울 것이다. 아마추어 선수도 최고 수준의 프로 선수도 각자의 경기에서 한 번씩 무너질 때가 있다. 위기상황에서 불안해하기보다 다시 도전할 수 있는 유연한 멘탈이 필요하다.

그러나 멘탈에 대한 이해가 부족하여 위기를 만나면 자신의 잠재력을 발휘하지 못하고 불안감과 조바심에 사로잡혀서 쉽게 포기하는 사람들도 있다. 멘탈의 사전적 의미는 '생각하거나 판단하는 정신' 또는 '정신세계'인데, 사람들은 흔히 멘탈을 강한 정신력, 승부근성, 끈기, 불굴의 정신이라고 알고 있다. 그리고 이러한 특성을 가진 사람들을 '강철멘탈' 혹은 '멘탈갑'이라고 말한다.

누가 멘탈이 강한 사람이고 누가 멘탈이 약한 사람일까?
나는 멘탈이 강한 사람인가? 약한 사람인가?

그러나 사실은 멘탈이 강한 사람, 약한 사람은 따로 없다. 누구나 상황에 따라서 멘탈이 강하기도 하고, 약해지기도 한다. 톱 클라스의 선수들도 예기치 못한 상황에서 멘탈이 무너지는 경험을 한다. 그들도 멘탈이 늘 강한 것은 아니다. 중요한 것은 자신이 언제 강력한 의욕이 생기는지, 의욕이 상실되는지를 명확하게 알아차려야 한다. '하고 싶은 의욕'이 사라지면 무엇을 해야 할지 판단력이 상실되는 멘붕 상태에 빠지기 때문이다.

그러나 멘붕에서 벗어나는 것은 아주 쉽고 단순하다. 다음의 세 가지 질문에 답변할 수 있다면 누구나 좋은 멘탈을 가질 수 있다.

지금 나의 상황이 어떠한가?

내가 원하는 상태는 무엇인가?

이를 위해 지금 내가 할 수 있는 것은 무엇인가?

좋은 멘탈을 갖기 위해서는 세 가지 질문에 답을 하면서 '지금 나의 상황을 인지하고, 내가 원하는 것이 무엇인지를 다시 자각하여 그것을 위해 당장 할 수 있는 것을 실행해야 한다'는 것이다. 다시 말해 자신에게 일어나고 있는 생각과 감정을 알아차리고, 원하는 상태를 자각해서 그것을 위해 내가 실천할 수 있는 것을 행동으로 바로 옮기는 것이다. 즉, 자기 자신과 셀프-커뮤니케이션을 잘 하는 것이 강철멘탈의 비결이다.

위기 상황에서 흔들리지 않는 사람은 없다. 누구나 예상하지 못한 어려움을 만나면 그 순간에는 당황한다. 이를 멘붕이라고 한다. 멘붕은 '멘탈붕괴'의 줄임말로 '정신이 무너져 버림'이라는 뜻을 가지고 있다. 이것은 너무 심각한 충격으로 인해 자포자기하거나 막 나가는 상태에 있음을 나타내는 표현이다. 예를 들어 예상했던 것보다 성적이 너무 심각하게 안 나왔거나, 예상하지 못한 어려움에 부딪쳤을 때 사람들은 멘붕에 빠졌다고 말하지만, 이러한 멘붕은 단어의 의미처럼 사람들을 무너져 버리는 것으로 끝나게 하지는 않는다. 연구에 따르면, 사람들은 멘붕으로 인한 혼란스러움은 있지만, 결국에는 자신의 삶을 반성하고 변화의 계기가 되었으며, 오히려 '멘붕은 새로운 인생의 의미를 찾을 수 있게 하고 지혜롭게 만드는 좋은 신호'가 되었음이 밝혀졌다.

우리는 '잘해야 한다', '지금보다 나아져야 한다'는 생각으로 조바심을 내게 된다. 하지만, 잘되는 날도 있고 안 되는 날도 있다. 어떤 날은 기대치에 훨씬 못 미친 채 끝나기도 한다. 그래도 괜찮다. 조바심과 불안감이 사라지면 즐기면서 새로운 도전을 할 수 있다. 그리고 원하는 성과를 이루기 위해서는 지금 당장 목표한 결과가 나오지 않아도 끊임없이 다른 방법을 시도하면 되는 것이다.

어떠한 복잡한 문제나 상황을 만날지라도 자기 안에서 일어나는 감정과 생각을 발견하는 셀프 커뮤니케이션을 반복적으로 훈련하면, 단단한 멘탈근육을 만들 수 있다. 머릿속에 생각이 많아 복잡할 때, 아무것도 생각하고 싶지 않을 때, 심지어 지금까지 잘 해 왔던 것을 포기하고 싶어질 때도 셀프-커뮤니케이션은 건강하고 좋은 멘탈을 갖게 만들어 주는 효과적인 방법이다.

날려줘! 스트레스

인간은 기계처럼 오랜 시간 끊임없이 같은 속도로 작동할 수 없다. 오히려 인간은 에너지를 소비하고 회복하면서 리드미컬하게 움직이도록 되어 있다. 신체 에너지는 마음 에너지와 밀접한 관계가 있다. 인간의 신체기관은 컨디션에 따라 다르게 작동한다. 심장 박동 수도 상황에 따라서 달리 움직이고, 우리 폐 역시 필요에 따라 팽창하고 수축한다. 숨을 잘 들이마시고 잘 내쉬면 몸의 에너지뿐만 아니라 마음 에너지도 잘 관리하고 조절할 수 있다. 깊고 규칙적인 호흡은 교감 신경계를 진정시키고 충동적이고 강박적으로 반응하지 않도록 도와준다.

우리 몸은 스트레스 상황에서 충동적이고 강박적으로 반응한다. 또한, 스트레스가 심해지면 배고픔과 포만감을 잘 구별하지 못하게 되어 그것을 해소하기 위해서 음식이든 정보든 마구잡이로 에너지를 소비하려고 한다. 그러다 보니 과식을 하거나 스마트폰을 자꾸 꺼내어 문자를 확인하고 정보탐색에 빠지게 되는 것이다. 그러므로 내 몸 상태와 마음 상태가 어떠한지 스스로 알아차리면서 적절한 스트레스 관리를 해야 한다.

배터리를 충전하지 않은 휴대폰이 제 기능을 발휘할 수 없듯이 사람도 일정한 시간이 지나면 충전이 필요하다. 휴대폰은 정해진 충전기를 이용하여 동일한 방식으로 배터리를 충전하지만, 사람들은 에너지를 충전하는 방식이 각각 다르다. 또한, 각자가 에너지를 충전하고 관리하는 방식에 변화를 줄 수도 있다. 상황에 따라서 자신에게 맞는 방법으로 에너지를 관리하면 좀 더 지속적으로, 때로는 좀 더 짧은 시간에 효과적으로 충전할 수 있다.

많은 사람들이 일과 삶의 균형을 원한다. 실제로 최근 코칭을 의뢰하는 고객들의 코칭이슈는 워라밸이 높은 비율을 차지한다. 그러나 사람들은 일과 삶의 균형을 간절히 원하면서도 실상은 이렇게 이야기하고 있다. "일에 치여서 숨 쉴 시간도 거의 없어요." "제가 맡은 업무는 퇴근을 해도 마무리가 되는 것이 아니라서 집에 돌아와도 맘 편히 쉴 수도 없어요." "주말에도 해결되지 않은 업무로 쉬는 게 쉬는 것이 아니에요." 충분히 공감하고 이해한다. 시간을 어디에 쓰든지 우리에겐 기회비용이 따른다. 집에 돌아와서 해야 할 업무를 말끔히 잊어버리고 한가하게 여유를 즐기고 있으면 왠지 불안할 때도 있다.

그러나 자신의 삶을 오로지 해야 할 일에만 투자할 경우 치르게 될 기회비용도 생각해 볼 필요가 있다. 다른 사람을 즐겁게 해 주고 그들의 기대에 부응하는 데 시간을 쏟으면서도, 정작 자신의 내면 깊숙한 마음의 소리를 발견하는 일은 소홀히 하고 있지는 않은가? 자신에게 맞는 방법으로 에너지를 충전하고 관리할 때, 비로소 일과 삶의 균형은 가능하다.

『톰 소여의 모험』의 저자인 마크 트웨인도 더 이상 소설을 한 줄도 쓸 수 없을 정도로 에너지가 고갈되고 힘들었던 시간이 있었다고 한다. 그는 2년 동안 집필을 중단하고 다른 일에 마음을 쏟았으며, 그 후에 충분한 충전을 하고 다시 원고를 집어 들었을 때 마침내 소설을 완성할 수 있었다고 한다. 이것은 마크 트웨인의 작가 인생에서 중대한 전환점이 되었으며, 이후로 책을 쓸 때마다 자신의 에너지가 바닥나는 시점이 언제인지 잘 살피면서, 휴식을 취했다가 작품을 마무리했다고 한다.

최고의 성과를 내는 프로 선수들도 끊임없이 반복되는 부담감 속에서 자신의 에너지를 고갈시키고 충전하면서 성공적으로 경기를 펼쳐 나간다. 이들은 자신에게 맞는 에너지 충전으로 압박감이 심할 때에 오히려 뛰어난 역량을 발휘하기도 한다. 오히려 적절한 스트레스는 몸과 마음의 기능을 향상시켜 문제를 해결하게 하고 성장에 도움을 준다. 스트레스가 우리의 삶 속에서 만날 수밖에 없는 불가피한 것이라면 이를 인생의 강력한 도구로 전환시킬 필요가 있다.

그리고 스트레스 자체가 문제가 아니라 스트레스에 반응하는 우리의 생각과 감정이 어떠한지를 알아야 한다. 스트레스에 반응하는 부정적인 생각이나 감정은 에너지를 고갈시키고 번아웃으로 이어지게 만든다. 지금 당면한 스트레스는 내가 컨트롤할 수 있는 것인지 컨트롤할 수 없는 것인지를 판단하여 어떻게 반응하는 것이 나에게 최선인지를 알아차리고 선택해야 한다. 스트레스에 반응하는 아주 작지만 슬기로운 나의 선택이 삶을 변화시킨다.

찾아줘! 나의 루틴

세계적인 대문호들은 자신만의 창작 습관을 가지고 있었다. 빅토르 위고는 집필에 집중하기 위해 매일 차가운 얼음물로 샤워하고 이발을 했다. 무라카미 하루키는 새벽 4시에 일어나 글쓰기, 달리기와 수영, 독서와 음악 감상을 차례로 한 뒤 밤 9시에 잠자리에 드는 일과를 반복했으며, 스티븐 킹은 아침 8시가 되면 항상 같은 책상에 앉아 같은 음악을 들으면서 글을 쓸 준비를 했다.

'아침에 일어나서 창문을 활짝 열고, 시원한 물을 한 잔 마시며, 상쾌한 기분을 느낄 수 있는 음악을 들으며 하루를 시작한다.'

누구나 사소한 일상에서도 자신만의 행동패턴이 있다. 그러나 지금까지와는 다른 행동패턴을 만들게 되면, 그 결과도 바뀔 수 있다. 내가 만들고 싶은 결과를 상상해 보자. 나의 행동패턴에 어떤 변화를 주고 싶은가? 연구에 따르면, 다른 방법으로 행동에 변화를 줄 때 성공 가능성이 높아진다고 한다.

운동선수들이 최고의 운동 수행 능력을 발휘하기 위하여 습관적으로 하는 동작이나 절차를 루틴(Routine)이라고 한다. 선수들은 원하는 목표를 달성하기 위해 자신의 상태에 맞게 의도적으로 루틴을 설계한다. 선수는 자신에게 맞는 루틴을 통해 경기에 대한 불안함을 없애고 집중력을 높이며 반복 연습을 통해서 습관화시킨다. 루틴은 선수에게 심리적인 안정감을 주고 집중할 수 있도록 돕는 긍정적인 역할을 한다. 테니스 선수 나달은 서브를 넣기 전에 엉덩이, 양어깨, 코, 귀를 차례로 만진다. 피겨 여왕 김연아 선수는 몸을 풀 때 항상 경기장을 반 시계 방향으로 한 바퀴 돈 다음 뒤로 서서 S자를 그리며 활주한다. 또한, 최고의 글로벌 기업 리더들도 업무의 효율과 집중력을 향상시키는 도구로 루틴을 활용한다. 워런 버핏은 아침에 일어나서 몇 종류의 신문을 읽고 있으며, 페이스북의 마크 저커버그는 운동으로 하루를 시작하고, 트위터의 잭 도시는 매일 약 8킬로미터를 걸어서 출근하는 루틴을 지키고 있다.

이처럼 루틴은 운동선수뿐만 아니라 일상생활에서 업무와 학업에서도 불안을 해소하고 평정심을 유지하며 집중력을 높여 준다. 습관화된 루틴은 하기 싫은 것을 시작할 수 있도록 도와주고, 중간에 그만두고 싶은 마음이 들 때도 포기하지 않고 끝까지 해내게 만들어 준다. 자신에게 맞는 루틴을 설계해서 이를 잘 활용하면 운동, 다이어트, 금연, 독서 등 작심삼일로 그치기 쉬운 일상의 결심을 얼마든지 끝까지 완수할 수 있다.

자신이 원하는 목표를 설정하고 이것을 이루기 위한 나만의 루틴을 만들어 보자. 좀 더 목표에 집중하고 몰입할 수 있는 행동을 설계해서 그것에 주의를 기울이다 보면 몰입도가 커지고 집중하는 시간도 늘어나는 것을 경험하게 된다. 일을 시작하기 전에 같은 음악을 듣거나, 주변을 정리하는 것도 목표를 달성하기 위한 일종의 의식과 같은 준비 과정이다. 매일 아침 상쾌하게 일어나고 싶다면 나의 아침을 설레게 만들 수 있는 장치를 만들어 보자. 반복되는 일상 속에서 행복한 아침을 맞이할 수 있도록 하는 나만의 루틴은 무엇일까?

나에게 맞는 루틴을 찾았다면 이제 지속시켜야 한다. 그 힘은 내가 해야 할 일들을 설레게 만드는 '작은 습관'이 된다. 집중력과 몰입을 위해서 바로 엔진을 가동하지 않고, 마음의 준비를 먼저 하는 것이다. 업무나 학업을 시작하기 전에 하고자 하는 의욕을 만들어 줄 수 있는 장치라면 무엇이든 좋다. 일상을 설레게 하는 작은 습관이 인생의 성공 패턴을 만든다. 인생이 즐거워지는 일상의 작은 습관인 나만의 루틴을 찾아 보자. 나만의 루틴을 만들면, 목표를 향해 나아갈 때, 지치고 힘든 순간에도 짜증나기보다는 가슴이 두근거리기 시작할 것이다.

∙∙ **이영실**

S멘탈코칭 대표, 멘탈코치, 교육학박사·KPC·PCC, (사)한국심리코칭협회 자문위원. 숭실대학교 겸임교수. 2018년 평창동계올림픽 은메달리스트 여자 컬링팀과 2018년 아시안게임 금메달리스트 볼링선수의 멘탈코치로 활동하였다. 현재는 국가대표 및 프로 선수와 지도자를 위한 멘탈코칭 프로그램을 연구하고 운영하고 있으며, 선수와 팀을 대상으로 1:1 코칭과 그룹코칭을 하고 있다.
이메일: inoleeys@naver.com
블로그: https://blog.naver.com/inoleeys

내 삶의 북극성

· 이용찬 ·

사실(fact)과 진실(truth)

많은 학자들은 코로나19바이러스는 수년 내에 극복될 것이나 세계는 코로나19 사태 이전(BC)과 이후(AC)로 구분될 것이라고 진단한다. 즉, 코로나19 이후의 세계는 그동안 우리가 살아왔던 세상과는 크게 달라질 것이라고 한다. 실제로 지금 사람이 서로 만나지 않는 비대면 시장이 점점 확대되고 있는 듯하다. AI기반의 4차 산업혁명을 헉헉대면서 뒤따라 가기도 힘들었는데 또 다른 세상이 올 것이라니 두렵기도 하고 한편으로 기대되기도 한다.

중세의 긴 사슬을 끊어 버린 증기기반의 산업혁명 이후 대량살상무기를 기반으로 한 패권제국주의, IT기술혁명으로 인한 글로벌화, 사람들의 생명현상을 신의 영역에서 과학영역으로 이끌어 낸 BT산업의 발달 등 역사의 수레바퀴는 한 번도 멈춤이 없었듯이 앞으로의 세상도 무수한 변화와 시행착오 속에 진행될 것이며 이 과정에서 변화를 선도하는 국가와 제대로 대응하지 못하는 국가 사이의 국력과 국부의 격차도 커져만 갈 것이다.

그러나 아무리 새로운 세상이 온다고 하더라도 사람이 지구라는 행성을 떠나서 사는 세상은 오지 않을 것이다. 우리는 새로운 세상을 이야기하지만 우리와 앞으로 후손들이 살아갈 하나뿐인 행성인 지구가 문명이 주는 편리함과 경제발전이라는 이름으로 몸살을 앓고 있는 아픈 현실에 대해서는 애써 눈감고 있다. 자본주의의 세계가 추구하는 발전이라는 이름은 지구의 자연과 환경의 파괴의 다른 이름이다.

"문명 앞에는 자연이 있고 문명 뒤에는 사막이 있다"는 프랑스 어느 작가의 말을 차치하더라도 플라스틱의 축적으로 특징지어질 수 있는 새로운 인류기가 시작된 1940년대 이후 지구는 매일 쏟아지는 거대한 폐플라스틱으로 중병이 들어 시름하고 있다. 지금도 태평양 어느 곳에는 한반도만 한 크기의 플라스틱 쓰레기 섬이 떠 있다고 한다. 하루에도 수천 톤의 썩지 않은 플라스틱 쓰레기들이 해양으로 밀려들어오고 있는 현실에서 우리 인류 앞날에 대한 절망을 본다. 플라스틱의 작은 조각들은 썩지 않은 채 분해되어 바닷물에 녹아들고 물고기들은 이 플라스틱을 삼키고 사람들은 다시 이 물고기를 통해 플라스틱을 먹게 된다. 자연의 순환성을 거슬리는 이 거대한 플라스틱의 음모는 경제발전이라는 각 국가의 욕망에 의해 이제는 거의 멈출 수 없는 배설물이 되어 버렸다. 언젠가 오염된 바다의 분노가 극에 달하는 날 인류는 어떻게 될 것인가.

이번 코로나19로 인해 약 100일 정도 전 세계가 공장 가동을 강제로 멈추게 되자 하늘은 푸른빛을 드러내고 인도에서는 수백 킬로 떨어진 히말라야 산 정상이 보이게 되었으며 남극지방의 넓게 구멍 뚫린 오존층이 다시 좁아지는 현상이 나타났다고 한다. 우리는 봄철 한반도에 그토록 많던 미세먼지 경보도 크게 감소하였음을 직접 경험했다. 사람에게 재앙에 가까운 코로나19가 아이러니컬하게도 지구의 입장에서는 오히려 오염의 백신 역할을 한 셈이다.

자본주의 경제체제는 인간을 욕망의 소비주체로 파악하고 있다. 지금도 각종 미디어는 기업을 대변하여 사람들도 하여금 더 많이 소비하라고 부추기고 있다. 유행을 만들어 조금 철 지난 것을 쓰레기로 버리게 하고 과잉생산을 통해 새로운 시장개척이라는 이름으로 더 많은 소비주체를 찾는 데 여념이 없다. 어쩌면 자본주의 경제체제는 지구의 생명을 담보로 연명하고 있다는 생각이 들기도 한다. 그렇다고 인간이 경제적으로 오랜 기간을 통해 길들여진 자본주의 경제체제를 당장 떠나서도 살 수 없으니 중요한 것은 자본주의 경제체제 속에 살면서 자신의 정체성을 물질적 풍족함이나 한 몸의 안락함에서 찾기보다는 인간 내면의 성숙함과 이웃과 자연에 대한 따뜻한 배려 속에서 '진실 바로 보기 운동'을 확대해 나가자는 것이다.

세계는 현재의 이익에 급급하여 사실만 있고 진실이 가려진 탈 진실(post truth) 시대가 되어가고 있다. 하나의 사실을 두고도 각 국가는 자국의 이익을 위해 달리 해석하고 서로의 감정을 자극하고 적대감을 키우는 양극단이 공존하는 시대에서 '진실을 볼 수 있는 눈'의 중요성은 그 어느 때보다도 크다고 하겠다. 우리는 몸체를 보지 못하고 조각조각을 진실인 양 퍼뜨리는 SNS를 비롯한 각종 미디어의 홍수 속에서 살고 있다. 사실 뒤에 가려진 '진실을 볼 수 있는 눈'이 있어야만 세상을 제대로 살아갈 수 있는 시대가 되어 버렸다.

어느 학자는 레고 조각이 사실이라면 레고 조각 하나하나를 조립해서 만든 완성체는 진실이라고 했다. 우리는 정치가들이나 자칭 영향력 있는 사회지도자들이 자신의 주장에 대한 근거로 내세우는 단편적인 레고 조각을 진실인 양 착각하고 일희일비하는 데 익숙해지고 있다. 진실을 볼 수 있는 통찰력과 늘 깨어 있는 마음으로 단편적인 사실에 기초한 선동을 냉철하게 바라볼 수 있는 바위처럼 흔들리지 않는 수준 높은 '진실을 볼 수 있는 눈'이 필요할 때다.

아무리 소비를 많이 해도 정신적인 공허함은 메울 수 없다. 오직 진실을 보는 눈만이 이 혼돈한 시대의 강을 건너는 조각배가 될 수 있을 것이다. 이러한 수준 높은 눈은 단편적으로 떠도는 SNS상의 지식이나 미디어의 상술에 기대서는 키울 수 없다. 수시로 좋은 책을 숙독하고 깊은 사색으로 자신의 내면의 성숙함으로 승화시킬 때 우리는 다른 사람의 생각이 아닌 나의 생각, 나의 삶의 철학으로 무장을 하게 될 수 있다.

인디언 체로키족인 할아버지와 할머니 아래서의 성장기를 그린 포레스트 카터의 『내 영혼이 따뜻했던 날들』에서 작가는 인디언의 말을 빌려 '사람의 배움이란 두 줄기를 가진 나무와 같다. 한 줄기는 기술적인 것으로 끊임없이 발전하고 변하여야 하는 것인 반면, 다른 한 줄기는 가치적인 것으로 굳건히 붙들고 변하지 않은 것이 좋다'고 적고 있다. 하루가 다르게 급변하는 시대를 살아가는 우리에게 시사하는 바가 큰 말이다. 코로나 이후의 시대에 대비하면서 많은 학자들이 급변하는 시대를 예고하고 있을 때 이를 수용하면서도 세상과 미래의 후손을 위해 굳건히 붙잡고 있어야 할 가치는 무엇일까를 곰곰이 생각해 본다.

가슴이 넓은 나무

나무는 위로 곧게 크는 속성이 있는 것과 옆으로 넓게 가지를 펴 가면서 크는 속성의 나무로 구분할 수 있다. 전자에 속하는 나무는 겨울눈이 가지의 끝부분에 있으며(이를 '정아(頂芽)'라고 한다) 후자에 속하는 나무는 겨울눈이 가지의 측면에 있다(이를 '측아(側芽)'라고 한다). 대부분의 침엽수는 정아지(頂芽枝)가 측아지(側芽枝)보다 빨리 자람으로써 원추형의 나무모형(crown form)을 유지하는데 이는 정아가 측아보다 더 발달하여 나무가 수직방향으로 위로 곧게 자라기 때문이다. 반면 대부분의 활엽수는 어릴 때는 정아우세(頂芽優勢)가 나타나서 원추형의 나무모형을 유지하지만 곧 이 현상이 없어지고 측아우세(側芽優勢) 현상이 나타나서 나무의 모형이 구형(decurrent form)의 형태가 된다.

위로 곧게 크는 정아우세의 나무는 주로 소나무, 전나무, 가문비나무 등 침엽수계통이며 측아우세로 가지를 옆으로 넓게 펴는 나무로는 느티

나무, 참나무, 회화나무 등 주로 활엽수 계통이다. 일반적으로 위로 곧게 크는 나무는 곁가지가 적어 큰 그늘을 만들지 못한다. 반면 측아가 발달하여 옆으로도 넓게 퍼서 자라는 나무는 스스로 큰 재목이 되기까지는 좀 더디지만 넓고 두터운 그늘을 만든다. 오래된 시골 마을 입구 쉼터에는 대부분 옆으로 넓게 가지를 펴면서 자라는 느티나무가 있다. 단오날 그 느티나무는 튼튼한 가지를 내주어 그네를 달게 하기도 하고 한여름 더위에는 넓은 그늘을 내어 마을사람들에게 사랑방을 내주기도 한다.

  직장생활 약 30여 년간을 회고해 보면서 사람 사는 모습도 나무 크는 모습과 비슷할 거라는 생각을 해본다. 일반적으로 자신의 출세욕이 강한 상사는 부하직원들의 인사보다 자신의 승진이나 영전을 최우선시하며 어떤 경우에는 직위를 이용하여 부하직원의 공로를 가로채기도 한다. 실제로 이런 상사를 만나면 무척 힘들다. 어쩌다 본인의 상사에게 질책을 받고 오면 부하직원들을 닦달하는 경우가 많기 때문이다. 내가 아는 어떤 분은 부하직원들을 혹사시키는 것으로 잘 알려진 분이었는데 그 덕분(?)에 승진도 빠르고 보직도 본인이 원하는 곳으로 잘 간 것으로 기억한다. 그러나 대부분 부하직원들이 그분을 인간적으로 좋아하는 사람이 많지는 않아서 따르는 사람이 별로 없었으며 결국 본인이 그토록 원하던 직위까지는 승진하지 못했던 것으로 기억한다. "관리자는 자신의 능력만큼 승진한다."는 피터의 법칙이 이 분에게는 맞아 떨어진 셈이다. 퇴직 후에는 더욱 옛 직장동료들과는 교류가 거의 없는 것처럼 보인다.

반면 역시 같은 직장 상사 한 분은 윗분들의 칭찬이 있을 때마다 그 공로를 부하직원의 노력 덕분으로 돌렸다. 혹시 본인의 상사에게 질책을 받고 사무실로 돌아올 때에도 자신의 의자에 조용히 앉아서 곰곰이 사색에 잠기던 모습이 기억에 새롭다. 인사철에는 그분의 인간적인 그늘이 좋아서 많은 직원들이 그분이 있는 과에서 근무하기를 지원했다. 그분과 함께 일한 부하직원은 동료직원들보다도 선두에 선 사람이 많았으나 정작 본인은 자신의 동료보다 앞서지는 못했다. 그러나 좀 늦기는 했지만 그분은 직장에서 고위직으로 승진하였으며 퇴직 후에도 많은 후배 직원들의 존경을 받고 서로 교류하며 지낸다. 부하들의 노력을 자신의 승진을 위한 수단으로 삼는 상사는 단기적으로 빨리 승진할 수 있을지 몰라도 그 한계가 있으며 따르는 부하직원이 거의 없어 인생의 긴 안목으로 보면 성공한 직장인이라고 하기는 어려울 듯하다.

　나는 딸아이가 직장에서 사회생활을 처음 시작하는 날 "혼자서 앞서 나가는 사람보다 네 주위에 좋은 사람이 모이게 하는 직장인이 되라"고 충고했다. 자신을 희생하면서까지 남을 앞세우기는 쉽지 않은 일이다. 그러나 인생은 단거리 경주가 아니라 긴 호흡이 필요한 마라톤 같은 것이다. 한 줄기에서 피는 꽃도 모두 동시에 피고 지지는 않는다. 먼저 피는 꽃은 먼저 지고 나중에 피는 꽃은 나중에 진다. 늦게 피웠다고 서러워하지 않고 먼저 피웠다고 교만하지도 않으며 옆에 핀 다른 꽃의 아름다움을 부러워하지도 않는다. 요즘처럼 경쟁에서 승리하는 것이 최고의 미덕이 되어 버린 세상에서 스스로 넓은 그늘을 만들 수 있는 느티나무 같은 사람이 되라고 권하고 싶다. 본인을 위해서, 그리고 함께 사는 행복한 세상을 만들기 위해서.

오해를 부르는 자의 잘못

　내 어릴 적 다녔던 시골 초등학교는 집에서 족히 3km는 되었다. 읍내를 거치지 않고 공동산(사람들은 언덕 같은 그 산을 '공동산'이라고 불렀다)을 넘어 가면 조금 단축할 수 있어서 늘 그 산을 넘어 다니곤 했지만 읍내 구경을 하고 싶은 날은 일부러 읍내 사거리와 기차역 앞 시장, 그리고 포목전들을 지나 하교하곤 했다. 초등학교 2학년으로 기억된다. 어느 날은 우리식구들이 새로 장만한 다른 집으로 이사를 가는 날이었다. 아침에 어머니가 학교 끝나거든 새로 이사 간 집으로 오라는 말을 듣고는 대문을 나서다가 싸리 울타리에 심어진 오이덩굴을 뒤져 아직 다 여물지도 않은 오이 두 개를 따서 가방에 넣었다. 이사 가면 남의 것이 될 것이니 조금 덜 여문 것일지라도 처분하자는 생각이었을 것이다. 그리고 하교하다가 목이 마를 때 오이는 꽤 요긴한 간식거리가 될 수 있었다.

　나는 그때 학급 반장을 맡고 있었는데 책을 읽는 것을 좋아해서 가끔 하굣길에 그 공동산 정상에 있는 큰 나무 아래의 널찍한 돌 위에 앉아서 책을 읽다가 오기도 했었다. 그날도 여느 날처럼 학교가 파한 후 학급문고를 정리하고 읽을 책을 한 권 준비하여 집으로 오던 길이었다. 공동산을 다 오르고 나서 늘 쉬어 가던 바위 위에 앉아 아침에 집에서 나올 때

따가지고 간 오이를 먹으면서 책을 읽고 있었다. 그때 갑자기 어떤 키 큰 아저씨가 나타나서는 다짜고짜로 내 멱살을 잡더니 뺨을 때리며 호통을 치기 시작하는 것이었다. "너 이놈, 오늘 잘 걸렸다. 그동안 밭에 오이가 자꾸 없어진다 했더니 네 놈이 따 먹었구나. 어디 오늘 맛 좀 봐라. 요놈." 하면서 여기저기를 때리는데 정신이 없었다.

맞는 중에도 잠시 정신을 차리고 보니 그 공동산 길옆에는 밭이 있었는데 그 밭이 바로 오이 밭이었다. 그 아저씨는 내가 먹고 있는 오이를 자기 밭에서 훔쳐 먹고 있는 줄로 오해하고는 나를 때리는 것이었다. 지금 생각하면 설사 몰래 따 먹었다고 하더라도 오이 한두 개에 어린이를 그렇게 때려서는 안 되는 것이었지만 어린이가 제대로 대접받지 못하던 시절인지라 아무리 해명을 해도 먹혀들지가 않았다. 결국 울음을 터뜨리고 말았고 울다 보니 억울해서 더 크게 울게 되어 하려던 말은 자꾸만 목구멍으로 다시 삼켜져 버렸으니 그 분함은 참으로 참기 어려웠다.

맞아서 아픈 것보다 학교에서 반장이자 모범학생으로 칭찬받던 내가 어이없게도 오이도둑으로 몰리는 그 상황이 더 억울했다. 지금 생각하면 경찰서에 가서 그 사람을 폭행죄로 고소라도 했을 텐데 어릴 적에는 그 생각도 미처 하지 못했다. 집에 들어가서 부모님께 말씀드릴까도 했지만 이사에다가 집 정리로 종일 바쁘신 분들 앞에 차마 그 얘기를 꺼내지 못하고 결국 흐지부지되었지만 가슴속 그 아저씨에 대한 분함은 시간이 지나도 가시지 않는 미움으로 남게 되었다. 난 아무 잘못도 없는데 그 사람만 정말 나쁜 사람 같았다.

그렇게 세월은 흘러 고등하교 2학년 한문 시간이었다. 마침 그날 배운

한 문장이 어릴 적 그 기억을 떠오르게 했고 나를 크게 깨우치게 했다. 그 한문의 문장은 '과전불납리 이하부정관 (瓜田不納履 李下不整冠)'(중국 古詩 君子行편)이라는 문장이었다. '외밭에서 벗어진 신발을 다시 신지 말고, 오얏나무(자두나무) 밑에서 머리에 쓴 관을 고쳐 쓰지 말라'는 뜻으로 외를 따거나 오얏을 따는 혐의를 받기 쉬우므로 조심하라는 뜻이다. 그렇다. 나는 그날 딱 오해받을 행동을 했다. 하필이면 남의 오이밭 옆에 앉아서 오이를 먹고 있을게 무언가. 나를 때린 그 아저씨가 오해할 수 있는 빌미는 내가 제공했으며 주위를 잘 살피지 않는 나의 잘못도 적지 않았다는 생각이 드는 것이었다. 그러면서 10년 가까이 품고 있던 그 아저씨에 대한 미움은 오히려 나 자신의 분별없는 행동을 반성하는 교훈으로 남게 되었다.

우리가 살아가면서 피할 수 없는 논쟁이나 다툼은 서로 좋은 결론을 얻기 위해 필요한 경우도 있지만 대부분의 논쟁은 서로에 대한 오해에서 비롯되는 경우가 많으며 논쟁이 격화될수록 대화단절이나 증오로 끝나는 경우가 많다. '논쟁은 누군가의 깊은 생각(숙고)이 부족하기 때문에 발생한다.'는 어느 철학자의 말처럼 우리는 끊임없이 누군가를 오해하면서 살아간다.

SNS상에는 서로 좋은 댓글(선플)보다는 욕으로 점철된 댓글(악플)이 난무하고 이로 인해 결국 법정공방으로까지 비화하는 경우가 많은 시대가 되고 있다. 정직한 마음으로 당당하게 행동하는 것도 중요하지만 공연히 남에게 자신의 정당한 행위가 왜곡당하지 않도록 언행에 각별히 조심해야 할 것이다. 언젠가는 그 오해가 풀리겠지만 오해가 풀리기까지

소요되는 긴 시간과 노력과 마음의 상처, 그리고 틀어진 인간관계는 좀처럼 회복하기 힘들 것이기 때문이다.

·· **이용찬**

한국은행에 입행하여 과장으로 재직하던 중 IMF외환위기 이후 금융감독기관 통합 시부터 금융감독원에서 근무하다가 2009년 국장으로 퇴직하였다. 상호저축은행중앙회 부회장과 농협은행 상근감사위원을 역임하고 현재 법무법인 충정(유) 고문으로 재직 중이다. 중앙대학교 법과대학에서 박사학위를 취득하였으며 동 대학에서 객원교수, 농협대학에서는 겸임교수를 역임하였다. 현대문학정신을 통해 시인으로 등단하여 시집 『흔들리며 살아도』, 『내 안의 그대』를 발표하였다. 산림청 인증 숲해설전문가로서 숲과 인문에 관한 강의를 하고 있다.
이메일: yongchan53@gmail.com

지금 뭐하는 시스템?

· 최동하 ·

어쩌다 보니 - 1

내가 코칭을 하고 강의를 하게 된 것이 10년을 훌쩍 넘었다. 전문가가 된 것이다. 그 유명한 1만 시간이 될는지 모르겠지만 꽤 오래도록 이 일을 열심히 해 온 셈이다. 코칭을 처음 배울 당시 나는 광고회사를 운영하고 있었고 나름 커뮤니케이션 전문가로 활동하고 있었다. 코칭이란 행위가 나에게 어렵지 않게 받아들여진 것도 이 때문일 것이다. 광고가 대중을 상대로 하는 커뮤니케이션이라면, 코칭은 개인을 상대로 하는 커뮤니케이션이라 여겨졌다. 광고가 상업적 성과를 중시한다면 코칭은 개인의 성장을 돕는 일이었다. 당시 광고만 20년을 넘게 해 오던 나는 왠지 개인의 성장을 돕는 일이 무척 매력적인 일로 보였다. 게다가 상대를 온전한 존재로 본다는 코칭의 대전제가 그동안 오직 경쟁의 프레임 속에서 직무를 수행하던 나에게 커다란 울림이 되었다.

어쩌면 경쟁의 전장 속에서 어느 정도 지쳐 가고 있을 때였을 지도 모르겠다. 그 이후 한 5년 정도 오버랩 기간을 거치면서 지금은 코칭 회사를 운영하는 대표가 되어 있다. 광고인으로서 살아오면서 나는 소위 전문가임을 자처했다. 업 자체가 전문인으로서 정체성이 없으면 버티기 힘든 직종이기 때문이다. 학교 졸업 후 2년의 직장 경력을 뒤로하고 광고회사 신입사원으로 입사할 만큼 광고는 나의 천직이었다. 그래서 즐기며 일했고 전문가의 길을 걷는 데 조금의 망설임도 없었다. 코칭을 배우고 코치가 되면서 전문가의 길을 걷는 것은 내겐 당연한 것이었다. 전문가라는 개념이 나에겐 뭘 하든 기본 조건이 된 것이다.

그래서 열심히 배우고, 자격증 따고, 뒤늦게 박사학위까지 받았고 부지런히 코칭 활동을 하고 있다. 그런데 이 코칭은 광고업계와는 달리 그 수요가 아직 많지 않다. 광고회사는 경쟁은 심하지만 시장이 워낙 커서 전문가들의 활동이 활성화되어 있다. 코칭은 내가 시작할 당시인 10여 년 전에 비해 그 수요가 다른 산업에 비해 큰 폭으로 증가하지 않았다. 나 정도 되는 코칭 전문가도 그동안 많이 배출되었다. 그래서 많은 코치들이 우리나라 코칭산업의 발전에 아쉬움을 느끼고 있는 실정이다. 여러 코칭 회사들과 코치들이 각계에서 노력을 많이 하고 있지만 코칭에 대한 수요는 매우 느린 속도로 증가한다. 여러 가지 원인이 있겠지만 그리고 그것이 당연한 것일 수 있겠지만 코칭이 좋아서 코칭 전문가가 되고 있는 코치들의 직업적 욕구를 충족시키기엔 그 수요가 턱없이 부족하다.

　지금까지의 이야기는 내가 느끼고 있는 코칭산업의 발전에 관한 문제의 제기로 보인다. 그러나 지금부터 할 이야기는 사뭇 다른 것이다. 물론 결과적으론 코칭산업의 발전에도 적용이 되리라 생각하면서 서론의 주제로 다룬 것이긴 하다. 어떤 일이든 누구든 뭔가 결과적으로 성과를 내고 발전을 하려면 목적의식을 가지고 분명한 목표를 향해 매진해야 한다고 한다. 이것은 절대 명제처럼 우리의 머릿속에 새겨져 있다. 그리고 많은 성공 사례가 이를 입증한다. 그런데 성공한 많은 사람들이 목표 같은 건 따로 없었고 어떻게 하다 보니 그렇게 되었다는 말도 수없이 많이 한다. 이건 뭔가? 운이 좋았다고 하기도 한다. 정말 운일까?

어쩌다 보니 - 2

　위에서 나는 나의 이력에서 볼 수 있는 전문가의 길을 언급했다. 광고업계에서의 전문가와 코칭업계에서의 전문가의 활동 상황도 비교했고 시장과 수요의 규모에 대한 아쉬움도 살폈다. 그러다가 목표와 목표 없음이 주는 아이러니도 말했다. 이런 것들이 무슨 관계가 있을까? 결론부터 말하면 엄청난 연관성이 있다. 물론 한 가지 아직 거론하지 않은 개념이 있다. 지금부터 그 얘기를 하고자 한다.

　최근 어떤 책을 번역하면서 관련된 참고 사항을 찾아보다가 '시스템 사고(Systems Thinking)'를 다시 만나게 되었다. 이 시스템이란 개념은 사실 거의 20년 전 무렵에 여러 분야에서 도입하던 것으로 기억하고 있고, 코칭을 시작하던 때에도 왜 그랬는지 모르겠지만 관련 책을 구해 조금 읽다 만 그런 인연이 있는 터였다. 그때까지 기억으론 시스템 사고는 시스템 다이나믹스와 관련이 있고 여러 가지 현상의 인과관계를 분석해서 문제를 발견하거나 예측을 하는 그런 것이었다. 아마 복잡계 이론에 대한 관심을 갖게 되면서 함께 살펴본 부분이 아닌가 싶다. 그렇지만 별로 피부에 와닿지 않아서인지 이해가 부족해서인지 나의 관심 밖으로 밀려 있던 개념이고, 요즘엔 이걸 잘 다루지 않는 걸로 알고 있었다. 그런데 이번에 만난 '시스템 사고'는 달랐다. 내가 찾아낸 것이 아니라 그가 찾아온 것 같은 느낌이랄까.

먼저 구글의 각종 아티클과 유튜브의 동영상 강의를 살펴보면서 전에 보지 못했던, 아니 봤어도 그냥 지나쳤던 중요한 내용들이 눈에 들어왔다. 사실 이 분야의 전문적인 부분은 지금 봐도 잘 모르겠다. 중요한 건 내 눈에 새롭게 들어온 부분이다. '시스템 사고'에서 가장 중요한 것은 피드백이다. 여기서 말하는 피드백은 우리가 흔히 말하는 소통의 피드백은 아니다. 다분히 공학적인 분위기로서 어떤 시스템이 작동되기 위해 시스템의 요소들이 인과 관계를 이루면서 반복되는 회로를 의미한다. 쉽게 말하면 좋은 시스템은 그 요소들이 피드백을 이루면서 유지되거나 발전하고, 나쁜 시스템은 붕괴되거나 악화되는 것이다. 어떻게 보면 모든 것이 시스템이라는 생각이 들었다. '작동'되는 건 모두 시스템이었다. 그것이 공학적 기계이든, 사회적 현상이든, 개인적 상황이든, 시스템이 그것들을 움직이고 있었다. 당연한 말 아닌가. 그런데 이게 왜 나에게 새롭게 다가왔을까.

느지막이 공부를 하면서 한 가지 몸에 배인 게 있는데 어떤 새로운 이론이나 개념을 만나면 먼저 나에게 적용해 보는 것이다. 가장 확실한 실험 대상은 나였다. 나에게 적용이 안 된다면 그걸 어디에 적용한다는 말인가. 물론 모든 것이 그렇진 않겠지만 적어도 내가 공부하는 분야는 주로 인문적 분야이기 때문에 보편성을 중시하면서 그랬던 것 같다. 아무튼 '시스템 사고'를 나에게 적용해 보았다. 질문을 해 보았다. 나는 어떤 시스템을 지니고 있나? 나는 건강을 위해 어떤 시스템을 갖고 있나? 나는 코칭 사업을 위해 어떤 시스템을 운용하고 있나? 나는 가정의 시스템을 어떻게 만들어 왔나? 간단하고 늘 할 수 있는 질문이지만 '시스템'이라는 어휘가 들어가면서 새로운 질문으로 다가왔다. '시스템'이라는 개념을 새롭게 이해하고 던져 본 이 질문에 나는 자신 있게 답할 수 있는 부분이 없다는 것을 깨달았다. 무엇을 어떻게 재점검하고 시스템을 재건해야겠다는 생각을 하게 되었다. 오래전에 인연을 맺었던 그 '시스템'이 나를 찾아온 것이다. 고맙게도…… 어쩌다 보니……

하긴 이 '시스템'이란 말을 장난삼아 많이 하곤 했다. 다들 그랬다. '지금 뭐하는 거야?'를 '지금 뭐하는 시스템?'이라고 했었고, '뭐 이런 저런 내용이야'를 '뭐 그런 시스템이야'라고 하기도 했었다. 요즘은 이런 말을 잘 안 하는 것 같다. 그리고 '시스템'은 대체적으로 어떤 조직의 체계나 어떤 사안의 구조적 메카니즘을 의미하기도 한다. 이 글에서 말하는 '시스템'은 일반적으로 말하는 시스템과는 차이가 있다. 시스템이라는 전체성은 같은데 그것을 이루는 하위 요소들이 그냥 분류되어 구성되는 것이 아니라, 인과 관계로 이루어진 피드백 회로로 설명되는 고유의 구조를 의미한다. 그 피드백 회로 안에 결과를 부정적으로 혹은 마이너스 방향으로 만들고 있는 인과 관계가 발견되면 그 부분을 교정해서 온전히 생산적인 시스템으로 전환한다는 얘기가 되겠다. 여기서의 '시스템'은 역동적이며 결과를 향한 실질적인 작동이 전제가 된다. 요소들의 인과 관계를 정확하게 이해하면서 피드백 회로를 그려 내는 것은 쉬운 일이 아니며, 이 부분은 '시스템 사고'의 부모격인 '시스템 다이내믹스'에서 다루는 전문적인 분야이다. 여기서 이야기하고자 하는 '시스템 사고'의 취지는 현재의 상황이나 현상을 이루는 요소들과 그것들의 전후 관계를 살피면서 그것들이 어떤 맥락 속에서 어떤 결과를 낳고 있나를 본다는 것이다. 과정과 결과를 동시에 볼 수 있는 통찰을 제공한다.

전문가와 시스템

전문가는 좋은 시스템을 이루는 필수 요소이다. 조직에서 역량 있는 전문가가 배치되어 있으면 그만큼 조직의 경쟁력은 올라간다. 인사 관리에서 우선적으로 고려하는 사항이다. 우수한 인재를 확보하는 것이 바로 경쟁력이라는 것을 모르는 사람은 없을 것이다. 그런데 이상하 게, 우수한 인재가 들어와도 생각만큼 성과가 안 나오는 경우도 적지 않다. 조직 문화 때문이라고 한다. 그렇게 말하면 뭔가 수긍하는 분위기다. 이런 식으로 멀쩡한 고급 인력이 조직 속에 용해되는 경우가 많다. 전문가가 구태의연한 조직 속에 있게 되면 그 전문가는 자신의 역량을 제대로 발휘하지 못하는 것이다. 그러면 우수한 전문가만 모여 있는 조직은 어떨까? 전문가만으로 구성된 조직이지만 그냥 구성된 상태의 모습이면 이 역시 마찬가지다. 역할이 주어지고 기본적인 체계를 갖추겠지만 성과를 내기 위한 정교한 '시스템'이 마련되지 않으면 흔히 말하는 파레토의 법칙(전체의 20%가 80%의 성과를 낸다)을 벗어나지 못한다.

전문가는 좋은 시스템을 이루는 데 필수적이지만, 전문가가 있다고 해서 반드시 좋은 시스템이 이루어지는 것이 아님을 직시해야 한다. 전술했듯이 전문가의 모임 그 자체가 좋은 시스템일 수 없다. 동양 고전인 대학(大學)에 물유본말(物有本末)이란 말이 나오는데 이는 모든 일엔 질서가 있다는 의미로 쓰인다. 여기서 '시스템'은 본(本)에 해당되어 먼저가 되고, 전문가는 말(末)에 해당되어 나중이 된다. 좋은 '시스템' 안에서 전문가가 제 몫을 다 한다고 보면 된다. 이렇게 말하면 다시 조직문화와 회사 시스템을 탓하게 될지도 모르겠다. 이것이 내가 강조하고 싶은 우리들의 맹점이다. '시스템'이 먼저라고 해서 그것이 조건이 되면 안 된다. 시스템을 먼저 만들어야 한다는 의미로 관점을 바꾸어야 한다. 누군가 만들면 된다는 생각도 착각이다. 그런 일은 영원히 안 일어난다. 내가 존재하는 한, 내가 속할 시스템은 내가 만들어야 한다. 내가 없으면 시스템도 없다. 내가 있으면 시스템도 있어야 한다. 그런데 나는 있는데 시스템이 없는 게 나의 모습이다. 혹은 나는 있는데 나쁜 시스템이 있는 게 나의 모습이다.

내친김에 도움될 만한 구절을 하나 더 소개한다. 불교의 임제종의 임제

선사가 지은 임제록이란 책에 이런 말이 있다고 한다. 수처작주 입처개진(隨處作主 立處皆眞): 어떤 상황이든 주인됨을 잃지 않으면, 바로 그곳이 진리이다는 문장인데, 삶의 주체성을 의미하는 말이다. '시스템'은 누가 따로 만드는 게 아니라 바로 내가 만들어야 하는 것이고 그렇게 만들어진 '시스템' 안에서 '나'라는 전문가가 제대로 활동하는 것이다. 이것은 바로 필자의 경우와 직접 연결되어 있다. 아무리 코칭 전문가일지라도 성과를 내기 위한 효과적인 '시스템'을 갖추지 않으면 결국 환경 탓만 하는 루저가 될 수 있다. "당신이 환경을 만들지 않으면 환경이 당신을 만들 것이다."라는 말도 있지 않은가. 코칭 시장이 활성화되지 않아서, 수요가 증가하지 않아서 어떻게 할 수가 없다는 생각은 절대 불필요한 핑계일 뿐이다.

어떤 '시스템'을 만들어야 하는지는 각자의 몫이다. 모든 사람에게 유용한 '시스템'은 없다. 나에게 맞는, 내가 원하는 것을 만들어 내는 나만의 시스템부터 만들면 된다. 어릴 때 했던 시간표를 만드는 것도 좋을 수 있다. 요일별로 반드시 해야 하는 행동을 정하고 끊임없이 반복하는 것도 좋을 것이다. 먼저 이러한 일련의 행동들이 결과를 만들어 내는 그림을 미리 그려 보아야 한다. 코치들이 가끔 하는 바람직한 결과를 상상해 보는 것보다 더 좋은건, 행동들의 전후 관계를 고려해서 어떤 흐름과 과정을 포함해서 시나리오를 작성하거나 도표로 그려 보는 것이 '시스템 사고'에 해당될 것이다. 개인적인 시스템을 만들면서 동시에 코칭 업계가 만들어야 할 '시스템'을 생각해 볼 일이다. 코칭산업이 보다 활성화되기 위한 '시스템'은 무엇인가? 이 역시 코칭 업계 밖에서 찾으면 안 된다. 바로 우리들이 해야 할 우리들의 일이다.

목표와 시스템

목표는 코칭에서 가장 중요하게 여기는 대상 중의 하나다. 고객이 누구이든 목표 설정이 되지 않으면 사실 코칭은 방향을 잃게 된다. 그렇게 되면 코칭의 효과성이 떨어지고 고객의 만족도도 약해진다. 코칭 목표가 분명하지 않으면 코칭의 완성도는 50% 이하로 떨어진다. 코칭은 철저히 기능적인 대화이다. 코칭 자체는 매우 훌륭한 '시스템'을 갖추고 있다. 코칭 프로세스 안에 있는 구조와 패턴을 잘 따라 하기만 해도 50% 이상의 완성도를 기대할 수 있다. 거기서 가장 중요한 것이 목표 설정이다. 그런데 목표가 잘 설정되어도 그 목표를 달성할 수 있는 과정 설계와 실천 계획이 허술하면 용두사미가 될 가능성이 높아진다. 성과를 내는 목표를 설정했으면 그 목표가 달성될 수 있는 '시스템'을 그려 낼 수 있어야 한다.

최근에 나는 기업의 리더를 코칭하면서 '시스템'에 대한 질문을 한다. 그러면 주로 회사 시스템을 얘기한다. 일의 프로세스를 얘기하고 조직의 구성을 얘기한다. 현재 시스템의 문제를 얘기하기도 한다. 나는 또 질문을 한다. 바라는 성과를 내기 위해 어떤 시스템을 운용하고 있는지 묻는다. 처음엔 대답을 잘 못한다. 약간의 설명을 하고 다시 묻기 시작하면 구성원들의 역할과 더불어 업무 구성도와 흐름을 그림을 그리면서 대화를 하게 된다. 그 과정에서 새롭게 발견되는 점이 나타난다. 왜냐하면 '시스템'을 단순히 조직의 구조와 업무의 프로세스 정도로 생각했다가, 어떤 결과를 내기 위한 역동성을 고려해 그것이 잘 작동되고 있는지를 볼 수 있도록 그림을 다시 그려 보면서 역할의 효율성, 일의 흐름을 재검토하게 되기 때문이다.

성과를 최대화하기 위해 매끄러워야 할 팀 내 업무 흐름 혹은 외부와의 교류에서 병목 현상이 발견되는 경우도 있고, 소위 핵심 인재의 역할이 제대로 활성화되지 못하는 원인이 발견되기도 한다. 물론 이런 것이 반드시 시스템 사고적 접근으로만 이루어지는 것은 아니다. 또한 조직 리더라면 대강 파악하고 있는 부분일 수 있다. 그러나 내가 경험했듯이 이들도 '시스템'이라는 개념을 이해하면 할수록 리더로서의 성찰이 깊어지는 것을 경험한다. 제4차 산업혁명을 선언한 걸로 유명한 클라우스 슈밥은 최근 저서 『The Next』의 맨 마지막 부분에서 '시스템 리더십'을 강조하고 있다. 불확실한 미래에 대한 집단적 노력을 '시스템'에서 찾고 있는 것이다. '시스템 사고'는 20년 전에 나왔다가 사라진 진부한 방법론이 아니고 미래를 이끌어 갈 핵심적인 솔루션이다.

한편 서론에서 언급한 목표 없이 성공한 그분들은 어떻게 된 걸까? 나는 주변에 자수성가한 사람들을 본다. 그분들도 역시 겸손하게 운을 얘기하기도 하고, 그저 열심히 했을 뿐이라고 얘기한다. 그러나 적어도 내가 본 그들은 결코 무작정 두서없이 일을 했던 사람들이 아니다. 그들이 어떤 목표를 지니고 있었는지 모르지만 지금 생각해 보면 그들만의 '시스템'을 분명히 가지고 있었던 것 같다. 뭔가 반복적으로 매우 성실하게 실천하고 있었다. 그들이 그것을 '시스템'이었음을 알았든 몰랐든 그런 것이 성공한 사람들의 패턴임은 확실하다. 목표와 목표 없음이 주는 아이러니를 이해하는 해법은 '시스템'이 쥐고 있는 것이다. 그래서 우리는 돌아봐야 한다. 지금 뭐하는 시스템?

.... **최동하**

KBC파트너스의 CEO/대표코치. 국민대 문화심리사회학 박사. 단국대 경영대학원 겸임교수. 30여 년간 광고 커뮤니케이션 분야에서 일을 해 왔고 코칭도 커뮤니케이션 분야로 인식하면서 10여 년 전부터 전문코치(KSC, PCC)의 길을 걷고 있다. 주로 경영자와 조직의 리더를 코칭하며 조직문화를 코칭으로 새롭게 하는 활동을 하고 있으며 전문코치를 양성하고 있다.
이메일: hwanta@netsgo.com

MY LIFE
MY FUTURE

미래준비
·
열정

작심삼일의 무한 반복

· 김소이 ·

미래에 대해 기대감을 갖는 것은 희망을 담보로 하기 때문이다. 미래가 불행할 수밖에 없다면 기대할 것이 없고, 더불어 침울할 수밖에 없다. 하지만 대개의 사람은 미래가 지금보다 나을 것이라 기대하기 때문에 현재의 시간을 허투루 보내지 않고 노력한다. 끝없는 자기 계발과 교양 및 지식의 축적은 미래를 더욱 값지게 살고 싶다는 의지의 표현이다. 또한, 지금보다 더 풍요로운 미래를 간절히 바라고 있기 때문이다.

돌이켜 보면 내 인생도 쉼 없는 자기 계발과 노력으로 점철돼 있다. 어쩌면 지나친 자기착취일 수 있다. 뭔가에 매진하지 않고, 새로운 것에 도전하지 않으면 불안하고 재미가 없다. 새로운 도전을 할 때 짜릿함을 느끼고 작은 성과를 얻어냈을 때 성취감에 싸인다. 그러니 보편적 시각으로 보면 자기학대나 자기착취가 맞다. 잠시도 쉬고 있는 나를 스스로 인정하지 못하기 때문이다. 그러나 고달프다는 생각보다는 기쁘고 만족스럽다. 그러니 그렇게 사는 것이다.

지금, 이 순간 누리는 작은 행복과 여유가 이전에 끊임없이 노력하고 자기 성장을 시킨 결과라는 확신이 있다. 그 신념이 무너지지 않는 한 나는 오늘도, 내일도 계속 정진할 것이다. 도전하는 삶이 아름답다는 신념은 우연히 생겨난 것이 아니다. 오랜 시간 경험하고, 느끼고, 생각하며 굳어진 것이다. 그래서 신념이란 표현을 사용한다. 신념이란 한번 형성하기가 어렵기도 하지만, 한번 형성되면 쉽사리 무너지지도 않는 특징을 갖는다. 그러니 나의 신념은 견고하고 그만큼 오래갈 것이다.

내 그림은 내가 그린다

인생은 이미 그려진 그림을 감상하는 것이 아니라 끊임없이 새로운 그림을 그리는 것으로 생각한다. 내 손으로 붓을 잡고 갖가지 색상의 물감을 묻혀 가며 드넓은 도화지에 그림을 그려 나가는 과정이라고 생각한다. 어떤 크기의 붓을 잡을까, 어떤 색의 물감을 찍을까, 어디에 어떤 그림을 그릴까를 생각하며 하루하루를 보낸다. 나는 주로 밝은 색상의 물감을 사용한다. 파란 하늘색과 풀빛 연두색을 많이 쓴다. 그래야 전체적으로 그림이 밝아지기 때문이다. 노란색 물감도 자주 쓴다.

중요한 것은 내 그림을 내가 그리고 있다는 점이다. 누구에게 맡겨 밑

그림을 그리게 하고 색상을 칠하게 하지 않고, 내가 모든 과정을 그려내고 있다는 점이다. 오늘의 그림을 그리면서도 나는 내일의 그림을 준비한다. 도화지가 꽉 차게 큰 그림을 그린다. 도화지가 모자라면 한 장을 덧대고, 그것도 모자라면 한 장을 더 덧대어 넓혀 나간다. 그러면서 그림은 점점 커진다.

나의 꿈이 담긴 그림을 그리기 위해 다양한 크기의 붓을 준비했고, 다채로운 색깔의 물감도 준비했다. 그림을 더 크게 그릴 수 있도록 많은 도화지를 준비하는 일도 잊지 않았다. 나는 그림 그리기를 멈추지 않았다. 앞으로도 나의 그림 그리기는 계속될 것이다. 그림을 그리는 것은 나의 꿈을 실현해 나가는 과정이다. 나는 그림을 그리며 내일을 준비한다. 무엇보다 중요한 것은 내 그림을 바로 나 스스로 그리고 있다는 점이다. 누구의 상상도 아닌 내 상상과 꿈을 내가 직접 그리고 있어 나는 행복하다.

무너졌다 다시 일어나는 것이 인간

난 다시는 일어설 수 없을 것 같은 큰 시련을 경험했다. 시련은 한 번이 아니었다. 시련의 크기는 다르겠지만 다시는 일어설 수 없을 것 같던 아주 큰 시련만도 서너 번은 된다. 하지만 그냥 주저앉을 수가 없었다. 다시 일어나서 앞으로 나아가야 했다. 상처가 깊어 일어설 용기가 나지 않았지만 일어섰고, 다시 발을 내디뎠다. 첫발을 내디디려 하자 세상에 대한 공포가 밀려왔지만 굴하지 않았다. 또 넘어지면 다시 일어서겠다는 각오로 새롭게 나아갔다. 첫발을 내딛기가 어려웠지만 두 번째 발을 딛기는 그보다 쉬웠다.

절대 다시는 넘어지지 않겠다고 다짐을 하고, 조심했지만 얼마 가지 않아 또 돌부리에 걸려 넘어지고 말았다. 무릎이 까이고 손바닥도 상처를 입었지만 주저앉아 있을 수는 없었다. 한 번 넘어졌다가 다시 일어선 기억은 두 번째 넘어져 다시 일어서고자 할 때 한결 더 쉽게 박차고 일어설 수가 있었다. 처음 넘어져 상처를 털고 일어선 경험이 두 번째 좌절을 극복할 수 있게 해 주었다. 두 번을 넘어진 뒤에는 세 번째 좌절이 두렵지 않았다.

아이가 걸음을 배울 때 수도 없이 넘어지기를 반복하지만, 결국은 털고 일어나 걷고 달릴 수 있게 된다. 넘어진 아이는 누가 일으켜 주지 않아도 제 힘으로 일어선다. 처음엔 일어설 때 힘을 들이지만 두 번, 세 번 횟수를 더해 갈수록 한결 더 쉽게 일어선다. 넘어지는 것도 더 두려워하지 않는다. 아이가 걸음을 배우기까지는 대략 수천 번 넘어지고 일어서기를 반복한다고 한다. 세상 모든 사람 중 그렇게 넘어지고 일어서기를 반복하지 않고 곧바로 걸음을 배운 이는 없다. 세상 사는 이치는 그와 같다.

완벽한 인간은 없다

젊은 시절 나는 완벽해지고 싶어 했다. 무엇이든 잘하는 사람이 되고 싶었고, 누구와 경쟁하든 이기고 싶었다. 실수하지 않으려고 부단히 애를 썼다. 누군가와의 경쟁에서 밀리면 조급한 마음에 잠을 이루지 못했다. 인생은 최고를 향한 끊임없는 도전이라고 생각했다. 누구와 어떤 경쟁을 하더라도 지지 않고 전승을 거두며 살아야 한다고 생각했다. 완벽한 사람으로 기억되고 싶었다. 그것이 젊은 시절의 내 모습이었다.

하지만 그것이 나의 욕심이었다는 사실은 세월이 흘러가며 알 수 있었다. 조금씩 양보도 하고 때로는 지기도 하면서 사는 것이 진정 성공한 삶이라는 사실을 알기까지는 그리 오랜 시간이 걸리지 않았다. 내가 목표하는 큰 그림을 흐트러뜨리지 않는 범위에서 조금씩 덧칠을 하며 그림을 그려야 한다는 사실은 세월이 가르쳐 준 교훈이었다. 생각이 성숙해지고 마음이 관대해지면서 완벽함이 없음을 인정하는 것이 완벽에 가까워지는 것이란 사실을 깨달았다. 그 깨달음 뒤에 보이는 세상은 한없이 넓었다.

많이 실패하고 많이 극복해 본 경험은 내 인생의 참 스승이었다. 큰 시련을 한 번 겪을 때마다 내 마음속 면역력은 커졌고, 그 면역력으로 인해 웬만한 고통은 달게 받아낼 수 있게 되었다. 세상을 살다 가는 동안 시련 한번 겪지 않고, 평온한 삶을 살다 가는 이는 없다. 누구나 시련을 겪고 그러면서 내면의 성장을 이룬다. 이런 면에서 큰 시련을 여러 차례 경험한 나는 무엇이든 도전하고, 시작할 수 있는 자세를 갖게 되었다. 그래서 새로운 일에 대한 별다른 두려움 없이 거듭해서 새로운 일에 도전하고 있다.

나는 작심삼일을 무한 반복한다

　누구나 그러하듯 나 역시 의지가 박약해 마음먹은 일을 세차게 몰아붙이지 못한다. 의지가 약하다 보니 중간에 포기하고 싶은 충동도 자주 느낀다. 하지만 그것은 충동으로 끝날 뿐이다. 실제로 중도 포기한 적은 없다. 주위 사람들을 둘러보면 어떤 일을 하든 유난히 쉽게 포기하는 이들을 본다. 그들은 대개 새로운 일의 시작에 호기심을 보이고 참여하기를 희망하지만 이내 포기하고 만다. 무엇 하나 성과를 내지 못한 채 그대로 주저앉기를 반복한다. 그러면서 계속 또 다른 새로운 일을 찾고 시작한다.

　세상에 의지가 강하고 무슨 일을 하면서 초심을 잃지 않는 이는 드물다. 매우 강인하고 올곧은 성품의 소유자라 할 수 있다. 나는 쉽게 포기하는 성격도 아니지만 그렇다고 뚝심 있게 일을 처리해 나가는 성격도 못된다. 나는 의지가 약해지고 초심을 잃어 가면 이내 다시 마음을 추스르는 성격이다. 그래서 내가 나에게 '작심삼일의 무한 반복'을 주문한다. 포기하지 말고 마음이 느슨해지면 다시 새롭게 각오를 다지기를 반복하자는 의미이다. 작심삼일이 모이면 중간중간 끊김이 있을지언정 일을 성취할 수 있다.

　세상엔 의지가 강인한 사람보다 의지가 박약해 포기하고 싶은 충동을 느끼는 사람이 훨씬 더 많다. 그러나 그 상황에서 포기하느냐, 포기하지 않고 마음을 다시 추슬러 다시 시작하느냐의 차이는 크다. 그래서 작심삼일의 무한 반복을 주문한다. 마음이 느슨해지면 다시 결심하고, 충전하여 새로운 동력을 찾아 나가기를 반복하자는 것이다. 그러면 끝을 볼 수 있다. 포기만 하지 않는다면 언젠가는 목표한 상황에 도달할 수 있게 된다. 나는 그렇게 간다. 목표한 일을 포기하지 않고 밀고 가는 것은 '작심삼일의 무한 반복'을 하기 때문이다.

그들은 1억 명 중 한 명일뿐이다

세상 사람들이 거울을 삼아 따르고자 하는 이들은 참으로 원대한 꿈을 이루어 낸 사람들이다. 스티브 잡스를 비롯해 워렌 버핏, 빌 게이츠, 저커버그, 마윈 등은 성공을 이야기하며 우리가 자주 거론하는 인물들이다. 이들은 획기적이고 혁신적인 마인드로 상상을 초월하는 성공을 이룬 인물들이다. 세계가 놀랄 변화를 이루어 냈고, 막대한 부를 축적하는 데 성공한 인물들이다. 리더십이란 이름으로 하는 강의를 들어 보면 누구랄 것 없이 이들을 등장시켜 변화와 혁신을 주문한다.

하지만 내 생각은 좀 다르다. 그들은 인류 역사상 손꼽히는 아주 특별한 인물들이다. 1억 명 이상, 수억 명 가운데 한 명 나오는 아주 특별한 인물들이다. 일반적인 사람들과 전혀 다른 삶을 살아가는 그들을 평범한 우리가 거울로 삼을 필요는 없다고 본다. 물론 그들이 어떻게 생각하고 행동했는지를 탐구하고 본보기로 삼을 수는 있다. 하지만 그들은 진정한 우리의 모델이 될 수 없다. 그들보다 소박하지만, 우리와 같은 모습으로 살면서 목표를 성취해 낸 모델을 발굴해야 한다.

등산을 처음 시작하는 사람이 히말라야 등정을 목표로 할 필요는 없다.

우리의 목표는 건장을 유지하고, 자연을 즐기는 것이지 세계 최고의 산악인이 되는 것이 아니기 때문이다. 세계 최고의 부자가 될 필요는 없다. 적당한 성취감을 느끼며, 생활에 불편하지 않을 만큼의 부를 누리며 살면 된다. 목표를 너무 과하게 잡으면 좌절하기 십상이다. 적당한 목표는 긴장감을 주고 성취욕을 자극한다. 난 그것을 잘 안다. 그래서 내가 달성할 수 있는 목표를 정해 작심삼일을 무한 반복하며 살아가고 있다.

··· **김소이**

사회복지학박사. ㈜메이저인증원(심사원), 서울기독교대학외래교수, 국제청소년교류연맹 상임이사로서 청소년들에게 글로벌한 소통의 문을 열어 주고 창의적인 삶을 살아갈 수 있도록 학교폭력, 생명존중자살예방, 감사경영지도사, 인성교육 강의를 하고 있다. 서부지검청소년선도위원으로서 '성(폭력, 희롱, 매매), 가정폭력' 상담과 강의, 코칭 활동도 하고 있다. 논문으로 「중년기 생활스트레스 사회적지지가 우울에 미치는 영향」, 「기혼자의 가족주의 가치관, 부부관계 특성 및 출산정책이 출산의지에 미치는 영향」이 있다.
이메일: soy2189@naver.com

열정은 영원한 내 삶의 원동력

· 유은숙 ·

　요즘 흔히 말하듯 120세를 살 수 있다고 한다면 나의 삶은 이제 막 절반을 조금 넘은 인생의 후반전으로 진행되고 있다. 이번 기회를 통해 인생의 전반전을 돌아보면서 지금 하고 있는 일들을 정리해 보고 싶은 생각이 들었다. 그래야만 후회하지 않는, 적어도 아쉬움이 없는 노년을 맞이할 수 있을 것 같다. 혼자서 해결하기 어려운 일을 맞닥뜨렸을 때 가까운 누군가에게 이야기하면서 결국은 스스로 해답을 찾아나가는 것처럼……

　위례신도시로 이사온 지 어언 4년이 되었다. 40여 년의 공직생활을 마치고 숭실대학교 초빙교수로서 모교에서 학부생을 포함한 대학원 학생들과 다양한 경험을 할 수 있는 기회가 주어졌다. 개인적으로도 많은 변화가 있었다. 퇴직을 하자마자 그동안 며느리의 든든한 지원군이 되어 주셨던 어머님은 3년간의 투병 끝에 우리 곁을 떠나셨다. 어머님과의 이별은 큰 슬픔으로 다가왔다. 어머님과의 이별의 슬픔이 채 가시기도 전에, 지난해에는 친정엄마가 갑작스럽게 소천하셨는데 전혀 마음의 준비가 되어 있지 않은 상태에서 오랫동안 그 슬픔을 감내해야만 했다.

행복했던 어린 시절

나는 충남 금산에서 1남 3녀 중 맏딸로 태어나 초등학교 교장선생님이셨던 아버지의 사랑을 듬뿍 받고 자랐다. 언제나 칭찬을 즐겨하시는 아버지의 영향으로 매사에 긍정적이고 적극적인 성격으로 늘 자신감이 넘쳤다. 이름의 이니셜인 'YES'에 자신감과 자부심을 가졌고 'Yes, I can'을 인생의 좌우명으로 삼아 현재에 안주하기보다는 늘 새로운 목표를 설정하며 도전하기를 즐기곤 하였다. 초등학교 시절 특별활동으로 시작한 주판은 그 특기를 인정받아 중학교 주산 선수생활로 이어졌고 중학교 1학년 때 주산3단 자격증을 취득하여 주산 왕이라는 별명과 함께 3년 내내 금산여중에서 대표선수로 활약하는 계기가 되었다.

마침내 이를 계기로 서울여상에 주산특기생으로 도전하였다. 기다리던 합격자 발표일, 그러나 특기자 명단에서 내 이름을 발견할 수가 없었다. 입학을 한 후에 알게 되었지만 특기생으로 입학한 학생들은 거의 대부분 8단으로 국가대표 선수로 활동하는 친구들이었다. 나는 우물 안의 개구리였음을 처음으로 깨달았다. 금산여중에서는 개교 이래 처음으로

'서울여상 합격, 유은숙' 플래카드로 합격을 축하해 주었다. 이로써 주산 선수생활은 서울여상에 입학하면서 끝이 났지만 학업에만 충실할 수 있을 것 같아 오히려 홀가분하게 느껴졌다. 선수생활 동안 초를 다투며 기록을 갱신해야하는 스트레스와 초조함으로 시합을 앞둔 날에는 잠을 이루지 못할 때가 많았다.

'주산왕'이 '컴퓨터 전문가'로

3년간의 학업을 마치고 졸업과 동시에 산업은행에 취직이 되었다. 그 당시 은행은 최고의 직장이었지만 공부를 계속하고 싶었다. 중고등학교 영어 선생님이 되고 싶은 꿈을 이루기 위해 전념을 다해 진학공부를 했으나 원하는 대학에 낙방을 하고 말았다. 좌절하고 있던 시기에 공무원 시험 공고가 났다. 2차 한성대학교 영문학과에 도전하였고 곧이어 공무원 시험을 치른 결과 대학시험과 공무원 시험에 무난히 합격하여 총무처(현, 행정안전부)에서 공직생활과 함께 주경야독의 생활이 시작되었다.

정부에 처음으로 컴퓨터가 도입될 시기인 1976년 10월, 정부전자계산소(GCC)에서 직무교육을 받게 되었는데 이때 컴퓨터와의 첫 만남은 내 인생의 큰 전환점이 되었다. 어린 시절 주산선수로서 늘 숫자에 익숙했던 나는 컴퓨터 안에서 계산이 어떻게 이루어지는지 너무나 궁금했다. 나에게 컴퓨터는 신선한 충격이었고 COBOL, FORTRAN 등 제3세대 프로그램 언어를 이용한 프로그램 개발에 점점 흥미를 갖게 되었다. 정해진 기간 내에 산출물을 내기 위해 거의 밤샘을 하면서 프로그램을 짜곤 했다. 몸은 피곤했지만 새로운 분야에 대한 호기심은 나에게 큰 매력으로 다가왔다.

그 무렵, 행정전산화의 성공적 추진을 위하여 전산직이라는 새로운 기술직렬이 도입되었는데 나는 기꺼이 기술직에 도전하여 미래를 향한 힘찬 발걸음을 내딛게 되었다. 시간이 지날수록 내 마음은 점점 컴퓨터 관련 학문을 제대로 공부하고 싶은 욕구로 가득 채워졌다.

결혼 후 둘째아이 백일이 지났을 즈음에, 우리나라 최초로 전산학과가 개설된 숭실대학교 정보과학대학원에 입학하였다. 컴퓨터 관련 학문을 체계적으로 공부하면서 그동안 알지 못했던 새로운 정보통신기술을 알아가는 과정에서 느끼는 희열과 행복감은 그 어떤 기쁨과도 비교될 수 없었다.

그러나 직장일과 학교공부를 병행한다는 것은 그리 쉬운 일이 아니었다. 수업을 마치고 집에 돌아오면 거의 녹초가 되었고 아이들을 보살필 수 있는 시간이 거의 없었다. 그때의 그 허전했던 마음은 지금도 여전히 아련한 기억으로 남아 있다. 그러나 중도에 포기하지 않고 끝까지 지탱할 수 있었던 힘은 바로 어머님의 애틋한 사랑이었다. 밤늦은 시간까지 늘 아이를 돌보시는 어머님의 정성에 난 아무리 지쳐도 피곤한 내색을 할 수가 없었다. 어머님은 끝까지 뒤늦게 공부하는 며느리의 든든한 지원군이 되어 주셨다.

정보관리기술사에 도전

공직생활을 하면서 어렵게 대학원 석사과정을 마치고 논문이 거의 마무리될 즈음 사무관 승진시험 기회가 주어졌다. 공부를 계속 해 오던 터에 승진시험에 무난히 통과하여 온 가족이 함께 기쁨을 나눌 수 있었다. 하지만 그러한 기쁨도 잠시 앞으로 도래할 정보화 사회를 맞이하여 사무관으로서 무언가 준비하지 않으면 안 될 부담감이 느껴졌다. 앞으로 전개될 정보화 사회에서의 나의 역할은 무엇일까? 내 위치에서 과연 나는 내 역할을 다하고 있는 걸까? 내가 과연 어디에 서 있는지 나의 존재를 확인하고 싶었다.

기술직 공무원으로서 전문성을 확보하기 위해 기술 분야 최고의 국가 전문자격인 정보관리기술사 시험에 도전하기로 했다. 기술사 시험을 목표로 짧은 시간에 집중할 수 있도록 일과 후에는 독서실을 주로 이용했다. 주어진 여건으로 결코 쉽지 않은 도전이었지만 최선을 다했다. 연이어 두 번을 실패하였으나 결코 포기할 수 없었다. 두 번의 실패는 오히려 컴퓨터 관련 분야의 지식 및 기술 트렌드를 더욱 폭넓게 이해할 수 있는 계기를 마련해 주었다. 세 번째 응시할 때에는 어떤 문제가 나온다 해도 거침없이 써 내려갈 수 있는 확신과 자신감이 넘쳤다.

1교시, 2교시, 3교시, 4교시 시험시간 내내 여유롭게, 그리고 자신 있게 답안을 써 내려갈 수 있었다. 합격자 발표가 있던 날, 각 조간신문의 기술사 합격자 명단에는 84개 기술사 전문분야에 유일한 홍일점이라는 타이틀과 함께 내 이름이 크게 보도되었다. 오랜 노력 끝에 얻은 결과라서 그 순간 세상을 다 가진 것처럼 행복했고 하늘을 날고 싶을 정도로 기분이 좋았다. 그 후 정보관리기술사 자격을 취득한 이후에도 학업에 대한 열정은 계속되어, 어려운 여건이었지만 무난히 대학원 박사과정을 마치고 공학박사 학위를 취득하게 되었다. 결국 이러한 과정은 내 인생의 큰 전환점이 되었다.

산업사회에서 정보화 사회로

1970년대 후반 행정업무의 전산화로부터 시작한 우리나라의 정보화 수준은 초기에 국가 정보화의 중요한 데이터를 기반으로 행정망, 금융망, 교육망, 연구망, 국방망 등 5대 국가기간전산망 사업을 추진하는 데에 이르렀다. 전자정부의 기초가 되는 주민, 부동산, 자동차 등 주요 행정 분야 전산화로 기본 행정정보 시스템이 구축됐다. 또 1990년대 중반부터 급격히 성장하기 시작한 정보화 수요에 대응하기 위해 초고속 통신망이 설치되면서 인터넷 이용이 범국가적으로 활성화되어 국가 정보화의 기틀이 마련되는 계기가 되었다.

국민의 정부에 들어서면서 전자정부는 세계 여러 나라가 경쟁적으로 추진하고 있는 대표적인 글로벌 프로젝트로서 21세기 국가경쟁력을 높이는 핵심수단으로 인식되었다. 관공서의 서류 중심의 오프라인 행정 체계를 온라인 체계로 전환함으로써 행정서비스에 드는 사회적 비용절감에 대한 개선 노력 등 국가경쟁력 제고를 목표로 초고속정보통신망 구축과 함께 전자정부의 모습이 조금씩 구체화되기 시작하였다.

주전산기 기반의 대량의 데이터처리 중심에서 PC 중심의 네트워크 환경으로 변화하면서 인터넷에 대한 관심이 고조됨에 따라 각 행정기관마다 홈페이지와 전자결재시스템을 경쟁적으로 도입하게 되었고 중앙부처의 정보화평가는 전자결재율을 높이는 데 많은 영향을 미치게 되었다. 그 후 지방자치단체 및 공공기관도 정보화 환경인 전자결재방식으로 자연스럽게 변화하는 계기가 되었다. 산업사회에서 정보화사회로의 행정환경의 변화를 직접 현장에서 체험할 수 있었던 나에게는 인생의 큰 전환점이 되었다.

전자정부 활성화 단계인 2010년까지 다수의 전자정부 서비스가 이 시기에 구축됐는데 전반기에는 정부 민원포털인 민원24, 홈텍스, 전자조달시스템 등 11개 대민서비스 시스템이 구축됐고, 후반기에는 인사시스템 등 31개 전자정부 서비스가 본격적으로 시작됐다. 범정부 데이터 센터를 구축하고 정부의 행정 정보 시스템을 통합 운영함으로써 운영의 경제성뿐만 아니라 전문성 및 보안성을 강화했다. 또한 행정기관 간 정보공유를 통해 국민이 민원신청 시 제출해야 하는 구비서류를 대폭 감축하여 정부업무의 전자화를 통해 행정의 효율성과 국민의 편의성을 향상시켰다. 이 시기에 추진된 다양한 전자정부 서비스는 그 당시 한국의 외환위기를 극복하는 데 큰 힘이 되었을 뿐만 아니라, 지금까지도 개발도상국에 중요한 수출품목으로 벤치마킹 대상이 되고 있다.

특히, 국민들이 동사무소에 직접 가지 않아도 집에서 컴퓨터를 통해 대부분의 민원을 처리할 수 있는 정부대표 포털시스템인 '민원24'는 민원

선진화 사업을 위해 행정안전부가 주도적으로 추진한 대표적 사업이다. 그 당시 민원24는 전자정부사업으로는 처음으로 천만 명의 회원을 돌파하였으며 UN 공공행정상을 수상하는 쾌거를 이뤘다. UN의 전자정부 평가에서 대한민국이 2010년에 이어 연속 3회, 세계1위를 획득할 수 있었던 대표적인 서비스 중의 하나이다. 이 사업을 계기로 공직의 꽃이라 할 수 있는 고위공무원으로 승진하는 계기가 되었고 그 후 한국지역정보개발원에 기획조정실장으로 근무하면서 40여 년의 공직생활을 성공적으로 마무리 할 수 있었다.

인생 2막의 시작

정년퇴직을 하자마자 공직에서 수행했던 전자정부 서비스 구축 경험을 바탕으로 2016년 새학기부터 숭실대학교 소프트웨어 특성화대학원과 일반대학원에서 초빙교수로써 첫 출강을 하게 되었다. 아울러, 국제학부 교수들과 요르단, 이라크, 네팔 등 개발도상국 공무원들을 대상으로 한국의 전자정부 서비스를 소개하는 프로젝트를 진행하고 있다. 2018년에는 고용노동부에서 추진하는 정보통신분야의 대한민국 산업현장교수로 선발 되어 중소기업의 애로사항을 지원하고 전문가들과 네트워킹을 통해 4차 산업혁명의 중심이 되는 스마트공장 수준 확인 심사원으로 활발히 활동하고 있다. 또한, 여성과학기술인의 경력개발과 성장을 지원하는 경력디딤 멘토링의 멘토로서, 기업 초년생을 포함하여 대학생을 만나기도 하고 중고교 학생들을 위하여 각 분야의 기술사들과 함께 특강이나 다양한 봉사활동 등으로 보람 있는 날들을 보내고 있다. 일은 단순히 소득만의 문제가 아니라 의미 있는 삶을 갈망하는 인간의 근본적인 욕구를 채워준다고 한다. 일이 주는 긴장감은 언제나 생활의 활력소가 되는 것 같다.

삶을 돌아보며

지난 시간들을 돌아볼 때 모든 일들이 감사함으로 다가온다. 훌륭한 직장상사나 동료들과의 만남은 물론, 기술직 공무원으로서 정보화사회 초기에 전자정부 프로젝트에 참여할 수 있었던 시간들은 나에게 주어진 가장 큰 선물이었다. 또한, 전자정부 프로젝트 수행경험을 통하여 교수로서 모교에서 학생들과 소중한 경험을 공유할 수 있는 기회도, 한국의 전자정부 벤치마킹을 원하는 개발도상국의 외국 공무원들과 자유롭게 대화할 수 있는 기회도 매 순간마다 소중한 시간들이다. 지나온 많은 과정들이 쉽지는 않았지만 처해진 여건에서 최선을 다해 노력했고 그러한 일들은 하나씩 매듭으로 이어져 각 점들은 선으로, 그 선들이 이제는 큰 면으로 이어져 많은 잠재력과 포용력을 지니게 되는 것 같다. 최근에 성격유형을 이해할 수 있는 애니어그램 교육을 통하여 쉽게 포기하지 않는 인내력과 일에 대한 열정, 즉 3번 유형의 특성이 내 성격의 강점임을 알게 되었다.

그동안의 삶이 앞을 향해 치열하게 달려 온 삶이었다면 이제는 지역사회를 위해 봉사할 수 있는 일들을 택하고 싶다. 누구에게나 일을 중심으로 재무, 건강, 관계, 정서나 여가활동 모두가 중요하지 않은 게 없다. 각 요소별로 치우침 없이 내 삶을 더욱 균형감 있게 유지할 수 있다면 앞으로의 삶은 더욱 행복한 삶이 되지 않을까? 그러기 위해선 그동안 못 다한 정서나 여가활동에 조금은 무게중심을 이동하는 것도 좋을 것 같다.

높이 나는 독수리의 눈빛과 멀리 달리는 마라토너의 긴 호흡으로 더 높이, 그리고 더 멀리 뛸 수 있는 인생 2막의 꿈을 펼치고 싶다. 미래를 향한 꿈과 열정은 언제나 내 삶의 힘찬 원동력이 되었다. 특히, 열정은 여전히 내 마음의 깊은 곳에 살아 숨 쉬고 있다. 요즈음 코로나19 같은 전혀 경험하지 않았던 어려운 여건이 있을 수 있지만 때로는 우리가 성장할 수 있는 특별한 기회로 다가올 수도 있다. 마음을 다하여 어려움을 극복해 나아갈 때 삶의 가치와 인생의 보람도 느낄 수 있다. 주위의 모든 환경에 무한한 감사의 마음을 전하고 싶다.

유은숙

현재 숭실대학교 소프트웨어학부 초빙교수로서 행정안전부에서 정보화담당관, 정보화교육과장을 거쳐 고위공무원(국장)이 되기까지 40여 년간의 공직생활을 통해 '민원24' 등 전자정부 서비스 구축 및 정보화교육에 힘써 왔다. 퇴직 후 숭실대학교에서 소프트웨어학부 강의는 물론, 대한민국산업현장교수로서 4차산업혁명 관련 프로젝트 개발책임자로서 NCS교재 집필, 중소기업 컨설팅 등을 포함하여 생애설계코칭, 진로학습코칭 등 전문코치로서도 활발한 활동을 하고 있다.
이메일: yesook2@naver.com, yes0226@ssu.ac.kr

무대에 선다는 것은
새로운 삶을 사는 것이다

· 임기용 ·

동료 코치의 뮤지컬을 보고

뮤지컬 「발가벗은 힘」을 보러 갔다. 이 작품은 이재형 코치의 「발가벗은 힘」을 원작으로 만들어진 뮤지컬이다. 이재형 코치는 같은 회사 후배이자 친한 사이고, 극작가인 류승원 코치는 작년에 「돈비샤이」의 극작가로서 인연이 있는지라 안 갈 수가 없다. 이렇게 안 갈 수 없는 이유를 나열하고 있지만 사실은 이 뮤지컬의 기획 단계부터 손꼽아 기다리고 있었다.

출연하는 배우 중에 한국코치협회 연극동아리인 「놀제」의 멤버면서 작년에 뮤지컬 「돈비샤이」 공연을 같이 했던 동료 코치가 두 명이나 출연을 하고 특히 나와 같이 용작가 역할을 더블로 뛰었던 이상용 코치가 출연하기 때문이다.

우리 둘은 「돈비샤이」에서 가장 대사가 많고 전체 분위기를 주도하는 막중한 역할을 맡았지만 실력은 배우들 중에서 제일 바닥이라서 고생을 많이 했다. 멤버 중에는 대학 다니면서 혹은 사회에 나와서 뮤지컬을 한두 번은 해 본 사람들이 많은데 우린 둘 다 뮤지컬이라곤 태어나서 처음으로 해보는 것이라 정말 힘들고 어려웠다. 대사의 느낌과 표현에 대해 서로 머리를 맞대고 의논하고, 연기에 대한 의견과 피드백을 나누면서 서로서로 의지하고 힘이 되어준 사이였다.

막이 열리고 공연이 시작되었다. 이번에는 평범한 직장인이지만 여행 사진 작가를 꿈꾸는 역할이었다. 세계 일주와 오지탐험을 하면서 사진을 찍고 글을 쓰고 다큐멘터리로 만들어 지치고 힘든 많은 직장인들에게 희망을 주는 꿈을 가슴에 품고 사는 사람이었다. 돈비샤이에서의 용작가의 삶이 이어지고 있는 느낌이었다. 용작가 특유의 유들유들하면서 흥을 돋우는 연기가 물이 오른 듯 자연스러워 보였다. 공연이 마칠 때쯤 나도 다시 무대에 서고 싶다는 욕구가 불쑥 올라왔다.

뮤지키와의 대화

문득 작년에 출연한 「돈비샤이」 공연이 떠오른다. 내 안에 잠자고 있는 뮤지키가 꿈틀거린다. 뮤지키는 작년에 「돈비샤이」 공연할 때 나의 목(성대)에 붙여준 이름이다. 뮤지키와 만나던 날의 아찔함과 가슴 벅참이 다시 떠오른다. 작년 이맘때 정확히 2019년 6월 28일 밤이었다. 공연 3일 전 한참 물이 올라서 연습에 몰입하다가 그만 목이 나갔다. 공연 마치고 집에 돌아오니 목소리가 나오지 않았다. 다음 날 아침에도 목소리가 안 나와서 이비인후과에 가니 성대가 심하게 다쳐서 일주일 이상 말을 하기 힘들 거라고 한다. 의사 선생님에게 '3일 후에 뮤지컬 공연이 있습니다.' 라고 하니 애처로운 눈으로 바라보시면서 '지금 상태라면 기적이 일어나야 가능합니다.'라고 한다. '어떻게 하면 될까요?'라고 물으니 3일 동안 소리를 내지 말고, 목이 마르지 않게 자주 물을 먹으라고 한다. 그 외는 방법이 없다고 잘라서 말하신다.

공연 연습장에 가니 연출이 이틀 동안 연습할 때 대사는 하지 말고 동작만 하라고 하였다. 대사가 없으니 순수하게 연기에 더 몰입하는 이점도 있었다. 그런데 공연 전날 저녁 연습 마칠 때 까지도 목소리가 나오질 않으니 슬슬 걱정이 되었다. 더블로 뛰는 다른 용작가인 이상용 코치에게 내일 원캐스팅(한 명의 배우가 혼자서 역을 맡는 것, 두 명이 번갈아 맡는 것은 더블 캐스팅이라고 한다.)으로 뛸 준비하시라고 말을 남기고 집으로 돌아왔다. 동료 배우 단톡방에 기적이 일어날 수 있도록 밤새 기도하겠다는 격려의 말들이 올라왔다. 하나하나 진심이 느껴지고 감사했다.

집으로 돌아와 옷을 갈아입는데 문득, 목소리가 돌아와도 공연을 할 정도까지 돌아올지는 알 수 없다는 생각이 들었다. 갑자기 걱정이 되었다. 내가 초대한 수많은 지인들이 내가 무대에 나타나지 않으면 뭐라고 생각

할까? 전 직장 동료, 모임에서 알고 지내는 지인들, 아는 교수님들, 심지어 옆지기 친구들까지 불렀는데. 수많은 얼굴들이 스쳐 지나간다. 이분들이 굳이 아마추어들이 모여서 하는 공연을 보러 오시는 이유는 공연이 재미있어서라기보다는 내가 아는 사람이 나온다기에 응원하고 격려해 주려 오는 것일 텐데 아는 지인이 무대에 없다면? 지금이라도 빨리 내일 공연에 못 나갈지도 모르니 다른 바쁜 일 있으시면 오지 않으셔도 된다는 말을 해줘야 할 것 같았다. 구구절절한 전후사정과 미안함을 전하는 장문의 글을 적었다. 차마 발송을 할 수 없었다. '내일 아침까지 기다려 보고 그때도 목소리가 돌아오지 않으면 발송을 해야지'라고 생각하면서 샤워실로 갔다. 마음이 우울하고 무거웠다. 변기에 앉았는데 갑자기 저 깊은 곳에서 뭔가 훅~ 하고 뜨겁고 쓰린 감정들이 올라왔다.

먼저 억울함이 올라왔다. 몇 달을 고생해서 생에 최초로 무대에 서려고 하는데 목소리가 안 나와서 못하다니…… 너무 억울하고 분하다는 생각이 들었다. 정말 정성들여 연습하고 준비했는데…… 뒤를 이어 자책감이 올라왔다. 자기 목소리 관리도 제대로 못하면서 무슨 배우를 한다고. 애초 무대에 설 자격도 자질도 없었다고 나를 질책하고 다그치는 목소리가 올라왔다. 좀 있으니 슬그머니 원망이 올라왔다. 이거 뭐지? 누구에 대한 원망이지? 연출에 대한 원망이었다. '아니, 무대 경험이 많은 연출이 미리미리 발성 연습도 시켜 주고 목소리 관리 잘하라고 알려줬어야지'라는 얼토당토 않는 원망을 남에게 퍼붓고 있었다. 평소 웬만해선 남을 원망하지 않는데 오죽 답답했으면 이러고 있을까 생각하니 더 기가 막혔다. 여러 가지 감정이 뒤섞여 폭발하듯 올라오니 얼굴을 달아오르고 몸도 화끈

거렸다. 어느새 얼굴엔 눈물이 흐르고 있었다.

옆지기 보기도 미안하고 창피해서 욕실에서 30분을 넘게 그렇게 넋이 나간 사람이 되어 앉아 있었다. 그러다 갑자기 뭔가 머리를 스치고 지나갔다. '치유 아름다운 모험'이란 말이었다. 12년 전 상담과 코칭 공부를 시작할 무렵 읽은 책의 제목이다. 그래 맞다. 바로 그거다. 나는 즉시 나의 목(성대)과 대화를 시도했다. 먼저 목에게 이름을 붙여 주기로 했다. 뭐라고 불러 줄까…… 뮤지키. 그래 맞다. 뮤지컬을 하니 뮤지키가 좋겠다.

"뮤지키."
"……"
"뮤지키야~"
"……"

두 번을 불러도 대답이 없다. 그때 떠올랐다. 먼저 용서를 빌어야지. 『치유 아름다운 모험』에서 브랜든 베이스는 자신이 억압하고 인정하지 않았던 감정과 그 사건에 연류된 사람들에 대해 용서를 하고서 비로소 자신의 감정에서 벗어나고 종양을 스스로 치유했듯이 나도 용서기법을 사용하기로 했다. 나는 그동안 무시하고 학대했던 뮤지키에 대해 용서를 빌었다. 연습이란 미명하에 목을 너무 심하게 쓰고 몸을 돌보지 않았음에 대해 용서를 빌었다.

"뮤지키야 미안해…… 내가 연기에 너무 욕심을 내서 너(성대)를 너무

심하게 몰아붙여서 미안해. 쉬는 시간에 물을 자주 먹여 줘야 하는데 그러지 못해서 미안해. 공연 마치고 덥다고 찬 맥주를 쏟아 부어서 미안해. 밤에 충분히 쉬게 해 줘야 하는데 대사 외우느라 잠도 못 자게 해서 미안해."

"오늘은 잘 때 가습기 틀어 놓고 자……"

뮤지키가 대답을 했다. 아니 그런데 한 여름에 가습기라니?? 아! 맞다. 목을 늘 촉촉하게 해줘야 하는데 밤에 잠을 잘 때는 물을 먹지 못하니 가습기를 틀어 달라고 하는구나. 너무 고마웠다. 뮤지키가 마음을 풀고 나에게 말을 붙여 준 것이다. 어떻게 하면 자기(성대)가 빨리 회복되는지 최적의 방법에 대한 요구를 하는 것이다. 목을 두 손으로 감싸고 어루만져 주었다. 고맙고 사랑한다고 말했다. 그리곤 피곤하고 긴장이 풀려서 나도 모르게 깊은 잠으로 빠져 들었다. 그러나 그날 밤 나는 1~2시간 간격으로 몇 번을 깨어서 물을 먹고 다시 자곤 했다. 용기를 얻은 뮤지키가 당당히 자기 목소리를 내어 물을 먹여 달라고 나를 깨우고 나는 뮤지키의 요구를 받아 준 것이었다. 어제와 그저께만 하더라고 자다가 목마르다고 말하는 뮤지키에게 목마른 건 아침에 일어나서 해결해도 된다고 무시하고 피로 회복을 위해 잠을 잤던 나였는데....

무대에 선다는 것은 새로운 삶을 사는 것이다

다음 날, 공연을 하는 당일. 일어나자마자 목소리를 내봤다. 소리

가…… 안 나온다. 실망스러웠다. 그러나 최선을 다했다고 스스로 위로
하면서 담담하게 지인들에게 보내려고 적어둔 문자를 발송하려고 컴퓨
터를 켰다. 글을 읽어 보니 다시금 목이 멨다. 물을 한잔 마시고 기침을
하는데 목소리가 나온다. 첫 대사를 외쳐 보았다. "자! 축배의 잔을 높이
듭시다. 100대 1의 경쟁률을 뚫은 최종 승자들끼리! 위~ 아더 챔피언 마
이 프렌즈. 하하하하!" 내친 김에 노래의 첫 소절을 불러 보았다. "푸른
바다 저 멀리서 나를 부르는 파도처럼 밀려오는 너의 모습이……" 노래
도 된다. 바로 녹음을 해서 연출에게 보냈다. "연출님~ 목소리 나옵니다
~~~" 배우들 단톡방에도 올렸다. "와~ 기적이 일어났네요"라고 동료 배
우들이 자신의 일보다 더 기뻐해 주었다.

그날 오후 뮤지키는 용작가란 이름으로 80분간 마음껏 자신의 삶을 누
렸다. 이후 용작가는 나의 삶에 많은 영향을 미쳤다. 10년 동안 동아리나
모임 등에서 사용하던 유유(柔流)란 닉을 바꾸었다. 유유는 젊은 시절 까
칠했던 나를 좀 부드럽게 변화시키고 싶어서 붙인 이름이다. 그런데 작
년에 용작가 역할을 하면서 용작가가 가진 천방지축 천진난만 자유로움
이 부러웠다. 그런 삶을 살고 싶어서 닉을 용작가로 바꾸었다. 용작가라
고 불러주는 집단은 '놀제'와 코칭 공부모임 그리고 뮤지컬을 보러 왔던
몇몇 코치님들뿐이지만 내 맘속에는 용작가가 조금씩 자라고 있다.

뮤지컬 「발가벗은 힘」을 보면서 용작가로 살았던 뮤지키가 다시 꿈틀
거리며 자신이 존재하고 있음을 알려준다. 일상에 치여 다시 임기용 코
치로서의 삶을 살며 남편으로서, 자식으로서, 선배로서, 직업인으로서의
역할을 해야만 하는 것을 묵묵히 지켜보고 있지만 뮤지키는 내 마음 속

깊은 곳에서 자신의 꿈을 버리지 않고 기다리고 있다.

　그래, 뮤지키야! 내가 너무 임기용 코치로서만 살고 있지, 조만간 너에게 나의 몸을 빌려 줄게. 뮤지키로서 삶을 살아 보렴. 그 시간만큼은 마음껏 너의 꿈의 펼쳐 보렴. 다시 무대에서 보렴. 새로운 삶을 살아 보렴.

....**임기용**

중소기업 HR 자문 코치. 뉴코컨설팅 대표. 대기업에서 연구, 마케팅, 전략, 현장 지점장, HR 업무 등 다양한 경험을 하였으며, 퇴사 이후 기업 임원 코칭, 중소기업 HR 자문 코칭을 하고 있다. 뇌과학 박사로서 뇌기반의 리더십, 코칭, 상담, 조직개발을 연구하고 있다. 한국 코치협회 KSC, NLP 트레이너, 게슈탈트 상담사 등의 자격을 보유하고 있다. 저서로 『초보작가의 글감옥 탈출기』, 『게슈탈트코칭』이 있다.
이메일: imbraincoach@gmail.com
블로그: https://blog.naver.com/imbraincoach/

내 인생 최고의 선택은
매일 책 읽는 습관

· 정진구 ·

왜 하필 독서인가?

앨빈 토플러는 『미래쇼크』에서 '21세기의 문맹자는 글을 읽고 쓸 줄 모르는 사람이 아니라 배우려 하지 않고, 낡은 지식을 버리고 새 것을 학습하는 능력이 없는 사람이다'라고 하였다. 특히 한국을 떠나면서 남긴 "상자 밖에서 생각하라"는 말은 교육계에 큰 울림을 주었다. 아마도 4지 선다형, 틀에 밝힌 교육에 대한 큰 개혁을 주문했을지도 모른다. 그러나 우리의 교육현실은 어떠한가? 사지 선다형, 단답형 위주에서의 발전적인 변화는 일장춘몽인가?

4차 산업과 인공지능(AI)의 급속한 발전으로 인하여 지식과 제품의 수

명주기가 짧아지고 빈부·지식·SNS의 격차가 갈수록 심해지고 있다. 현재의 트랜드에서 하나의 생존전략으로 변화에 적응하기 위한 평생학습 능력, 즉 자기 주도적으로 책을 체계적으로 읽고 분석하여 업무와 삶에 어떻게 적용할 것인가가 새로운 화두로 등장했다고 사료된다. 융합적인 사고방식과 창의적인 생각의 가치가 더욱 필요하게 되었다.

먼저 개인의 독서능력에 앞서 독서의 정의를 살펴보자.

독서는 글쓴이가 전달하고자 하는 내용과 의미를 기호화한 것을 독자의 뇌에서 기억하고 활용하며 읽을 자료, 독자의 지식과 독후 활동의 세 가지 면이 서로 상호작용을 일으키는 커뮤니케이션의 과정을 말한다. 좁은 개념의 독서는 단순히 책을 본다거나 읽는 것이다. 넓은 개념의 독서는 책자를 포함한 다양한 형태의 매체와 나아가 문화, 사회 및 자연의 환경과 개체 사이에서 일어나는 커뮤니케이션 활동으로서 새롭게 의미를 재구성하는 개인의 전략적 사고인 것이다.

즉 독서는 언어기호의 의미가 글자 자체에 있는 것이 아니고 글자가 독자의 뇌리에 자극을 줌으로써, 독서과정에서 나타나는 분석, 종합, 정리, 추론하는 사고능력을 통하여 의미를 체계적으로 종합하는 데서 일어나는 독자의 능동적이고 전략적인 커뮤니케이션 과정이다. 독서는 지식, 정보, 연구, 조사, 영감, 오락의 자료원으로서 인간 커뮤니케이션 과정에 있어서 그 가치를 발휘하는 논리적이고, 비판적이며, 능동적이고 전략적인, 창조적 사고방식이다.

다음은 독서의 목적이다.

인간은 왜 읽어야 하나? 인간이 문자를 개발하여 사용한 이후로 인간은 독서를 통하여 인간의 지적이고 정서적인 욕구와 탐구심을 개발하여 왔다. 시대의 변천에 따라 그 목적은 다소 다른 양상으로 나타나고 있다. 현재에 들어와서 독서의 목적은 다음과 같다.

① 인간의 생활을 풍요롭게 하는 교양
② 일정분야의 개선과 개발을 위한 연구
③ 일상에 필요한 생활정보와 수단
④ 사고능력 개발을 위하여 독서를 통한 커뮤니케이션 활용

그러므로 독서는 궁리하는 것이고 궁리는 학문하는 것이며 꼭 사람노릇을 하는 것으로 격물치지(格物致知)하고 성의정심(誠意正心)하여 수신제가(修身齊家)하고 위기치인(爲己治人)하는 인간의 근본을 함양하는 것이다. 이와 같이 독서는 곧 학문이요, 교육이고 인생 자체라고 보았다. 그리하여 책에 있는 글자의 뜻(字意), 낱말의 뜻(辭意), 묻는 방법(質問法), 스스로 깨달음(省窮), 남에게 비추어 관조함(觀人)으로 인본사상의 기본을 세우고 학문을 즐겨(好學)하는 선비생활을 염원하게 하였다.

옛것을 다스려 근본을 지키면서 온고(溫故)하고, 이를 바탕으로 새 것을 찾아내어 지신(知新)하고, 이를 응용하여 당면한 문제를 해결하는 경세치용의 정보 활용 능력도 독서에 나타나 있다. 이어서 독서의 본질이란 독자가 독서를 할 때 자기가 알고 있는 모든 지적 수준에서 비판적으로 그 저자의 견해를 평가하고 그 타당성이나 가치를 판단하며 이러한 견해들을 구별하여 거절하거나 수용하는 능동적이고 전략적인 사고 과정

을 말한다.

독서환경 조성은 스스로 가꾸어야

오랫동안 근무해 온 보험회사를 퇴사하고 독서교육 전문 한우리에 입사하였다. 그 당시 전국 16개 지역을 순회하면서 박철원 회장과 김형석 교수께서 독서특강을 하셨다. 두 분의 독서관과 가치관, 철학 등을 배우면서 왜 독서를 해야 하는지 반복해서 들으면서 세뇌가 되었다. 반복적인 학습은 인지능력을 최고도로 향상시켰다.

지금도 김형석 교수의 책은 꼭 정독을 하며 읽는다. 대한민국 어른들 중 6~7명이 바빠서, 일 때문에 책 읽을 시간이 없다고 말하며 1년에 한 권의 책도 읽지 않는다는 뉴스를 본 적이 있는데 김 교수의 『백년을 살아보니』를 보면 "백년을 살아보니 '독서'만 한 것이 없더라."고 강조하신다.

그리고 교보문고에서 권경현 사장을 만나 독서와 코칭을 접목한 독서코칭 과정을 개설하고 기업의 독서경영에 눈을 뜨기 시작했다. 독서경영의 모범 사례로 동양기전 조병호 회장, 서린바이오 사이언스 황을문 사장, 삼성 SDS 김인 사장, 이랜드 박성수 회장, 우림건설 심영섭 사장과의 만남은 책을 더욱 더 가까이 하게 되는 계기를 마련해 주었다.

맹모삼천지교라 했다. 독서는 환경저인 요소가 매우 중요하다는 사실을 직접 깨달았으며, 교보문고 특강에 오셔서 서린바이오 사이언스 황을문 사장께서 말씀하신 "1톤의 생각보다 1그램의 행동이 낫다"는 글귀는 지금도 마음속에 늘 간직하며 매너리즘에 빠진 나 자신을 독려할 때 마다 생각과 행동을 촉진하는 촉매제 역할을 한다.

독서코칭 센터장으로 근무하면서 강동구청에 독서경영과 독서코칭을 보급하기 위하여 안남섭 이사장과 1년을 함께하며 다양한 독서방법 및 코칭에 대해서 배웠다. 그리고 그 수료생을 중심으로 '책그만(책 그리고 만남) 독서클럽'을 조직하여 지금도 운영하고 있다. 가장 기억에 남는 것은 1년에 한 번씩 독서여행을 즐겼으며 2회에 걸쳐 독서클럽 문집을 발행하여 그동안의 발자취와 흔적을 공유하였는데 회원들이 매우 좋아했던 것이다.

이러한 독서모임을 통해 책은 나의 소울메이트가 되었으며 이 시기부터 책을 읽고 좋은 글을 독서상상노트에 기록하기 시작, 지금까지 40여 권의 독서상상 노트를 작성하였다. 이는 내 삶에 커다란 전환점이 되었다. 독서상상노트가 마무리되면 독서모임 회장과 조촐한 파티를 통해 격려문을 직접 노트에 사인해 주셨고 서로를 위로하며 대한민국의 독서선 진화를 위해 혼을 쏟자고 결의를 했다. 독서노트야말로 내 삶의 징표이며 자식들에게 물려줄 소중한 유산이라고 생각한다. 이제 우리 가족들 모두가 동참해 주길 진정으로 갈망한다.

그 후 미래준비 강남 독서모임에 참석하면서 독서의 대가들이 많이 계셔서 인생에 대하여 학습, 처세, 직장생활, 여가 등 다양한 분야의 것들을 직접 체험했다. 과거에 책을 읽지 않고 왜 운동과 음주에만 급급했는지 후회가 밀려왔다. 사후약방문이라 했다. 후회한들 무슨 소용이 있으랴. 요즘 대세인 강점경영을 펼쳐 보자. 타고난 친화력, 열정, 추진력을 기반으로 애로사항을 하나하나 극복하기 위하여 멘토에게 자문을 받으며 금을 보석으로 만들기 위해 아낌없는 투자를 하였다.

그러던 어느 날 이병희 교장선생님께 미래준비 목동 독서모임을 만들자고 제안하였다. 서정 초등학교 교장실에서 뜻을 같이하는 지인들과 첫 출발을 하여 독서문화진흥을 위한 씨앗을 뿌렸다. 가장 아름다운 기억은 탁월하신 분들이 오셔서 특강과 자문을 통해 독서모임이 정착되는데 기여해 주심에 이 자리를 빌어 고마움을 전하고 싶다. 매년 1박 2일의 독서여행과 의미 있는 자원봉사로 삶에 가치를 더해 주었다.

이제 내 삶의 균형이 잡히면서 '매일 매일 책을 읽지 않으면 입 안에 가시가 돋힌다'는 말을 곱씹으며 실행에 실행을 거듭하여 바람직한 방향으로 달려가고 있어 마냥 기뻤다. 또한 이익배 형님의 배려로 회원들을 초청하여 와인 파티와 세계적인 오페라 가수들의 음악과 해설로 그 동안의 작은 성공 사례와 애로사항을 함께 나누며 격려와 칭찬으로 더욱 가슴이 따뜻해지는 시간이었다. 작은 정성이 모여 사기를 충전시켜 주었으며 아름다운 책 세상의 진한 향기를 발산하였기에 더욱 가치가 있었다.

이러한 독서모임을 통하여 적극적인 경청을 생활화하였으며 가치관과 사고방식의 다른 점을 인식하고 배려와 사랑으로 하루하루 책 읽는 문화가 조금씩 익어 가기 시작하여 보람을 느꼈다. 이 모든 독서모임과 독서 환경 조성은 스스로가 불씨가 되어 타올라야 가능하다는 사실을 몸소 경험하는 소중한 시간이었다.

미래의 명확한 중점목표 설정

논어의 학이편에 보면 "학이시습지(學而時習之)면 불역열호(不亦說呼)아"라 했다. 배우고 익히면 때때로 즐겁지 아니한가? 라는 뜻이다. 기상과 동시에 책을 읽고 독서상상 노트를 매일 매일 작성하며 나의 삶은 성찰과 반성을 기반으로 내적으로 안정화 되어 가고 있었다.

간혹 뉴스를 접하면서 왜 그럴까? 하였다. 대한민국 자살율 OECD 가입국 중 19년 연속 1위, 2020년 세계행복지수 153개국 중 61위이다. 나는 이런 대한민국 어린이와 청소년들에게 희망과 용기를 심어 주며 세 가지 일을 하고 싶다.

첫 번째는 자기가 누구이며 자기가 좋아하는 일과 잘할 수 있는 일을 탐색하여 정확한 진로방향을 설정해 주고 싶다. 특히 저도 직업선택의 잘못함으로 인해 엄청난 시간과 재산을 낭비한 사례가 있어 바람직한 전문가로 성장할 수 있도록 프로세스를 만들어 과정관리에 만전을 기해주고 싶다. 지지자(知之者)는 불여호지자(不如好之者)요 호지자(好之者)는 불여낙지자(不如樂之者)라는 말도 있듯이.

두 번째는 본인들에 적합한 비전과 마스터플랜을 수립하여 그 비전을 성취해 나갈 수 있도록 정기적인 강의와 리더십 교육을 실시하여 책과 함께 멘토링 역할을 할 것이다.

세 번째는 정신과 육체의 균형 잡힌 성장을 위해 테니스를 가르치고 싶다. 건강이 최고다. 건강을 잃으면 다 잃는 것이다.

강헌구 교수의 비전 스쿨을 통해 받은 나의 사명은 '내가 만나는 모든

사람이 책과 교육을 통해 더 나은 삶으로 승화될 수 있도록 돕는 것이다.'
한 사람의 온전한 교육과 저자의 행간을 명확히 파악하며 읽을 줄 아는
독서능력은 그의 과거와 현재와 그의 미래가 함께 오기 때문에, 아니 일
생이 오기 때문에 매우 중차대한 일이다. 사명감과 소신을 갖고 혼이 담
긴 정성으로 준비하여 아이들과 청소년에게 잘할 수 있다는 자신감과 용
기를 불어 넣어 주고 성공한다는 신념을 가슴 깊이 심어 주자.

　위의 세 가지가 완전 정착이 된다면 아마도 자살율은 감소하고 행복지
수는 상승하지 않을까? 자문자답해 보며 나는 내가 꿈꾸는 교육과 책을
통한 아름다운 세상은 기필코 달성하리라 확신한다. 이번 8월 경기기계
공고 3회차 온정적 합리주의 리더십 강의를 통하여 나의 미션을 더욱 공
고히 하는 계기가 될 것이다. 끝으로 나의 작은 소망은 책과의 눈 맞춤을
통하여 성현의 참모습을 흠모하며 조용히 피어오르는 지혜의 꽃을 활짝
피우는 것이다.

.... **정진구**

(사)미래준비 상임이사, (주)CR(온정적 합리주의)파트너즈 이사, 숭실대 교육학 박사, 기
업에서 31년 동안 영업 및 교육 분야에서 브랜디드 러닝을 통한 관리자의 리더십 함양, 지
도교사의 셀프리더십, 자아존중감 향상을 통해 조직문화를 활성화시켜 기업의 지속경영
에 기여하였다. 특히 독서문화진흥을 위해 다양한 독서클럽 활동을 오랫 동안 해 오고 있
다. 미래에는 책과 교육을 통해 청소년들에게 꿈과 비전을 수립하여 꿈 너머 꿈을 실현하
는 데 지원하고자 철저한 준비를 하고 있다. 논문으로 『평생학습시대에 독서의 역할』, 『평
생학습 사회에서 기업의 독서경영』, 『독서활동을 통한 기업의 전략방안』 등이 있다.
이메일: top-reading@hanmail.net
블로그: 99jjgg.blog.me

MY LIFE
MY FUTURE

미래준비
·
희망

익숙한 것들과의 결별, 그리고 만남

· 김경화 ·

살아나는 아날로그 공간

도시 생활을 접고 시골에 책방을 차린 후배가 있다. 책만큼이나 식물도 많고, 웬만한 음악 감상실 못잖은 선율이 공간을 가득 메운다. 봄부터 가을까지 마당에는 볼거리, 먹을거리가 넘친다. 화사한 꽃들이 만발하고, 텃밭의 채소가 싱싱하다. 책을 살 수 있고 독서모임이 열리며, 글쓰기 수업도 한다. 때때로 작가들이 와서 강연을 하고, 책을 읽으며 하룻밤 머무는, 북 스테이도 할 수 있다.

대로변에서 한참을 들어가는 외진 곳에 있어 지나가다 우연히 들를 수는 없는 곳이다. 그런데도 사람들은 그곳을 찾고, 다시 오고 싶어 한다.

편리한 인터넷 서점이나 도심 한복판 대형서점을 마다하고 그곳으로 책을 사러 오는 사람들. 그곳만의 매력을 알고 있어서다. 그곳은 좋은 책을 권하고 함께 읽는 공간이다. 자신의 생활반경에서 벗어나 그곳에 있는 것만으로도 자기만의 시간을 누릴 수 있는 쉼터를 갖게 된다. 나 역시 갓 내린 커피를 마시며 이야기를 나누고, 음악을 듣고, 숲도 보고 하늘도 보다가 책과 함께 황토방에서 하룻밤 머물렀던 그곳에서의 추억을 아직도 잊지 못한다.

프랑스 파리에서 30여 년 만에 귀국한 피아니스트 P씨. 예술로 우리 동네를, 나아가 세상을 아름답게 만들겠다는 꿈을 꾸며 서울의 오래된 동네 골목에 클래식 중심의 복합문화공간을 열었다. 세탁소와 편의점, 이발소가 있는 주택가 좁은 골목 안이다. 가까이에 시끌벅적한 재래시장도 있다. 그런데 문을 열고 들어서는 순간 분위기는 반전된다. 생활의 현장 속에 느닷없이 나타나는 문화공간이라니.

그리 크지 않은 공간이지만 최고 명성의 스타인웨이 그랜드피아노가 놓여 있고 벽면엔 강렬한 그림들이 걸려 있다. 음향 좋은 오디오시스템과 와인저장고가 공간의 품위를 더한다. 저녁마다 바흐와 드뷔시가 연주되는가 하면 재즈 공연이 열린다. 정기적으로 인문학 강의가 열리고, 회화, 건축, 무용, 영상 등 다양한 장르의 예술이 음악과 어우러져 펼쳐진다.

골목의 작은 교회나 성당, 홀 등 어디서나 연주회가 열리고, 이웃집 가듯 가볍게 전시회를 가는 파리 사람들이 부러웠다는 P씨. 피아니스트로 무대에 서면서 늘 객석과의 거리를 좁히고 싶었단다. 특별한 사람들만의 엄숙하고 불편한 예술이 아니라 누구나 쉽게 찾고 즐길 수 있는 따뜻하고 인간적인 예술, 관객과 소통이 가능한 공간을 꿈꾸던 P씨의 바람대로 그곳은 가볍게 들어와 뜻밖의 수준 높은 예술과 문화를 경험하는 매력적인 명소가 되었다. 클래식이란 콘텐츠로부터 시작한 작은 문화공간이 아날로그 감성의 단단한 플랫폼으로 성장 중이다.

을지로 뒷골목에 가 본 적 있는가. 번화한 큰 길 뒤로 한 블록만 들어가면 한 사람이 겨우 지나갈 만큼 좁은 골목 안에 요즘 최고 인기라는 커피숍이 있다. 오래 전 유행했던 자개장으로 벽을 장식하고, 개화기 때나 보았음직한 낡은 소품들이 나이 든 사람들이나 좋아할 것 같은데 오히려 젊은이들로 가득하다. 한때 탱크도 만들 수 있다는 전성기가 무색하게 쇠락했던 세운상가 주변은 이제 또 다른 이미지로 변신하여 젊은이들의 성지가 되었다. 종묘 근처 익선동의 좁은 골목길이 주말이면 젊은이들이 줄을 서서 찾는 핫 플레이스가 된 지도 벌써 한참 전이다. 카페에서 미숫가루와 계란빵, 다방 커피를 판매하고 빈티지 감성의 식당과 카페가 SNS를 가득 채우고 있다. 낡은 시대의 흔적이 빠르게 지워지고 있는 도시에서 다시 생명을 얻고 있는 아날로그 공간들이다.

아날로그의 매력, 경험의 즐거움

내가 몸담았던 잡지의 폐간 소식이 전해지던 날, 대중화된 전자책과 막강 미디어로 떠오른 유튜브의 영향력을 실감했다. 이제 우리는 여지없이 '디지털'에 완전히 종속되는가 잠시 우울한 기분이 들기도 했다. 지금은 디지털기기의 사용 역량이 경쟁력이 되고 스마트폰으로 언제 어디서나 온라인에 연결되는 것이 당연하게 여겨지는 시대.

그런데 아날로그가 돌아왔다. 5G 스마트폰을 들고 무선 이어폰을 귀에 꽂은 사람들이 스마트폰에 저장된 음악을 듣는 대신 LP레코드와 턴테이블을 다시 찾는다. LP판의 먼지를 털어내고 턴테이블에 바늘을 얹어 음악을 듣는 수고로움을 기꺼이 즐긴다. 간편하고 기능적인 전자책이 있지만 직접 서점에 가서 읽고 싶은 책을 골라 들고 첫 장을 넘기는 순간을 포기하지 않는 사람들도 늘었다. 손글씨와 캘리그라피 강좌에 사람이 몰리고, 폴라로이드 카메라가 다시 인기를 모으고 있다.

사람들이 다시 손으로 만지고 느낄 수 있는 기쁨을 선택하는 것이다. 디지털 때문에 점점 사라지는 인간의 감각, 즉 손으로 만지고 귀로 듣고, 감정을 느끼는 감각을 지키고자 하는 본능적인 욕구 탓인가? 뇌에 자극을 주는 것만으로도 실제 체험을 한 것 같은 가상세계를 만들 수 있는 세상이지만 손에 잡히는 것은 그것만으로 존재 가치가 있다. 살아 있다는 것의 본질인지도 모른다.

『아날로그의 반격』을 쓴 데이비드 색스는 책에서 아날로그의 가장 큰 매력으로 경험의 즐거움을 꼽았다. 자신의 생각을 종이에 펜으로 써 내려가면서 느끼는 오감의 만족, 턴테이블의 바늘이 레코드판으로 내려가면서 음악이 재생되는 순간의 희열, 모니터 위에 나타났다 사라지는 글자보다는 질감을 느끼며 한 장씩 넘기며 읽는 종이책, 이 모든 것이 아날로그가 가져다주는 즐거움이다.

SNS로 대량 살포되는 요즘의 연하장은 왠지 건조하고 밋밋해서 감동이 덜하다. 연하장을 고르고, 안부를 적고, 우표를 붙여 우체통에 넣는 일련의 작업들이 주는 설렘이 얼마나 컸던가. 10통의 이메일보다 1통의 손편지가 사람의 마음을 움직이는 데 훨씬 더 탁월한 효과를 발휘한다는 것을 우리는 잘 안다.

결코 아날로그의 온기는 사람을 떠날 수 없다. "모든 오래된 것이 머지않아 새로운 것으로 탄생할 것이다." 작가 스티븐 킹의 문장은 그래서 그 어느 때보다 현실적으로 들린다. 아날로그는 포스트디지털 시대의 핵심이 됐다.

무소유를 동경하며, 미니멀 라이프

나날이 발전하는 기술 덕분에 과거에는 상상도 못했던 것들을 일상처럼 누리고 있다. 덕분에 삶이 편리해진 것은 사실이다. 하지만 편리함을 쫓기 시작하면 끝이 없다. 이런 극도로 편리함에 오히려 공허함을 느끼며 피로감을 호소하는 사람들도 많다. 우리의 생활이 편리해질수록 어디선가는 반드시 그 대가를 지불해야 한다.

법정스님은 말년에 강원도 산골 화전민이 버리고 간 오두막에서 글쓰기와 수행을 하며 지내다가 아무 것도 남기지 않고 열반에 드셨다. 스님은 생전에 인간의 괴로움과 번뇌는 어떤 것에 집착하고, 더 많이 가지려는 소유욕에서 비롯된다는 점을 설파하며, "행복의 비결은 자기 자신으로부터 불필요한 것을 제거하는 데 있다."고 하셨다. 저서『무소유』에서는 "우리들이 필요에 의해서 물건을 갖지만, 때로는 그 물건 때문에 마음이 쓰이게 된다. 따라서 무엇인가를 갖는다는 것은 다른 한편 무엇인가에 얽매이는 것, 그러므로 많이 갖고 있다는 것은 그만큼 많이 얽혀 있다는 뜻이다."라고 말씀하셨다. 딱히 위로를 구하지 않더라도 스님의 글을 읽으면 마음이 고요하고 평온해진다.

스님이 평소 흠모했던 헨리 데이비드 소로 역시 "간소하게, 간소하게, 간소하게 살라! 제발 바라건대, 그대의 일을 두 가지나 세 가지로 줄일 것이며, 백 가지나 천 가지가 되도록 하지 말라. 자신의 인생을 단순하게 살면 살수록 우주의 법칙은 더욱더 명료해질 것이다. 그때 비로소 고독은 고독이 아니고, 가난도 가난이 아니게 된다. 그대의 삶을 간소화하고 간소화하라."라고 강조했다. 그는 미국 매사추세츠주 콩코드 근교에 있는 월든 호숫가 숲속에 집을 짓고 혼자 살며 내면의 풍요로움, 검소한 삶, 자급자족의 삶을 강조한 철학자이자 작가다.

법정스님이나 소로의 삶의 방식은 평범한 나로서는 감히 따라 하기 어려운 꿈같은 이야기이다. 그래도 닮고 싶어서 혼잣말을 해본다. 간소하게, 더 간소하게.

미니멀 라이프는 필요한 것 이외에는 가지지 않는 생활방식이다. 불필요한 물건이나 일과 등을 줄여 단순하게 산다. 물건을 적게 가지는 것뿐 아니라 삶을 더 간결하게 만듦으로써 여유를 가지고 삶의 중요한 부분에 집중하는 것에 의의를 둔다. 물건을 비우다 보니 욕심을 비우게 되고 욕심을 비우다 보니 사람과의 관계에서 집착을 버리게 되고, 집착을 버리게 되니 마음이 편해지고, 그러면서 삶의 무게가 가벼워진다. 많이 소유하지 않는 삶과 초라하게 사는 것, 궁핍한 마음으로 사는 것은 다르다. 물건을 적게 소유하면 생활이 단순해지고 마음과 생각까지 정리되면서 오히려 삶이 더 풍요롭다. 내가 살고 싶은 방향이다.

비우기, 내 삶의 디톡스

십 수 년 만에 이사를 하게 되어 온 집안을 뒤엎은 적이 있다. 구석구석 어찌나 많은 물건들이 숨겨져 있던지. 끄집어내지 않았으면 존재조차 모르고 잊힐 물건들, 습관처럼 놓여 있어 눈에 띄지 않던 물건들이 쏟아져 나왔다. 몇 년째 걸려 있기만 한 옷, 먼지가 뽀얗게 내려앉은 책, 이제는 묻어 두고 싶은 편지와 일기, 서류, 빛바랜 필름들. '아까워서' 나중에 쓸 일이 생길까 봐' '추억이 깃들어서' 등의 많은 이유로 버리기를 머뭇거리다 결국은 잊힌 채 보관되던 것들이다. 내가 가진 것 중 보물과 쓰레기를 구분하는 것, 쉽지 않은 일이다.

나와 오랜 세월 함께 하면서 익숙해진 것들과의 결별부터 해야 했다. 오랜 시간 함께 해서 경각심도 없이 당연한 듯 소유하고 살았던 필요 없는 것들과의 결별 선언이다. 그러다 보면 내가 정말 원하는 것은 무엇이고, 내게 꼭 필요한 것은 무엇인지 저절로 알게 된다. 당연히 불필요한 것을 걷어내고 가치 있는 것으로 삶을 채우게 된다.

결국 버리고 비우는 일은 삶의 본질과 마주할 용기를 얻는 일, 분주하고 복잡했던 내 삶의 디톡스 작업이다. 미니멀 라이프는 내게 집중하고 내게 가장 소중한 것들을 선택할 수 있게 하는 힘이 있다.

순환하는 삶, 에코 라이프

미니멀 라이프를 추구하다 보면 자연스럽게 친환경적인 삶, 에코 라이프로 이어진다. 필요한 만큼만 갖고, 꼭 필요한 물건이 아니면 구매를 자제하고, 덜 쓰고 덜 버리는, 조금 더 불편하지만, 기꺼이 가야만 하는 삶의 방향이다.

우리의 일상을 뒤흔들어 버린 코로나19 사태는 지구 환경을 생각해 보는 계기가 되었다. 팬데믹으로 경제활동이 멈추자 아이러니하게도 대기와 수질은 깨끗해지고 생태계가 회복되는 현상이 나타났다. 지구 온실가스 배출량도 전년보다 약 5.5% 줄어들 것으로 추정된다고 한다. 아이러니하게도 현재의 위기는 우리가 삶에서 어디에 우선순위를 둘 것인지 깨닫게 해준다. 지금 전 세계에서 일어나고 있는 행동의 변화가 코로나19 사태 이후에도 환경 보호를 위한 또 다른 해법이 될 수도 있다.

개인의 힘으로만 환경을 살리는 것은 물론 어렵다. 친환경을 강제하는 정책이 필요하고 제조업체들의 변화가 우선되어야 한다. 그런데 그 변화의 불씨를 나, 개인이 키울 수는 있다. 같은 생각을 갖고 서로 지지해 주는 사람들이 모여 세상을 조금씩 바꾼다. 천천히 조금씩 일상에 스며드는 것만이 진정한 변화 아닐까.

『궁극의 미니멀 라이프』의 저자인 일본인 주부 아즈마 가나코는 도쿄

교외의 60년 된 일본 가옥에 살면서 자동차, 에어컨, 냉장고, 세탁기, 휴대폰 없는 삶을 살고 있다. 이 4인 가족의 한 달 전기요금은 500엔 정도. 그런데 힘겨운 '절약'이 아니라 즐거운 '일상'이라고 한다. 보통 가정에서도 자연스럽고 친환경적인 삶을 살 수 있다는 라이프 스타일을 제안해 화제가 되었다.

그는 책에서 "당연하다고 여기던 것들을 없애 보면 생활의 본질이 보인다.", "안 쓰는 물건은 필요로 하는 사람에게 주면 순환이 일어나 물건이 살아난다.", "물건을 자기만 소유하고 버린다는 것은 흐름을 끊는 일. 물건의 인생도 거기서 끝나 버린다. 잘 살리는 것을 소중하게 생각하라."라고 말했다. 단순한 절약에 관한 이야기가 아니라 물질문명에 푹 빠져 지나친 편리를 추구하는 우리에게 주는 경고일지도 모른다. 코로나19 팬데믹이라는 전대미문의 사태를 겪고 있는 지금 그리고 그 이후, 미래를 살아가는 우리에게 미니멀 라이프, 에코 라이프는 선택이 아니라 필수가 될 수도 있다.

·· **김경화**

에듀코칭포럼 대표, 여성CEO코칭연구소 소장, 사회적코칭협회 아카데미 원장을 맡고 있다. 신문사와 잡지사에서 기자, 편집장으로 취재하고 글 쓰며 잡지 만드는 일에 20여 년간 종사했다. 퇴직 후 평소 관심 있던 교육사업 분야로 진출, 유아교육기관을 운영하면서 코칭을 접하게 되었다. 현재 KPC, CPC 전문코치로서 기업과 학교에서 리더십, 커리어, 생애설계, 관계관리, 책 쓰기 강의 및 개인코칭과 그룹코칭을 하고 있다. 칼럼니스트로 활동하며 신문, 잡지 등 미디어에 칼럼을 기고하고 있다. 저서로 『알로에 면역혁명』과 공동번역서 『코칭의 역사』, 공저 『평생명강사』, 『미래에게 묻고 삶으로 답하다』가 있다.
이메일: hwa3230@hanmail.net
블로그: https://blog.naver.co/happycoach7

인생 4막

· 류승원 ·

프롤로그

꿈에 그리던 웰니스 코칭 뮤지컬의 제작과 제반 시스템의 글로컬라이제이션을 위해 런던으로 가족을 데리고 온 지도 10년이 넘었다. 2020년 대한민국에서 세계 최초로 코칭 뮤지컬을 선보인 이래 도시재생과 통합예술에 기반을 둔 웰니스 산업 육성 정책으로서 뮤지컬 프로그램을 지속적으로 개발하였는데, 영광스럽게도 2030년에 이르러 이를 눈여겨본 런던 시청과 웨스트엔드 관계자의 초청으로 소수에게만 주이지는 글로벌 인재 비자(Global Talent Visa)를 받아 예술가들의 자치구라 불리는 첼시에 자리를 잡을 수 있었다. 2031년 8월, 뮤지컬 「바르샤」의 초연이 있었고 이후 10년 동안 난 작품을 개선하고 시스템을 정비하는 데 최선을 다했다.

바르샤(VARSHA): 하안거(夏安居)

2041년 8월 30일, 1908년 개관한 런던 웨스트엔드의 유서 깊은 극장 SOLT(Society of London Theatre)에서 열린 뮤지컬 「바르샤」의 10주년 기념 공연에 참석한 나는 공연 직후 사람들의 박수 소리를 뒤로 하고 조용히 가족들이 모여 있는 호텔로 향했다. 드디어 내일은 오랫동안 준비한, 1년 동안의 크루즈 여행이 시작되는 날. 객실 문을 열자 이제 10살이 된 골든 레트리버 '골드'가 꼬리를 세차게 흔들며 내게 달려들었다. 아내를 포함한 가족 모두는 여러 개의 캐리어에 자신의 물건들을 모두 정리한 채로 차를 마시고 있었다. 저마다 들뜬 모습들이 사랑스럽기도 하고, 어느새 환갑을 맞이한 나를 위해 가족들이 준비한 깜짝 파티도 감격스러웠다. 그렇게 어느덧 자정이 찾아오고 모두 각자의 침대로 하나둘 떠났다. 아내도 침대에 몸을 누이며 창가에 앉은 내게 이제 얼른 자라고 손짓했지만 나는 걱정 말라는 듯 미소로 답을 했다. 가족 모두가 잠자리에 들고 나는 문득 밤안개가 자욱한 템스 강을 응시했다.

2011년 여름 밤, 그 강변을 거닐며 마냥 세상이 신기했고 겁이 없었던 서른 살의 내 모습이 아른거렸다. 30년이라는 시간동안 나의 삶은 어떠했을까? 바깥으로 향했던 시선은 다시 안으로 돌아왔고 이런저런 생각과 감정들이 교차하며 생긴 내 표정이 거울처럼 창에 비쳤다. 늘어난 주름살과 흰머리…… 젊음은 꿈보다 항상 크다고 생각했는데, 이제는 내가 이룬 그 꿈들 속에서 나의 젊음은 아련한 추억이 되어 가고 있다. 그리고 이제는 저 강처럼 누구도 거부할 수 없는 시간의 흐름 속에 인생 4막이 시작되었다. 100년을 산다고 가정하고 20년 단위로 나누면 지금의 나는 발단, 전개, 위기를 지나 절정으로 향하고 있으며 머지않아 결말을 보게 될 것이다. 이런저런 생각을 하다 잠든 가족들을 한 명 한 명 살피며 나지막이 감사의 말을 전했다. '당신들이 있어 나라는 존재가 온전할 수 있었음을 죽는 날까지 잊지 않겠습니다.' 그 마음이 닿았는지 코까지 골던 골드가 천천히 일어나 내게 다가와 물끄러미 바라보다 안긴다.

이후 줄곧 골드와 함께 잠이 들었던 걸까? 골드의 침으로 세수를 하며 일어나 보니 모두 분주하게 외출을 준비하고 있었다. 서둘러 옷을 갈아입은 뒤 호텔 정문에 도착한 밴에 가족들의 모든 짐을 싣고, 뒤따라온 리무진에 어머니를 비롯한 모든 가족을 안전하게 태웠다. 1년 동안 우리를 지구 곳곳에 데려다 줄 'ULTIMATE WORLD CRUISE'가 있는 항구까지는 30분 남짓. 그 시간 내내 90세가 된 어머니가 10대 손주들과 행복하고 건강한 모습으로 대화를 나누시는 것에 나는 이미 여행을 다 마친 듯 뿌듯함의 호사를 누렸다. 그리고 잠시 뒤 운전기사가 이제 곧 도착한다고 하자마자 웬만한 호텔보다 커 보이는 크루즈가 있었는데, (내 나이 마흔이 넘어 태어나 이제 겨우) 고등학생이 두 아이가 리무진의 창문을 내리며 환호성을 질렀다. 그 모습에 아내는 위험하다고 이제 그만하라고 하는 걸, 이제 다 컸으니 내버려 두라며 말렸다. 항구에 도착한 뒤 우리는 간단

한 수속을 마쳤는데 때마침 장모님에게서 연락이 왔다. '우리 먼저 입실했으니, 기다리지 말고 어서 들어오게. 사부인께는 마중 나가지 못해 죄송하다고 전해 주게. 한 번 들어오고 나갈 때마다 여러 사람 피곤하게 하는 것 같아 또 못 나가겠네.'

그렇지 않아도 일정상 인천 공항에서 히드로 공항을 거쳐 바로 항구로 오실 장인어른과 장모님이 걱정되었는데 아무 탈 없이 도착하신 것 같아 정말 다행이라 여겼다. 우리 앞에 서서 객실을 안내하는 매니저에게서, 두 분 모두 휠체어를 타고 계셔서 항구에 도착하신 뒤 대기 시간 없이 바로 수속하여 입실할 수 있게 배려했다고 전해 들었다. 이내 객실에 들어선 우리는 먼저 도착한 장인어른과 장모님을 반갑게 만날 수 있었고, 나는 고마움에 우리 가족을 잘 안내해 준 매니저에게 100파운드 지폐 하나를 건넸다. 그 모습에 아내는 오른손 엄지를 치켜세웠는데 골드 역시 칭찬을 하듯 꼬리를 세차게 흔들었다. 예약한 두 개의 스위트는 각 두 개의 방이 있었기에, '아들·골드 & 장인어른·장모님 / 나·아내 & 어머니·딸'로 배치하였다.

현재라는 선물

여름에 시작한 여행은 어느덧 겨울이 되었지만, 남반구에 머무르고 있기에 여전히 반팔과 반바지가 자유로웠다. 따뜻한 12월의 아침 햇살을 받으며 골드와 함께 나름 개발한 선내 산책로를 거닐고 있는데, 지배인이 내게 다가왔다.

"미스터 류. 이번 크리스마스 강연에 원래 오기로 한 사람이 갑작스러운 사고로 참여가 어려워졌습니다. 그래서 승객 중에서 모두에게 귀감이 되어 줄 사람을 찾고 있었는데 저희 생각에는 미스터 류가 가장 적합한 것 같아 이렇게 정중하게 요청합니다. 이 배 안에 있는 모두를 위해 강연자가 되어줄 수 있나요? 모처럼의 평온을 깨는 제안이라면 정말 죄송합니다."

이 크루즈에는 한 달에 한 번 명사들의 강연이 열리는데 명사들의 인지도 때문인지 매우 인기가 높았다. 그래서 쉽게 이 제안을 승낙하기가 부담스러웠다. 내가 과연 그들과 어깨를 나란히 할 정도의 사람인지, 그것도 크리스마스 특별 강연인 것을…… 저녁이 되었음에도 결정을 내리지 못하고 고민이 깊어지자, 아내가 이렇게 말해 주었다.

"당신은 이미 이 세상에서 가장 아름답고 경이로운 뮤지컬을 만들었어요. 그것만으로 자격은 충분해요. 이곳에 있는 사람들은 분명 당신의 이야기를 듣고 싶어 할 거예요."

아내의 이야기에 근심이 풀려 지배인에게 승낙의 메시지를 보냈다. 그리고 강연을 일주일 앞둔 어느 날 늘 캐주얼 차림이었기에 어떤 옷을 입어야 하나 걱정이었는데, 지배인을 통해 선내 마스터 테일러가 객실로 찾아왔다.

"미스터 류, 이틀이면 충분합니다. 제게 맡겨 주세요. 구두와 벨트, 넥타이, 커프스링크 등 모든 액세서리도 준비될 것입니다. 미스터 류의 옷을 만들 수 있게 되어서 영광입니다. 저희 가족도 뮤지컬 「바르샤」에 큰 감동을 받았습니다.”

종종 사람들에게서 내 유명세를 듣기는 했지만 영광이란 표현은 아직도 어색하다. 또 한국인으로는 최초로 기사 작위를 받을 것이란 이야기가 몇몇 언론을 통해 보도가 되기는 했지만 공식적으로 연락 받은 적은 없었다. 그보다 난 그저 한 사람의 의견과 칭찬과 배려에 더 관심이 많다. 즐거운 채촌(採寸) 작업이 끝나고 혼자 거울 앞에 섰는데, 골드가 흐뭇하게 쳐다본다. 골드 역시 사람 나이로 계산하면 환갑이다. 사람이었다면 나의 성공에 박수라도 쳐 줄 것 같은 오랜 친구의 기세가 느껴졌다. 잠시 뒤, 아들과 딸이 소란스럽게 객실로 들어와 소리쳤다.

“아빠! 이번 크리스마스의 강연자가 아빠래요! 지금 계속 광고하고 있어요!”

아이들의 호들갑에 장인어른과 장모님, 어머님까지 낮잠에서 깨어나셨다. 그리고 시간은 흘러 어느덧 크리스마스이브 만찬을 앞두고 열리는 강연. 오랜만에 입은 턱시도에 어색함을 느낄 틈도 없이, 사회자는 나를 무대 위로 안내했다. 많은 사람의 박수 속에서 강연은 시작되었다.

“우선 제게 이 특별한 시간을 마련해 준 모든 분들에게 감사를 전합니다. 사랑하는 가족과 이제는 가족이나 다름없는 여러분들 앞에서 60분이라는 시간 동안 60년의 인생을 전하게 된 것만으로도 저는 분명 성공한 인생임에 틀림없을 것입니다. 그것이 저만의 생각이 아니라면 다시 한번 박수를 부탁드립니다. 그럼 이제 여전히 부족한 것이 많은 저이지만 최선을 다해 제가 발견한 삶의 보물에 대해서 말씀드리겠습니다. 첫 번째 보물은 카르페디엠, **Present**입니다. 현재라는 선물이 지금도 우리 앞에 있음을 잊지 말아야 할 것입니다. 저는 불우했던 10대 시절부터 삶과 죽음이 공존하고 있음을 인지하였습니다. 우리는 살아가고 있지만 동시에 죽어 가고 있습니다. 유한한 존재임을 매 순간 인정하며 현재라는 선물을 충분히 즐겨야 합니다."

"2021년 1월 29일, 제 마흔 살 생일에 저는 여러분들이 잘 알고 계시는 뮤지컬 「바르샤」의 대본 작업을 마쳤습니다. 대본을 쓰기 전까지 저는 비공식적인 기간을 포함하여 약 10년 동안 코치와 카운셀러, 컨설턴트로 살았습니다. 많은 사람들의 고민과 상처를 들었고 그들이 과거를 극복하고 현재를 즐기며 미래를 찾을 수 있도록 함께 했습니다. 그러나 정작 저 자신은 어떤지를 2020년 하반기 내내 진지하게 돌아보았고 이대로 살아갈 수는 없음을 직시하였습니다. 2020년 12월부터 약 두 달 동안 쉼 없이 써 내려간 대본은 그 성찰의 결과물이 되었습니다. 스무 살에 시작한 사회생활이었기에 그로부터 20년 간 일과 학업, 여행은 저의 전부였지만 이 대본을 쓰기 전까지 그것들이 어떻게 나와 세상에 이롭게 작용할 수 있는지 명료하게 알지 못했습니다. 5개의 학위와 5개 분야의 전문 경력, 전 세계 80개국 200여개 도시를 경험했던 것으로도 여전히 저는 삶의 의미를 쉽사리 발견하지 못했습니다. 그러다 문득 떠오른 현재라는 선물, 더 이상은 지체할 수 없었기에 오랫동안 미뤄온 대본을 완성하지 않을 수 없었습니다."

균형과 조화

"두 번째 보물은 중용의 의미를 포함하는, **Balance**입니다. 어느 한쪽으로도 치우치지 않는 균형을 갖기란 어려운 일이며, 반대로 이러한 균형을 잡을 수만 있다면 인생은 자신이 설정한 방향과 속도로 순조롭게 나아갈 것입니다. 저는 2021년 2월 삶의 유한함 속에서 완성한 대본을 전 세계인들이 이해할 수 있도록 번역 작업을 전문 업체에 의뢰한 뒤 두세 번째 박사학위 논문들도 차분하게 하나씩 진행하였고 주 수입원인 코칭과 상담, 컨설팅도 이전보다 더 적극적으로 임했습니다. 매일 꾸준한 운동과 건강한 식사를 하였고, 가족과 정기적인 모임을 가지며 여행을 떠났습니다. 기부와 봉사에 마음을 둔 친구들과 깊게 교류하며 자연과 동물을 수호하고자 앞장섰습니다. 불가능하리라고 생각했던 일·꿈·사랑·우정·가족·건강에 대한 균형은 자리를 잡아갔습니다. 시행착오도 많았지만 늘 몸과 마음, 영혼의 중심에서 생각하고 행동하려고 노력했습니다. 빠르게 변화하는 세상이지만 이것만큼은 변하지 않도록 늘 주시했습니다."

"세 번째 보물은 아름답고 경이로운, **Harmony**입니다. 균형 잡기를 넘어서 삶의 모든 요소들이 한데 어우러져 자신만의 색깔과 목소리를 가져야 합니다. 국문학으로 시작한 저의 학위는 경영학, 영상학, 심신치유학, 건강과학으로 이어졌습니다. IT로 시작한 저의 경력은 엔터테인먼트, 의료, 도시공공디자인, 교육상담코칭 분야로 확대되었습니다. 많은 사람들이 이러한 제 행보에 한 우물을 파야 한다며 많은 우려를 표했습니다. 그러나 저는 다양한 경험을 통해 이 세상이 점점 예측 불가능해지고 있음을 직감했습니다. 실제로 우리가 살고 있는 세상은 하나의 프레임이나 도구만으로는 제대로 이해하기 어렵고 뜻대로 살아가기도 어렵습니다. 이러한 연유로 저는 뮤지컬 대본을 쓴 이후 단순히 작품을 무대에 올리는 것을 넘어 지금까지의 학위와 경력을 활용하여 하나의 지속 성장이 가능한 예술 기반의 환경 및 산업 생태계를 만들기 시작했습니다. 그리고 마침내 2031년 8월에 뮤지컬 「바르샤」를 세상에 내놓을 수 있었습니다.”

“뮤지컬 「바르샤」는 제가 발견한 삶의 3가지 보물인 Present · Balance · Harmony의 중요성을 작품 내에서도 표현하고 있지만 작품을 준비하고 만들며 소비하는 과정 전체에도 적용하려고 노력했습니다. 저희 프로덕션에 소속된 작가와 작곡가들은 전 세계 문학작품을 데이터베이스로 두고 매년 캐릭터와 스토리들을 재창조하고 있으며, 디자이너들은 그런 캐릭터들을 무대에 오르기 전 다양한 미디어들을 통해 어떻게 사람들에게 전달되어야 할지를 염두에 두며 콘텐츠를 생산합니다. 그리고 매년 정기적으로 배우 오디션을 통해 상업적인 공연에 투입될 팀과 교육 목적의 프로그램에 참여할 팀을 구분하여 모집합니다. 후자의 경우 예술 및 심신치유, 건강관리 전문가들에 의해 참가자들은 일반 상업 무대와 동일하게 오를 수 있도록 훈련받게 되며 우수한 몇몇은 실제 상업무대에 오르기도 합니다. 대다수의 참가자들이 연기와 노래, 춤을 연습하며 보다 건강하고 행복한 삶으로 전환되었음을 지난 10년 동안 저는 지켜보았습니다.”

“이 모든 것은 정부지원 및 기업후원, 대학 연계들을 통한 안정적인 물적 · 인적 자원의 확보로 이뤄지고 있습니다. 또한 최근에는 뮤지컬 「바르샤」의 프로세스 전체가 실질적인 건강과 행복에 직접적인 영향을 줄 수 있다는 의과학적인 증명이 이뤄지면서, 다양한 심신치료·치유 기법들도 기존의 예술치료·코칭·상담 등과 어우러지며 우리의 프로그램을 보다 풍요롭게 하고 있습니다. 현재 런던에만 매년 천 명 이상이 이 프로그램을 경험하고 있고, 그들을 통해 본 프로그램이 사회의 순기능으로서 자리하고 있음이 알려졌습니다. 제가 이 자리에 설 수 있었던 것도 그 때문일 것입니다. 이제 정리하겠습니다. 저는 뮤지컬을 활용한 도시 재생과 웰니스 산업 생태계를 현실화하였습니다. 도시는 건강해졌고 구성원들은 행복해졌습니다. 이것이 제 60년 인생의 결과입니다. 여러분의 인생과 보물은 어떤 것인가요? 이제 무대에서 내려오게 되면 저도 여러분의 이야기를 여러분들 곁에서 듣고 싶습니다. 그리고 이와 같은 나눔의 시간이 우리가 누릴 수 있는 최고의 크리스마스 선물이 될 것입니다. 모두 잔을 채우고 건배를 하겠습니다. 자 그럼 외쳐 봅시다! 우리의 찬란한 미래를 위해! 메리 크리스마스, 해피 뉴이어!"

에필로그

약 1년의 항해를 마치고 2042년 8월 초 런던으로 귀항한 크루즈. 가족들과 함께 마지막 사진 촬영을 한 뒤 한국으로 돌아갈 장인어른과 장모님을 배웅하려다가 나는 생각을 바꾸었다. 남은 인생 4막과 5막은 한국에서 보내는 것으로. 10년간의 런던 생활에 지치기도 했던 어머니는 눈물을 흘리셨고, 나는 골드까지 챙겨 한국으로 돌아가기 위해 많은 것을 순식간에 처리했다. 언제 어디서든지 Present · Balance · Harmony로 구성된 3박자의 흥겨운 삶의 왈츠는 계속 될 것이다.

··· **류승원**

코칭연구소 겸 전인치유공간 'I.AM@hAUM'의 대표(CEO), 서강대 영상학 박사(PhD), 국제코치연맹(ICF) 인증 코치(PCC). 2001년 IT벤처를 시작으로 약 15년 동안 ICT/엔터테인먼트/의료/도시공공디자인 등의 분야에서 주로 전략&브랜드 기획 파트를 맡아 종사했다. 2011년부터는 관련 교육을 이수하고 자격을 취득하여 조력 전문가(코치, 카운슬러, 컨설턴트)로 활동하고 있으며, 'Integral Art & Smart Media'를 적극 활용한 의과학적 근거 기반의 'Wellness'를 전문영역으로 두고 있다.
이메일: vicki821@naver.com

더 리밋(The Limit)

· 이수미 ·

스타 영어강사에서 자기주도학습 전문가로 변신

수능 일타강사였지만 내가 자기주도학습을 공부해야만 했던 절실한 이유가 있다. 영어강사가 자기주도학습 전문가로 변신한 웃기고도 슬픈 사연을 통해 나의 미래 준비 이야기를 해 보려 한다.

자기주도학습이란 학습자 스스로 계획하고, 실행하며 평가를 한 후, 피드백 내용을 반영해서 이를 다시 반복적으로 피드백하는 일련의 과정이다. 이 과정을 통해 학습자는 자신의 잠재력을 극대화할 수 있으며 자기 효능감을 높일 수 있다.

나는 자기주도학습의 가장 효과적인 프로그램을 개발하고 그 효과성을 입증하기 위해 지난 10년 전부터 지금까지 고군분투해 오고 있다. 처음에는 멋모르고 수개월간 학습에 뛰어들어 적용해 보았지만 그 과정에서 그동안 경험해 보지 못한 기적과도 같은 결과를 체험하면서 좀 더 심도 있게 공부해 보기로 마음먹었다. 관련 석사과정을 거치면서 깊이 있게 개념을 마스터 하려 했지만 끝이 없는 자기주도학습 관련 주변 분야까지 탐독하게 하는 학습의 과제는 급기야 나를 박사과정까지 이끌고 말았다.

박사학위와 개론서 저술 및 관련 프로그램과 도구 및 앱 개발을 넘어 학습법 특허를 받기까지 10년이 넘는 내 꽃다운 청춘을 고스란히 반납하고서야 비로소 나는 자기주도 학습에 대한 답을 찾을 수 있었다.

이런 고난의 과정임에도 불구하고 나는 왜 지금껏 자기주도학습에 올인했고, 아직까지도 끊임없이 학습자들의 잠재력을 이끌어 내기 위해 나 자신을 희생하고 있는가? 에 대해서도 고민해 보았다. 나 또한 누가 시킨 것도 아닌데, 매일 적용시켜 보고 프로그램을 보완하고 수정하는 과정을 되풀이하고 있기 때문이다. 그것은 바로 자기주도학습이 주는 성취감과 자기효능감에 있다.

한계(리밋=Limit) 정하기

누군가에게 맞고 산다면 그것은 내가 허락했기 때문이다.
누군가 내게 막 말을 한다면 그 또한 내가 허락했기 때문이다.
내 자녀가 창의력이 부족하고 스스로 해결하지 못하는 의존적인 사람이라면 부모가 질문에 바로바로 답을 주어 자녀의 창의력을 단절시켰기 때문이다.

내 부하가 게으르다면 나 자신이 그만큼 게을렀기 때문이다.

우리는 문제가 생길 때마다 대부분의 경우 남의 탓을 하는 경우가 많다. 갈등이 생겼을 때도 피해자 마인드로 상대를 비난할 때가 많다. 물론 가해자가 잘 했다는 건 아니다. 심지어 욕하고 때리는 것을 두둔하는 것은 더더욱 아니다. 다만 주도적인 자세로 모든 문제의 근원을 들여다보면 많은 경우는 이를 예견하고 미리 피할 수 있다는 얘기다. 왜냐하면 그런 피해의 대부분은 처음 발생한 순간부터 내가 허락했기 때문에 그런 일이 반복적으로 생기는 경우가 많기 때문이다.

자기주도학습 전문가로 활동하며 자주 듣는 질문이 있다. '잘 안 된다. 해 봤는데 효과가 별로 없다. 그럼에도 스스로 하지 않는다.' 등등… 자기주도학습이 선택이 아닌 필수가 된 이 시대에 이러한 학습에 효과가 있으려면 뭔가를 더 하려고 하는 것보다 무엇을 하지 말아야지 하는 의지와 조절능력이 더 중요하다고 생각한다. 이 책에서 전하는 나의 메시지는 자기주도학습을 실천하기 위해 우리가 지켜야 할 리밋과 지켜지지 않았을 때의 솔루션을 제시하는 지침이 될 것이다.

모든 극단적인 수치에는 최대값, 최소값, 제로베이스가 존재한다. 내가 제시하는 리밋값은 내가 공부하고 경험한 것들을 바탕으로 제시한 값들이다. 따라서 앞의 단순한 수치나 모든 사람과 상황에 똑같이 적용되는 값이 아니다. 다만, 내가 제시한 리밋들이 각자의 삶을 살아가는 데 있어서 한계를 정하는 가이드라인이 되었으면 하는 바람이다.

리밋을 정하지 않아서 생기는 문제들

다음의 사례들은 리밋을 제대로 정하지 못해서 생긴 불행한 사건들이다. 미리 리밋을 정해 놓았다면 적어도 더 큰 불행으로 번지는 것을 막을 수 있었을 것이다. 나는 늘 사람은 좋을 때보다 안 좋을 때가 더 중요하다고 강조한다. 좋을 때는 듣기 좋은 표현만 해서 문제나 갈등이 생길일이 별로 없다. 안 좋을 때 부정적인 표현을 해서 다툼이 생기기도 하고, 선을 넘어서는 행동을 해서 사건사고가 터지게 마련이다. 금지된 음식을 먹는 것이 전 세계의 재앙을 가져올 거라고 생각한 사람이 과연 얼마나 되었을까? '코로나19' 또한 리밋의 단적인 예라고 할 수 있다.

고등학교 2학년 무민이는 공부는 잘했지만 뭘 물어봐도 '모른다'는 대답으로 일관했었다. 엄마가 시키는 대로 그녀가 선택한 학원을 다녔고 무엇 하나 스스로 판단하고 선택한 적이 없어서 대학 진학 후에도 학과가 자신에게 맞지 않는다고 휴학 후 반수를 하고 있다.

공부만 잘하면 모든 게 용서되는 세상! 초등학교 때부터 항상 단어장을 들고 엘리베이터를 타고는 단어를 열심히 외우던 같은 라인의 남매가 둘 다 대학생이 되었다. 이들은 아직까지 단어장을 들고 다니지는 않지만 같은 라인에 사는 10년을 넘게 만나는 어른들께 단 한 번도 인사를 해본 적이 없다. 공부만 했지 예의범절은 꽝이다.

맞벌이 부부인 친구는 중학생 자녀가 학교 끝나고 학원가기 전 저녁을 챙겨 주지 못하는 게 늘 안쓰러워서 체크카드를 준다. 몸에 좋은 것 맛있는 것을 사 먹으라고 준 것이다. 예원이는 처음엔 아빠 말대로 먹을 것만 사 먹었다. 그런데 화장품, 옷, 유흥비로 쓰는 카드비가 점점 늘어난다. 체크카드를 줬다 뺏었다 두어 차례를 반복하면서 아빠는 고민하고 있다.

위의 사람들 모두에게 리밋 개념이 필요하지 않았을까?

이밖에도 내가 했던 상담 중에는 리밋을 정하지 않아 발생하는 크고 작은 문제들이 허다하다. 어떠한 문제에 직면했을 때 해결방안을 찾을 때 반드시 '어디까지?'라는 질문을 스스로 할 때가 있다. 이때 나는 이 리밋 개념을 꼭 정해 보길 권장한다.

코이의 법칙

'코이'라는 물고기가 있다. 비단잉어 중의 하나인데 환경에 따라 성장하는 크기가 달라진다. 이 물고기는 어항에서 기르면 5~8cm로 자라고, 강물에서 자라면 90~120cm의 대어가 되는데 이를 '코이의 법칙'이라고 한다(의학신문, 2015. 12.). 사람도 환경에 비례하여 능력이 달라질 수 있다. 물고기 코이가 자라는 물에 따라 크기가 달라지듯, 사람도 그를 포함한 주변 환경과 생각의 변수에 따라 자신이 발휘할 수 있는 능력과 꿈의 크기가 달라진다.

그동안의 나의 경험에 비추어 보면 사람은 믿어 주는 만큼 자라고 아껴

주는 만큼 여물고 인정받은 만큼 성장하는 듯하다.

가장 뼈아픈 사례의 기억이 있다. 어느 엄마가 아들이 공부를 등한시하고 친구들과 PC방을 가거나 시험기간에 공부를 소홀히 하고 모의고사를 보다가 일찍 풀고 엎어져서 자는 것을 비관하여 그때마다 너무 속상해서 울었다고 한다. 이에 아들은 항상 자신 때문에 슬퍼하던 엄마를 등지고 어느 날 자신이 사는 아파트에서 뛰어 내렸다. 속상해했던 엄마와 방황하는 고등학교 1학년인 그 아이의 표정이 아직도 생각난다. 그 후로 입시전문가인 나는 무엇보다 아이들의 행복을 안위를 먼저 생각하는 선생이 되었다.

내가 선택한 주변 환경과 생각에 따라 엄청난 결과의 차이를 만들어 낼 수 있다. 공부만 잘 하면 모든 게 용서되는 환경에서 길러진 우리의 아이들이다. 그저 모든 게 용납된다는 건 그 어떤 리밋도 존재하지 않는다는 걸 의미한다. 리밋의 존재감을 가져야 한다.

사장님이 달라졌어요

40년 전통의 냉면 맛집이 있다. 회냉면인데 남자사장님이 한 그릇 말아 주니 전문가가 '무릎 꿇고 배우고 싶다'고 할 정도로 감칠맛으로 정평이 났던 집이다. 몇 개월 지나 그 냉면집을 다시 방문해 보니 웬걸, 파리를 날리고 있다. 왜일까? 맛이 변했다. 그때 그 맛이 아니다. 방송 나간 후 손님이 몰렸고 하루 300~400그릇을 팔려는 욕심이 앞서다 보니 회가 덜 숙성된 상태에서 냉면이 만들어졌고, 이 냉면은 그전의 맛이 아니었던 것이다.

근본 원인은 바로 리밋이다. 냉면 맛을 유지하려면 하루 100그릇만 팔고 아무리 손님들이 몰려와도 회가 숙성되는 시간을 유지했어야 했다. 전에는 장사가 안 되서 반강제로 숙성되어서 최고의 맛을 냈던 냉면이 인위적으로 숙성기간이 점점 짧아지면서 맛과 손님을 떨어뜨리고 말았다.

그렇다면 이 냉면집의 리밋은 어떻게 설정해야 할까? 충분히 숙성된 회를 제공할 수 있는 시간을 가질 수 있는 냉면 그릇 수가 리밋이 되어야 한다. 그렇다면 나의 리밋은 어디까지인가?

이불 밖은 위험해

영화 「친구」에 나온 대사이다. 영화 속에서 마약중독자 역을 맡은 배우 '유오성'이 이불 속에서 내뱉은 말이다. 방콕을 빗대서 농담처럼 써 온 불후의 명대사가 되어 왔다. 그런데 이 말이 실제상황이 되었다. 코로나 19로 자가격리와 사회적 거리두기에 동참하면서 실제상황에서 불러오게 된 씁쓸한 애드립이 되고 만 것이다.

먹어서는 안 되는 것을 먹어서 생긴 전 세계의 재앙이다. 아담과 이브가 먹지 말라는 선악과를 먹은 것처럼⋯⋯

우리는 먹지 말아야 할 것이 있다. 이 또한 리밋이다. 그럼에도 불구하고 꼭 몰래 찾아 먹는 사람들이 있다. 과연 어디까지 허락할 것인가? 그

리밋의 정도를 구별해서 엄벌에 처해야 할 것이다.

　나는 지금까지 수많은 교육과 상담을 통해 직간접적으로 자기주도학습을 통한 리밋을 주장하고 있다. 우리 모두 자신에게 꼭 맞는 리밋 값을 정하여 더 나은 미래를 준비해 보길 바라마지 않는다.

·· **이수미**

㈜이수미학습코칭 대표이사. (사)한국코칭학회 상임이사. (사)한국강사협회 상임이사. 연세대 학습코칭 전문가 과정 책임교수로 활동했으며, 공교육과 사교육에서 20여 년간 진로학습코칭을 실행했다. 대한민국 명강사 경진대회에서 대상을 수상했으며 ㈜휴넷, ㈜한솔교육 등에서 자기주도학습법의 인터넷 강사로 강의중이다. 건국대학교 글로컬캠퍼스에서 Learning Channel 강사로 강의하고 있다. 저서에는 『강사트렌드코리아 2019』, 『자기주도학습개론』, 『입이 뻥 뚫리는 영어 35』 외 다수가 있다.
이메일: debbieee@naver.com
인스타: @coaching_isumi
유튜브: 이수미tv

다산심부름꾼의 인생 3막 기적 소리

· 진규동 ·

우물 안 개구리의 세상구경

나의 어린 시절은 유난히도 산 넘어 울려 퍼져 넘어오는 중기기관차의 기적소리가 지금까지 귓가에 생생하다. 내가 살던 고향은 전라선이 통과하는 남원에서 곡성 사이 섬진강을 끼고 깊은 산골짜기에 자리하고 있었다. 기차가 지날 때면 중기기관차의 기적소리가 산을 넘어 들녘에 메아리쳐 우리 마을에까지 울려 퍼졌다. 지금이야 낭만적일지 몰라도 어린 시절의 기적소리는 어쩌면 힘겹게 달리는 중기기관차의 몸부림 치는 소리 같았다.

특히 그 기적소리는 허허벌판에서 일하는 농부들의 휴식 시간을 알려

주었고 때를 맞추어 새참을 먹으며 잠시 한숨을 돌리게 하는 휴식시간을 알려 주는 시계와도 같았다. 어린 시절 오직 농사가 주업이라 공부보다는 일이 우선이었다. 들녘에 나가면 시계도 없는 시절이라 몇 시가 되었는지 알 수가 없었다. 그저 기적소리 들리면 그때가 그때라는 짐작으로 사람들은 일하다가 새참을 먹고, 점심도 먹으며 잠시나마 휴식을 가졌다. 그러다 기적소리를 놓치면 어느 땐 새참도 놓쳐 허기진 배를 움켜쥐며 점심때까지 기다리곤 하였다.

초등학교 3, 4학년 때인지 모르겠다. 여름방학을 맞이하여 할머니를 따라 그 당시 부천 소사읍에 살고 계신 큰아버지 댁을 방문하게 되었다. 집에서 전라선 역이 있는 금지역까지 20여리를 짐 보따리를 둘러메고 걸어 나왔다. 처음 보게 될 기차며 서울에 간다는 호기심 때문에 얼마나 가슴이 들떴는지 전날 온전히 밤샘을 하였다. 오후 3시쯤 금지역을 출발한 기차가 하루 종일 달려 다음날 새벽 3시경 영등포역에 도착하였다. 당시엔 통행금지가 있어 시내버스가 5시나 되어야 다니게 되었다. 버스를 타고 소사에 도착하니 이곳은 도시 근교의 농촌이었다. 큰아버지께서도 농사일로 바빴다. 특히 소사는 그 당시 복숭아밭이 많았던 것 같다. 그래서 큰아버지 댁에서도 복숭아밭에 가서 일손을 거들었던 것 같다. 비록 서울의 중심은 아니었지만 읍내 가서 본 새로운 풍경들은 또 다른 세상이었다. 오며 가며 본 풍경들은 어린 나에겐 엄청난 경험이 되었다. 고향에 돌아와 서울 갔다 왔다며 친구들에게 자랑하던 그 시절을 생각하니 참 웃음이 나온다. 하지만 그때 서울을 갔다 온 사람이 거의 없던 때라 친구들의 부러움은 대단하였다. 기적소리만을 들으며 우물 안 개구리처럼 지내던

깡촌의 꼬맹이가 드넓은 세상을 경험했으니 그 기적소리가 때를 알려 새로운 세상을 경험하게 된 것이다.

썩는 방법에는 두 가지가 있다

중학교까지 시골에서 보내고 어려운 가정 형편을 살리기 위해 일찍 취업해야겠다는 맘으로 전주상고를 택했다. 그러나 취업은 안 되고 야간대학에 합격하였다. 일단 주간에 알바로 학비를 벌어 1학년을 마무리하고 군에 입대하였다. 운 좋게 미군들과 함께 생활할 수 있는 카투사로 차출되어 3년이란 세월을 외국 아닌 외국 생활을 하게 되었다. 한국군보다는 비교적 자유로운 곳에서 새로운 인생의 여정을 준비할 수 있는 행운을 갖게 된 것이다. 카투사 교육대에서 "카투사에서의 3년은 썩는 것이다. 그런데 썩는 방법은 두 가지다. 한 가지는 깊은 산사의 소나무가 썩어서 밑거름이 되는 것이고, 한 가지는 어물시장에 고기가 썩어서 냄새만을 풍기며 썩는 것이다. 선택은 여러분의 것이다."라는 어느 교관의 이야기는 군 생활 3년 동안 나의 소중한 지표가 되었다.

"준비하는 자에게 기회는 온다."는 평소의 생각을 바탕으로 돈을 주고도 배울 수 없는 실생활의 영어회화는 물론 전혀 접해 보지도 못한 이국 문화와 생활은 미래의 소중한 준비물이 되었다. 군 생활 3년 동안 준비한 결과는 내 생에 잊을 수 없는 취업 3관왕으로 나타났다. 한국전력, 서울은행, KBS 3곳에서 합격증이 날아들었다. 기적소리가 아니라 기적이 일어난 것이다. 어린 시절 그 기적소리는 소리가 아니라 내 마음속 울림이 되어 늘 "자신과 용기와 신념으로 준비하자"라는 나의 신념을 알리는 기적소리가 되었던 것이다.

방송의 맏형 KBS 일꾼이 되다

1979년 11월 28일 KBS 12시 정오 뉴스. 벽에 걸린 유선방송 스피커에 귀를 대고 KBS 제6기 신입사원 공채 합격자 발표를 기다리고 있었다. 방송요원으로 PD, 기자, 아나운서, 기술요원 등이 발표되고 마지막으로 행정직 명단이 발표되었다. 단 몇 분 동안이었지만 이 순간보다 초조하게 기다려 본 적은 없었다. 행정직 수험번호 80054번이 발표되는 순간 이 세상을 다 얻는 기분이었다. 방송을 통해 합격자 명단에 내가 오른 것이다. 이때만큼 긴장되고 숨 막힌 일은 없었던 같다.

채용시험 중 면접 때의 일 역시 잊을 수가 없다. 준비한 예상 질문과 답변을 그대로 대답할 수 있었기 때문이다. 즉 "KBS와 MBC의 차이점에 대해서 이야기해 보라"는 면접관의 질문이었다. 그것은 내가 철저하게 준비한 예상 질문으로 답변은 명료하게 "KBS는 문화의 샘터 거레의 길잡이로서 대한민국 방송의 맏형인 공영방송이지만, MBC는 민영방송으로 영리를 목표로 하는 방송이다"라고 자신 있게 답변하였다. 답변을 미치고 돌아설 때 면접관끼리 속삭이는 소리와 고개를 끄덕이는 모습을 보았다. 마음속으로 그래 이 정도면 확실한 면접이었구나 하는 생각이 들었다. 그리고 그때 면접을 준비했던 마음과 자세는 인생 2막의 무대인 KBS 에서 일하는 동안 늘 나 자신에게 자신감을 불어 넣어 주었다. 또 진정한 KBS맨으로 방송의 맏형 KBS의 일꾼으로 신명나게 일할 수 있는 원동력 이 되었다.

일찍이 은행에 들어가 돈 벌어서 가계를 돌보아야 한다고 생각했던 나 의 소박한 꿈은 우리나라 방송계의 맏형인 KBS 방송국에서 국민의 방송 일꾼으로 일하게 된 축복을 누리게 되었다.

첫 근무지 전주에서 4년 반 근무를 하면서 80년 언론 통폐합의 아픔을 겪었고, 이산가족찾기 생방송을 하면서 국민의 방송으로써 신뢰를 쌓아 가는 방송의 맏형 KBS 일꾼으로 보람도 가졌다. 본사로 올라와 연수원 을 시작으로 9개 부서를 거치면서 '가는 곳에 흔적을 남기자'라는 목표를 갖고 나의 청춘을 불살랐다. 1988년 올림픽 방송요원으로 일하여 올림픽 유공 훈장을 받았고, 1990년 KBS 4월 사태로 34일간의 극한 상황에서 초 창기 노사관계 개선에 노력하였다. 그리고 언론사 최초로 어린이집과 사 내 치과를 개원하였으며, 시내근로복지기금 등을 설립하여 직원들의 후 생복지에 기여하였다. 특히 KBS 연수원에서 4차례 10년 동안의 근무를 바탕으로 HRD 전문가로서 연수혁신(안) 수립, 학점이수제 실시, 전임교 수제 실시, ERP시스템 도입 등을 추진하여 KBS 평생학습체계를 구축하 였다. 그리고 홍보실에서 최초의 KBS 로고송 제작, 홍보 동영상 제작, 한 국방송 약칭 정관개정 등 대외적인 KBS 이미지 개선에 기여한 공로를 인 정받아 사장표장을 받기도 하였다.

특히 2001년 3월 3일 공사 창립일을 계기로 'KBS 한국방송' 명칭 변경을 제2의 창사로 연계하여 관료적이고 권위적이라는 외부의 시각을 더욱 다정하고 친근한 '보다 젊은 KBS, 사랑과 신뢰받는 KBS' 이미지 개선에 기여한 것은 지금도 자랑스러운 일 중에 하나이다.

늘 '준비하는 자에게 기회는 온다'는 신념으로 가는 곳마다 최선을 다하면서 현재에 머물지 않고 현장에서 문제점을 찾아 개선하고 보완하는 나의 노력은 34년간 근무하는 동안 연말모범사원, 제안상(3회), 업무유공상, 특별포상, 한국방송 추진업무유공 등 단체상(4회), 모범예비군상, 올림픽 유공 체육훈장 등 각종 부문에 걸쳐 받은 포상으로 나타났다. 그리고 1995년 3월 31일 언론사 최초 사내 자원봉사단체인 'KBS샘터회'를 결성하여 퇴직 때까지 봉사하였다. 늘 방송의 맏형으로서 사회로부터 받은 대접을 우리보다 못한 주변의 이웃들과 함께 나눌 수 있도록 한 일은 방송의 맏형 KBS 일꾼으로서 또 하나의 보람된 일이었다.

다산과의 만남, 인생 3막의 축복

인생 2막의 무대를 떠나 전혀 새로운 미지의 세계인 인생 3막의 무대는 오로지 자신이 준비해야만 하는 무대였다. 다행히 10년 전부터 준비한 평생학습은 지속적인 무대 설치를 위한 기본이 되었다. 퇴직하자마자 인천아시안게임 방송제작 요원 교육훈련 메니저로 아시안게임 방송을 성공적으로 치를 수 있게 되었다. 그리고 평생교육기관 센터장으로 숭실대학교와 인천대학교에서 청년 학생들과 함께 하면서 얻은 경험은 인생 3

막의 새로운 에너지가 되었다.

그러다 회갑 기념으로 친구들과 찾은 다산초당은 인생 3막의 새로운 이정표를 세우는 결정적인 계기가 되었다. 새로운 이정표를 찾던 중 발견한 미지의 땅 강진에서의 다산과의 만남은 나에겐 현대판 유배지였다. 하지만 그 유배지가 다산의 위대한 학문인 다산학의 성지와 실학의 성지가 되었듯이 나에게도 인생 3막의 새로운 무대가 되었다. 다산 정약용 선생의 삶과 업적을 기리고, 그 정신을 현대적인 가치로 계승 발전시키고자 설립된 다산박물관에서 2년간 다산교육담당관으로 일하게 된 것은 인생 3막 최고의 축복이었다.

다산에 대한 연구와 유배지 현장에서의 다양한 체험을 바탕으로 인생 3막의 새로운 여정을 다산심부름꾼으로 새 출발하게 되었다. 다산심부름꾼으로 조선의 역사는 물론 우리의 과거 역사까지 새롭게 학습하면서 앞으로 무엇을 어떻게 해야 할 것인가를 고민하게 되었다. 다산의 학문의 깊이가 너무나 넓고 깊어서 전문가라기보다는 심부름꾼이라도 해 봐야겠다는 심정으로 자칭 다산심부름꾼으로 실생활에서 다산정신을 실천하는 일꾼으로 일하기로 다짐하였다. 그 일환으로 다산정신에 대한 정리된 용어가 없다는 것을 발견하고 '평생학습인 다산 정약용의 다산정신에 관한 탐색'이란 주제로 우리나라 최초로 다산정신에 대한 논문을 발표하였다. 그리고 매주 월요일 아침 일찍 120여 차례 다산초당을 오르내리며 다산선생께 인사드리며 나눈 마음속 대화를 바탕으로 『다산의 사람 그릇』이란 책을 출판하게 된 축복도 누리게 되었다.

다산정신을 통한 새로운 사회적 가치 창출자

다산정신이란 '다산학을 기반으로 한 주인정신과 위국애민에서 드러난 소통, 청렴, 공정, 탐구, 창조, 개혁이다'라고 본인이 쓴 논문에서 정의를 하였다. 600여 권의 다산학을 기반으로 한 다산정신의 다양한 가치들은 우리 시대가 요구하고 있는 사회 공동체 가치들을 표출하고 있다. 특히, 주인정신과 위국애민은 물론 이를 통한 소통, 청렴, 공정, 탐구, 창조, 개혁의 가치들은 다산이 꿈꾸던 '나라다운 나라, 백성이 주인되는 세상'을 구현하고자 했던 가치들로 지금 우리가 추구하고 있는 '국민이 중심인 사회'의 가치들과도 일맥상통한다.

『탁월한 사유의 시선』을 쓴 최진석 교수는 "사람은 자기의 시선 높이 이상의 삶을 살지 못한다"며 "시선이 높으면 높은 문명을, 시선이 낮으면 낮은 문명을 살 수밖에 없다"라고 하였다. 그리고 세계경제포럼 창립자인 클라우드 슈밥은 그의 저서『제4차 산업혁명』에서 제4차 산업혁명의 파괴적인 혁신을 성공적으로 이루기 위해서는 정신, 마음, 영혼, 몸이 온전해야 한다고 하였다.

이러한 관점에서 18세기 실학을 집대성한 다산정신은 시대적 사회적 공동체의 가치로서 그 어느 때보다 절실한 상황에서 200여 년이라는 긴 시간이 흘렀으나 아직도 우리들의 삶 속에 녹아 있는 소중한 사회적 가치로서 전혀 손색이 없다.

제4차 산업혁명 시대는 인공지능, 사물인터넷, 로봇, 빅데이터 등 이제껏 우리가 경험하지 못했던 세계로 그 어느 때보다 변화와 혁신이 요구된다. 시대의 변화와 더불어 우리에게 주어진 급격한 환경 변화를 어떻게 극복해야 할 것인가는 우리 모두의 선택에 달려 있다. 그런 의미에서 다산정신의 현대적 계승과 발전을 통한 사회 공동체적 가치 창출은 그 어느 때보다 절실하다.

하버드 의과대학의 디팩 초프라 박사는 "눈에 보이지 않는 생각의 세상과 눈에 보이는 물질의 세상은 결코 분리되어 존재하는 것이 아니다. 눈에 보이는 이 세상은 그 환경이나 사건의 근원이 아니다. 눈에 보이는 물질세계는 우리 의식의 표면 위로 드러난 빙산의 일부분일 뿐이다. 이 세상은 눈에 보이지 않는 존재에 의해 좌우된다"라고 하였다. 왜 우리가 정신적, 사회적 가치가 절실한가를 확인하고 있다.

지금 우리는 200여 년 전 다산이 꿈꾸었던 국민이 주인인 세상을 구현해 가고 있다. 하지만 물질적 가치가 정신적 가치를 압도하는 사회로 물질이 삶을 위한 수단이 아니라 삶의 목적처럼 되어 버렸다. 옳고 그름의 가치적 판단과 선을 실천하고자 하는 의미마저 물질적 이익 앞에서 무너져 내리고 있다.

이제 아무도 예측할 수 없는 불확실한 시대를 맞아 정신적 가치로서 다산의 창조적 사유인 다산정신을 선택할 것인가? 아니면 명예와 이익을 선택할 것인가? 하는 갈림길에서 다산정신이 새로운 미래를 준비하는 우리들의 창조적 사유로 뿌리 내릴 수 있도록 하는 일이 다산심부름꾼의 역할이라고 생각한다.

유배 18년이라는 시련과 고난의 여정을 '이제야 겨를을 얻었구나'라고 긍정적으로 생각하며 '나라다운 나라, 백성이 주인 되는 세상'을 꿈꾼 다

산정신을 통해 사회적 가치를 널리 창출해 가는 인생 3막 다산심부름꾼
의 기적소리가 되길 기대한다.

艸石 진규동

다산심부름꾼. 다산정신실천연구소 소장. 2014년 KBS를 정년퇴직하고 다산박물관 다산
교육전문관으로 2년간 근무했다. 최초로 다산정신에 대한 논문을 발표하고, 120여 차례
다산초당을 오르내리며 다산과 나눈 마음속 대화를 바탕으로 『다산의 사람 그릇』을 펴냈
다. '진규동 다산TV'를 통해 유튜브 방송도 하고 있다. 전주대학교 졸업, 연세대 행정대학
원 사회복지 석사, 숭실대학교 대학원 평생교육학 박사 1호. 공저로 『평생교육론』(2010,
학지사), 『리더십와이드』(2013, 학지사), 『무지개공감』(2014, 매일경제신문사), 『리더십클
래식』(2014, 학지사), 『평생교육 프로그램개발론』(2016, 공동체), 『진정한 리더의 조건: 온
정적 합리주의』(2016, 미래와 경영), 『대학생의 심리와 커리어개발』(2018, 학지사) 등이
있다.
이메일: jinkd@naver.com
블로그: https://blog.naver.com/jinkd
유튜브: https://www.youtube.com/channel/UCx3UqUapWNLnsRfSjTViZKg/

그래도 희망을 노래하리라

· 최용균 ·

위기가 다가올 때

살다 보면 누구나 위기를 겪게 된다. 내 삶에도 여러 번의 위기가 있었는데 그중 하나가 30년 전 결혼 2년차 아내가 첫 아이를 임신한 상태로 배가 점점 불러오던 시기였다. 기계공학을 전공한 나는 모 중소기업 연구개발실에서 소형가전제품을 설계하고 시제품을 만들어 시험하는 일을 하고 있었다. 소형 가전제품을 생산하는 중소기업은 대기업 상표를 붙여야 잘 팔리기 때문에 주문자 상표 부착 방식 생산시스템이었다. 다시 말해 대기업 제품 출시일정에 맞추어 제품을 개발하고 공장을 가동해야 직원들 월급도 주고 회사를 운영할 수 있는 시스템이었다.

당시 연구개발실은 거의 매일 밤 야근을 했는데 회사에서 보통 10시, 11시까지 일하고 집에 오면 밤 12시가 되는 날이 허다했다. 결혼 2년차 배가 불러 오는 아내는 남편이 매일 늦은 시간에 들어오는 것을 힘들어 했고 결국 나는 사표를 내고 갑자기 실업자가 되었다. 좋은 말로 하면 취직준비생이었지만 경력사원으로 가기에는 아직 경험이 적고 신입사원은 아니었기 때문에 다른 회사에 취직하는 것이 쉽지 않았다. 근무조건이 더 좋은 회사로 옮겨 볼 생각으로 회사를 그만 두었는데 본의 아니게 수 개월 동안 실직자 상태로 지내게 되었다.

아내는 산달이 가까워지고 있었고 여기 저기 이력서를 내 봤지만 번번이 면접에서 떨어졌고 통장 잔고는 점점 비어 가고 있었다. 친구들 만나기도 쑥스럽고 처갓집이나 부모님 집에 가는 것도 부끄럽게 느껴지니 정말 하루하루가 미칠 지경이었다. 아내 얼굴 보는 것도 미안하고 신문을 보다가 경력사원 모집 광고가 있으면 이력서를 써서 보내는 일을 반복했지만 언제 다시 취직이 된다는 보장도 없이 하루하루 시간 보내는 것이 참 괴로운 시절이었다.

위기 극복

취직을 준비하는 사람이 이력서에 써 넣을 것이 대학 졸업장 달랑 하나만 있는 것이 참 부끄러웠다. 나에게 부족한 것이 무엇인가 살펴보니 첫째, 영어실력이 부족해 영어 면접이 있는 곳을 다 피하게 되는 것이고 둘째, 나이 서른이 넘도록 운전면허가 없는 것도 약점이었다. 아내에게 이야기해서 영어회화 학원과 운전면허 학원을 등록하였다. 낮에는 공공 도서관에 가서 공부하면서 틈틈이 이력서와 자기소개서를 경력 직원 모집하는 곳에 계속 보냈다.

몇 개월 동안 직업을 구하지 못하고 실업자로 지내던 시절이 지금 생각해도 내 인생 위기의 순간이었다. 4개월 후 서류, 면접을 거쳐 수원에 있는 동양매직 생산기술팀에 경력사원으로 채용되었다. 내가 살던 인천에서 다니기에는 거리가 멀어서 이사를 가야 했지만 업무를 잘 가르쳐 주는 선배들도 있었고 본받을 만한 좋은 상사도 있어서 즐겁게 일할 수 있었다.

전화위복

생산기술팀에서 일하면서 연수원으로 가끔 교육을 받으러 갈 때가 있었는데 연수원에 출강하는 외부 강사님들 중 열정적이고, 감동적으로 강의하는 강사님이 계셨다. 개인 상담을 요청하고 나도 강사님 같이 전문 강사가 될 수는 없느냐고 물어보자 그 강사님이 나에게 몇 가지 조언을 해 주셨다. 회사 다닐 때 이왕이면 교육팀에서 근무하다가 나중에 프리랜서로 독립하는 것이 유리하고 대학원에서 교육학이나 심리학 분야 석사학위를 하면 좋겠다는 조언이었다. 난 바로 상사를 찾아가 부서를 교육팀으로 옮겨 달라고 요청했으나 대학 전공도 맞지 않았고 지금 부서에서도 필요한 사람이기 때문에 전보 발령을 낼 수 없다고 했다. 그러나 포기하지 않고 연말 인사철에 인사부장을 찾아가 부서 이동을 간절히 요청하였다. 그러던 중 연말 승진과 인사이동이 있었는데 사원에서 대리 승진은 대부분 연차가 되면 자동적으로 승진하는 것이 관례였는데 나는 소속된 부서에 만족하지 않고 자꾸 다른 부서로 보내 달라고 하는 것이 상사에게 부정적으로 보였는지 같은 연차 동료들 대부분이 승진했는데 나는 탈락하고 말았다.

그 서운함이 얼마나 컸던지 주머니에 사표를 넣고 본사 인사담당 임원에게 면담을 요청했다. 그분은 수원공장 시절부터 내게 좋은 이미지를 갖고 계셨던 분이라 내 이야기를 잘 들어 주셨고 일단 기다려 보라면서 사표를 만류하셨다. 결국 그런 일이 있고 나서 기술팀에서 교육팀으로 발령을 받을 수 있었다. 그 뒤로는 내가 하고 싶은 일이었기 때문에 교육팀에서 일하는 동안 소통, 리더십, 세일즈 분야에 대한 공부도 하고 직원들 대상으로 강의를 하면서 즐겁게 일할 수 있었다.

최근의 위기

다니던 회사를 그만두고 프리랜서 강사로 지낸 지 벌써 19년이 되었다. 그동안 대학교 외래교수도 하고 산업현장교수로 기업 강의를 하고 NCS 컨설턴트 활동도 하고 중견기업 파트너 코치 활동을 했다. 매년 새로운 분야에 도전하면서 강의 분야를 넓히고 깊이도 다듬었기 때문에 별

어려움 없이 강사활동을 해 오던 중 올해 2월 코로나가 불어 닥치면서 나의 일상과 경제적 활동에 커다란 변화가 있게 되었다. 일단 예약되었던 강의 중 95%가 취소되었고 결과적으로 수입의 상당 부분이 끊기다시피 했다. 생활비와 경조사비, 각종 회비 등 나가야 할 지출은 그대로인데 수입이 없으니 통장 잔고는 바닥이 났고 심각하게 위기의식을 느끼게 되었다. 그동안 강사, 코치로서만 일하고 돈 벌고 살았는데 강의가 끊어진 상황에서 앞으로 뭐하고 살아야 하지? 하루하루 지나갈수록 걱정이 커져만 갔다.

위기 탈출 작전

일단 지출을 줄여야 해서 자동차를 처분하였다. 가족회의를 통해 외식이나 급하지 않은 지출은 줄이기로 했다. 그리고 나에게 부족한 것이 무엇인가 찬찬히 살펴보았다. 강의하는 방법에도 새로운 변화가 필요했다. 젊은 세대와 강의 현장에서 만나더라도 그들의 언어를 이해하고 같은 눈높이에서 소통할 수 있는 역량을 갖추도록 새로운 교수기법도 공부하고 비대면 코칭은 이전부터 하고 있었는데 앞으로는 비대면 강의를 할 수 있도록 ZOOM을 활용한 온라인 강의기법을 학습하며 최근에는 온라인 실시간 비대면 강의도 시작해 보았다. 부족한 멀티미디어와 디지털 활용기술은 두 아들이 잘하기 때문에 아들들에게도 배우고, 관련 서적을 보며 집에서 연습하고, 강사들의 모임에 가서 비대면 강의스킬을 습득하였다.

(사)한국코치협회에서 주관하는 2020년 코칭컨페스티벌에서 비대면 강좌로 '온라인 MBTI 그룹코칭' 과정을 진행하기도 했다.

그래도 희망을

마음이 힘든 이들을 위로하고 용기를 주는 방법이 무엇일까? 얼마 전 인천시립합창단이 온라인 생중계로 연주하는 것을 유튜브로 보았는데 네이버 방송과 유튜브 합쳐 동시 생방송 시청자가 사천 명이 넘었다. 나도 집에서 방송을 보면서 음악이 치유의 힘이 있다는 것을 다시 느끼게 되었다. 또 지난 달 예술의 전당에서 공연한 이마에스트로 합창단은 공연 제목을 아예 '코로나 극복을 위한 음악회'라 정하고 '힐링', '희망'을 위주로 연주했는데 90명 남성합창단이 힘찬 목소리로 부르는 '넬라 판타지아', '네순 도르마', '우리 앞에 생이 끝나갈 때' 등의 명곡을 들으면서 너무 감동을 받아 눈물이 났다.

아무리 어려운 시대를 살고 있어도 누군가는 희망을 노래하는 사람들이 있어야 한다. 영화 「타이타닉」에서 커다란 배가 침몰하는 위급한 순간 구명선이 부족해 어차피 배 안의 모든 사람들이 살 수 없는 것을 감지한 첼로 연주자가 본인이 탈출하는 것을 포기하고 침몰하는 배 위에서 '어메이징 그레이스'를 연주하는 장면이 니온다. 마지막 순간에도 인간의 존엄성은 지켜야 한다는 메시지를 전하고 위급한 상황에 처한 사람들에게 음악으로 마음을 달래주고 싶었던 것 같다.

내가 지휘자로 있는 한국코치합창단도 코로나로 어려움을 겪고 있다. 일단 연습에 모이는 것이 어려워졌다. 정부 지침이기도 하고 단원들 중 공직에 있는 분들이나 기업 간부들은 어떤 일이 생겼을 때 책임을 져야 하는 입장에 있기 때문에 연습 나오는 것에 부담을 많이 느끼고 있다. 코로나 기간에 합창단이 할 수 있는 것이 무엇인가 고민하다가 비대면 합창 영상을 만들기로 하고 요즘 시대에 잘 어울리는 메시지가 담긴 푸시킨의 시 '삶이 그대를 속일지라도'를 가지고 온라인 영상 합창을 만들었다. 그 시는 내가 중학교 때 국어시간에 배운 기억이 있는데 읽을수록 큰 위로가 되었던 내가 너무 좋아하는 시이다.

삶이 그대를 속일지라도

- 푸시킨

삶이 그대를 속일지라도 슬퍼하거나 노하지 말라
슬픔을 참고 일어서면 기쁨의 날이 오리니
삶이 그대를 속일지라도 노하거나 서러워 말라
슬픔을 참고 일어서면 기쁨의 날이 오리니 (중략)

합창단원 각자 스마트폰으로 집에서 녹화하고 각 개인이 녹화한 것을 영상 작업에 소질이 있는 단원이 정성껏 편집하여 아름다운 영상을 만들어 유튜브에 올릴 수 있었다. 유튜브 영상을 본 많은 사람들로부터 감동받았다는 인사를 받으면서 보람을 느꼈다. 올 하반기에도 비대면 합창 동영상을 만들고 있다. '가고파', '나는 문제없어', '꿈을 꾼다', '기도', 등 아름다운 음악으로 코로나19 때문에 우울해진 세상에 희망을 노래할 것이다.

코로나19 상황이 종식되기까지는 예년과 같은 수준의 강의활동은 어렵겠지만 최근 제안한 공기업 리더십 교육이 확정되었다는 소식과 교육 컨설팅 회사에서 동영상 강의 강사로 선정되었다는 통보를 받았다. 기회는 준비하는 자에게 먼저 온다. 코로나 시기에도 더 나은 미래가 되도록 희망을 갖고 준비해야겠다. 어떠한 상황에서도 나는 희망의 메시지를 전할 것이다.

.... **최용균**

비전경영연구소 소장, 한국강사협회 부회장, 바인그룹 파트너 코치, 코치합창단 지휘자. 한국코칭학회 상임이사, 기업에서 교육팀장을 역임하고 19년째 강의와 코칭 활동(kpc)을 하고 있다. 코치협회가 수여하는 2018년 올해의 코치상을 수상하였다. NLP, 에니어그램 트레이너, MBTI 일반강사이다. 생애설계, 소통, 행복, 대인관계 등을 강의하고 있다. 코로나 이후 최근에는 비대면 온라인으로 강의를 하고 있다. 인생코치에도 전문코치로 활동 중이다.

이메일: tonggyun@naver.com

홈페이지: www.visionpower.or.kr

블로그: http://blog.naver.com/tonggyun

오늘이 미래다

ⓒ 안남섭 외, 2020

초판 1쇄 발행 2020년 11월 20일

지은이   안남섭 외 21인
펴낸이   김영철
펴낸곳   동화세상에듀코
주소   서울 동대문구 왕산로 25
전화   02)3668-5300
팩스   02)3668-5400
이메일   educo@educo.co.kr
홈페이지   www.educo.co.kr

ISBN   978-89-6672-982-1 (03810)

이 도서의 국립중앙도서관 출판예정도서목록(CIP)은 서지정보유통지원시스템 홈페이지(http://seoji.nl.go.kr)와 국가자료공동목록시스템
(http://www.nl.go.kr/kolisnet)에서 이용하실 수 있습니다. (CIP제어번호 : CIP2020047221)